古代混飯難 下

文創風 187

花溪 著

目錄

第十一章

沈曦看著這一地雜亂，長嘆一聲，只得認命的開始收拾。

從上次桓河來，沈曦就已經看出來了，這個桓河別看是個成年人了，根本就一點都無法讓人省心。若是讓他多來幾回，自己這新蓋的三間大新房怕是要保不住了。

沈曦把地掃乾淨，把已經可以當成柴燒的破桌子扔到院子裡，碎瓷片收到簸箕裡，準備拿到路旁的溝裡挖土埋好，以免扎傷人。當她拿著這些碎瓷片經過院子時，桓河正帶領著小沈俠、小青芙滿院亂轉；當沈曦埋好碎瓷片回來的時候，在桓河的指導兼示範下，那張破桌子已經被小沈俠砍成真正的木柴了，小青芙正在旁邊拍手叫好，一大兩小三人歡樂得很。

沈曦懶得搭理這惹事三人組，逕自走向廚房準備飯菜去了。

今天是小沈俠的生日，沈曦本來就準備了好多菜、肉、魚、蛋，打算給兒子慶祝慶祝，她打算做咕咾肉、清蒸魚、水煮丸子、紅燜雞子等七、八道兒子喜歡吃的菜。

正當沈曦在忙碌的時候，桓河走進了廚房。

「有事嗎？」正忙著炒菜的沈曦抬起頭來問道。

桓河沈默了一會兒後，忽然開口道：「妳嫁我吧。」

沈曦手一哆嗦，炒菜的勺子在鍋底劃出一道刺耳的聲音。

「你沒吃錯藥吧？你在向我求婚？」沈曦雖然不知道桓河的身分，但能出得起一百兩銀子當薪水的人，肯定非富即貴，這樣的人想娶什麼樣的人娶不到，會娶自己這樣一個帶孩子的寡婦？雖然桓河來過幾次了，但沈曦連想都沒想過。在她心中，桓河就是一個帶女兒來遊玩的父親，再無其他。現在，桓河的突然求婚，還真是打亂了沈曦的鎮定。

桓河很堅決地說道：「沒吃藥。我，求婚。」

沈曦把菜盛出來，嘩啦一瓢水倒進去，白色的水霧漫起，讓兩個人如同隔在了銀河兩端一樣。

沈曦琢磨了好一會兒才說道：「你看啊，你非富則貴，我呢，只是一個漁婦，咱倆呢，不相配。最起碼在這個社會裡，我們差得太遠了。」

沈曦這隱晦的拒絕，桓河似乎理解成了沈曦的擔心，於是他又說道：「我的名字，桓河，娘親起的；歸海墨，父親起的。沒人敢管。」

歸海墨……這名字有點熟，似乎是和霍中溪、風纏月、本我初心齊名的那個西嶽武神？

「西嶽……武神？」沈曦遲疑地試探道，有點不敢相信武神會到這麼個小地方來。

桓河，也就是歸海墨，輕輕「嗯」了一聲。

武神對自己來說太過遙遠，特別還是西嶽的武神，若是霍中溪來，沈曦可能還會激動一下，畢竟他救過自己和小沈俠的命。現在這個桓河嘛，沈曦已經和他相處過好些日子了，知道他和兒子一樣很能惹麻煩，實在激動不起來。

沈曦輕描淡寫地「喔」了聲，然後問道：「那你來我們這個小漁村幹麼呀？」

歸海墨又簡單地吐出兩個字。「趕海。」

這個答案……

沈曦疑問道：「你們西嶽沒海呀？要來我們中嶽趕海。」

「沒有。」又是一個二字答案。

和這種人聊天，實在是很考驗人的理解力和耐心，你囉哩囉嗦地說了一大堆，人家一、兩個字就打發了你，這比滅火器還管用，一下子就把人家的聊天慾望給澆下去了。何況兩個人進行的是這麼敏感的話題，讓沈曦實在是不知道說什麼好。

除了嚓嚓嚓的炒菜聲，廚房裡一片靜默。

從趙譯變心後，沈曦就沒有再對男人動過心。流連夜店是她在感情失敗後的發洩，而恰恰是在這樣的場所裡，她見識過太多的甜言蜜語和欺騙背叛，所以，她不再相信男人，也不再相信愛情。

而這一世，若不是瞎子以那種無力掙脫的姿態進入了她的生活，沈曦很有可能就一個人過下去了，或者隨便找個人，過著沒有感情的夫妻生活。沈曦已經可以預見到，在這個可以納妾的年代，自己將被遺棄、不受寵的結局。

沈曦對瞎子，由一開始的憐憫、慢慢接受，直到瞎子死去，她才意識到那個男人已經悄悄地占據了她的心，讓自己本就有創傷的心，又狠狠地傷了一次。自從瞎子死後，沈曦的心真的如死水一般，再也沒動過一思半點再嫁的念頭，雖然她這個身體還年輕，大概才二十幾歲。以前芳姊已經試探過沈曦好多次，沈曦都巧妙的一一拒絕了，不是沈曦嫌棄張二郎是個漁夫，而是沈曦知道，自己對男人、對婚姻，恐懼要大於期望。

像歸海墨這種站在這個世界巔峰的男人，更是少不了女性的傾慕，他若想要女人，不知有多少年輕漂亮的女子會前仆後繼地撲進他懷裡，而自己一個帶著兒子的寡婦，還沒有傾城傾國的美貌，實在是只有淪為棄婦的命，何況自己和歸海墨，一點感情也沒有。

沈曦的沈默大概被歸海墨當成了默認，他又道：「派人來提親，要正式，是國與國結親。妳隨我回西嶽，委屈妳。」

這句話說得倒比較連貫，這是沈曦第一次聽到他說比較長的句子。他的意思沈曦明白：我要是派人來提親，就是西嶽向中嶽提親，這就關係到了兩個國家，婚禮太正式了。要是自己包袱款款地隨他回西嶽，就屬於私奔性質的，這就要委屈沈曦了。

沈曦嘆了口氣，向歸海墨道：「你不用想那麼多。從我相公去世後，我就沒打算再嫁過，我就想好好地把兒子給他帶大了，也不枉我們夫妻一場。」

這一次，歸海墨聽清楚沈曦的拒絕了，他沈默了好長的時間，然後才說道：「什麼條件，嫁我。」

沈曦搖搖頭。「不是條件的問題，是我不想再嫁人了。」

歸海墨直直地盯著沈曦，眼中滿是不解和困惑，他似乎不太明白，自己可是武神，武神向她求婚，她怎麼會不答應呢？

沈曦被他盯得直發毛，只得繼續解釋道：「你看吧，你的條件這麼好，只要你說想娶親，你們西嶽肯定有不少好姑娘排著隊要你挑。至於我，就算了吧。」

歸海墨緩緩道：「妳不一樣，對青芙，是真的。」

沈曦真是無語了，她就說嘛，她這種帶孩子的寡婦，在這個十五、六歲就結婚的古代社會，早就已經沒什麼吸引力了，武神大人怎麼可能看得上她呀？原來是拐她去當保母不成，這是要升她做高級保母呀！

一想到自己若和他成親，到時還要照顧那父女二人，就不可能全心全意照顧小沈俠了，且自己的寶貝兒子還會有一個後爹，在一家都姓歸的情況下，自己這個姓沈的兒子怕是會生出寄人籬下的感覺。想到兒子以後可能會受委屈，沈曦立刻就堅定了鬥志：不嫁，不嫁，不能嫁！

對於沈曦的堅決搖頭，歸海墨是毫無辦法。見沈曦不再理他，只是安靜地炒菜、做飯，他只得靜靜地走開了。

午飯很豐盛，但只有兩個孩子吃飽，兩個大人全程沒有一句交談，也都沒怎麼吃飯。

吃完了午飯，兩個孩子又跑出去玩了，沈曦剛收拾完碗筷，青芙就來拽她，說要去海邊玩。看著小姑娘那亮晶晶的眼睛，沈曦實在不忍拂了小姑娘的好意，只得帶了小沈俠，和他們一起去了海邊。

海邊的風很大，但這阻止不了孩子們在風中奔跑的熱情，特別是小沈俠，拿著小木劍，時不時地就從沙灘上挑起個貝殼、戳死條魚、劃劃礁石什麼的。歸海墨送的那把小黑劍，早就被沈曦給收了，才兩週歲的孩子，跑都經常摔跟頭呢，拿著把利器那不是找死是什麼呀！

沈曦正在欣賞自家兒子的帥氣英姿時，忽然聽歸海墨說道：「他很像一個人。」

沈曦隨口問道：「像誰呀？」

「霍中溪。拿劍很像。」

上次的風纏月事件，讓沈曦對霍中溪很有好感，於是抬起頭說道：「這個霍中溪，還救過我們母子的命呢！」

「哪裡？」

沈曦指指海上。「在海上。那天我揹著沈俠來撿貝殼，海上來了三艘小船，我聽他們說話才知道是風纏月、本我初心和霍中溪。」

歸海墨皺皺眉頭，臉上帶出了一絲厭惡。「風纏月那瘋女人！」

這話自然引起了沈曦的共鳴，她立即附和道：「就是！那個風纏月一看就不是好人，說話媚得很，出手又狠又毒……」然後將事情的經過向歸海墨說了一遍。

「不用再怕她，她打不過我。」這是歸海墨的聽後感。

「沒事，我不怕她。我這麼個小人物，不值得她惦記的，以後我們是沒有什麼機會見面的。」沈曦一邊說，一邊趕上前去，把摔了個屁股朝天的兒子扶起來。

歸海墨也跟過來道：「不要扶，讓他自己起，男人就這樣。」

「我也知道應該讓他自己起來，可知道歸知道，我就是怕他會摔疼了。」沈曦也知道歸海墨說得對，自己對小沈俠太過於嬌慣了，可自己就這麼一個寶貝疙瘩，疼都來不及了，哪能看著他吃一點苦呀？

歸海墨不贊同地看了沈曦一眼，略有不滿地道：「慈母多敗兒！」

沈曦無語。

歸海墨又道：「他根骨很好，交給我，能成武神。」

沈曦看了看自己那告別開襠褲還沒多久的兒子，堅決地搖頭。「過幾年再說吧，他現在還太小呢！」

歸海墨轉過身來，很認真、很嚴肅地對沈曦道：「妳會毀了他。」

沈曦……無言以對。

從海邊回來後，歸海墨就要帶青芙離開這裡了，臨走前，他給沈曦丟下了一句話。「我們的事情，考慮一下。」然後帶著青芙，快馬離去。

晚上沈曦躺在被窩中，想著白天時歸海墨說的話。歸海墨的最後一個提議確實有點打動沈曦了，在這個弱肉強食的世界裡，武力是解決麻煩的最好途徑。就拿當日中嶽和北嶽之爭來說，若沒有強大的霍中溪，中嶽已經亡國了。

小沈俠那麼愛拿劍，根骨也不錯，若是有歸海墨這個武神教導，來日成就不可限量。若是龜縮在這個小漁村中，兒子能不能出人頭地還不一定。而自己付出的，只不過是照顧好小青芙而已。

孰重孰輕，沈曦在反覆掂量著。

歸海墨的提親，關乎著沈曦的終身幸福，也關係著小沈俠的前程，這讓沈曦不得不慎重考慮。

有的時候，沈曦覺得為了兒子的前程，自己應該嫁給歸海墨，畢竟這世上才剩下四個武神，自己能嫁給這樣的男人，是走了天大的狗屎運了。最主要的是，如果有歸海墨的培養，小沈俠十分有可能成為下一代的武神。

可有的時候，沈曦又怕自己再婚會委屈了兒子。若歸海墨對他好，那還好說，若是歸海墨不喜歡他，那對小沈俠來說，自己的再婚就是場災難，因為自己和歸海墨本就沒有感情，歸海墨只是需要自己幫他照顧孩子，在夫妻關係上，根本就不對等，即便小沈俠有委屈，自己也不可能有辦法幫他討來公道。

再有，一說到再嫁，沈曦就會想起瞎子，想起以前兩個人在一個被窩中取暖，兩個人那樣的抵死纏綿；在溫暖的陽光下，瞎子躺在躺椅上，而她趴在他的腿上，氣氛是那樣的溫馨甜蜜；在那寂靜的冬夜中，整個世界都靜寂到不復存在時，能擁有彼此的體溫和聽到彼此的呼吸，是那樣的真實和幸福。

能忘嗎？自己能忘掉瞎子嗎？沈曦在一遍遍問自己的同時，瞎子的形象越來越清晰了。

瞎子那平靜的臉龐，瞎子那孩子氣的捂眼，瞎子在陽光下那愉悅的表情，瞎子在黑夜中那不經意流露的溫柔……

沈曦每每想起，就覺得心中是那樣的痛，痛得整個心臟似乎收縮在一起，又痛得似乎血管中的血會如同那強烈的感情一樣，爆烈開來。

瞎子……瞎子……

沈曦在心底呼喊著瞎子，然後淚流滿面。

有一種感情，來的時候妳毫無察覺，失去後，會讓妳痛徹心腑；有一種人，妳擁有的時候不知道珍惜，當他再也回不來時，妳才明白他就如同妳的空氣，離開了，妳會無法呼吸。

被這種左右為難的情緒折磨著的沈曦，很快就消瘦了下來，攬鏡自照的時候，沈曦總會望著鏡子中那個憔悴消瘦的女子苦笑，笑她一點也不灑脫，一點也不聰明。

上漁村的日子是越過越好了，五月端午節時，上漁村請了一位先生來教孩子們讀書識字，還請了一位武術師傅教孩子們學習武功，村裡只要家中有孩子的，都可以送孩子去讀書習武。

沈俠才兩週歲多一點，沈曦認為他太小，自然沒有送他去。不過有一次他和小海、小紅等一幫小朋友一起出去玩，晚上卻是由武術老師親自送回來的，那個四十來歲的粗壯漢子說，沈俠是他見過學武根骨最好的孩子，他要重點栽培沈俠。那位武術老師走後，沈曦圍著自己的兒子，仔仔細細地端詳了一番，實在是沒看出他哪兒特殊來。不過既然老師說好，那就是好唄，反正自家兒子用劍惹禍的速度，上漁村的孩子們是沒有一個能比得上的。

沈曦也沒去看過武術老師是怎麼訓練自己兒子的，她知道自己心軟，還寵孩子，若是讓她見了小沈俠吃苦，她肯定會忍不住要將小沈俠帶回來。有的時候，沈曦覺得很奇怪，一個才兩週歲的孩子，能學什麼？他智力發育都不成熟，完全是個小孩子，武術老師要怎麼教他呀？像幼教老師哄孩子嗎？不過沈曦雖然好奇，但還真的控制住了自己從來不去看，因為每當她想去時，她總會想起歸海墨那句話——妳會毀了他。

小沈俠似乎學得很歡樂，每天一吃完早飯，就會很積極地跑去練武場，至於是去打鬧還是去學習了，沈曦一概不問，就當兒子上幼稚園了。

不過小傢伙倒是挺勤快的，每天準時起床去練武場，從來不會耽擱，每當看見這樣的小沈俠，沈曦就會想起瞎子。

雖然自己和瞎子在一起的時間不長，也不是很瞭解瞎子的性格，但從那五天一次的節奏來看，瞎子就是個自制力很好的人。若他不是身有殘疾，說不定也能成為一個很好的武者呢！

想到瞎子，沈曦就又想到了兩人相守時的那段歲月，雖然苦寒，雖然清貧，但日子過得很快樂，每天晚上躺在瞎子懷中，自己是那樣的滿足，那樣的甜蜜。

能夠全心全意地屬於自己，沒有背叛，沒有爭吵，這樣的男人，除了瞎子，這世上再也不會有第二個了。

望著已經跑到了大門口的沈俠，沈曦在心中暗暗說道：瞎子，這是你的兒子，他有多像你，你，看到了嗎？

五月十六日，上漁村又添了一件喜事，已經二十八歲的張二郎，終於娶妻了。

從上漁村富起來後，有不少人主動來給張二郎提親，芳姊眉開眼笑地一挑再挑，可不管芳姊有多樂意，張二郎始終是一言不發，若芳姊逼得緊了，張二郎就會默默地躲開。

芳姊明白張二郎的心思，但她已經多次試探過沈曦了，可沈曦就是不點頭，她又能有什麼辦法呢？最後剽悍的芳姊還是以一句「長嫂如母」堵住了張二郎的嘴，強行給他挑了一個賢慧年輕的好姑娘，張二郎不敢反抗嫂子，只能默認了。

他成親的那天清晨，沈曦睡醒去開門的時候，發現門外整整齊齊地放了兩擔柴。沈曦看了看鞭炮放得正熱鬧的張家，又看了看門口這兩擔還帶著濕氣的柴，心中百感交集。

到了此時，沈曦還能有什麼話說？附上一份重重的禮金，就是她的心意了。

時間很快就過去了三個月，其間小沈俠一直跟隨著武術老師練武，每天都勁頭十足的，小身板也越發結實了。沈曦知道那武術老師王師傅肯定是下了大力氣來教兒子，所以她特意買了不少禮物去謝王師傅。

中秋節那天晚上，全村人在三叔公的號召下，進行了一次全村大聚餐。吃完飯後，撤下了宴席，擺上月餅、瓜果，全村人共同賞月。

沈曦正在和身旁的媳婦說閒話，王師傅卻招手叫沈曦過去。

「有什麼事嗎，王師傅？」

王師傅將沈曦領到稍微離人群遠一點的地方，向沈曦說：「沈夫人，過幾天劍神山會來收根骨好的孩子進劍神山習武，到時我會帶沈俠去七里浦備選。以沈俠的根骨，估計他們肯定會看中的。沈夫人，妳先提前給沈俠整理好行李，該帶的東西都帶齊了，到時候我來取。」

進入劍神山學習？那沈俠豈不是要離了自己身邊？

沈曦連忙問道：「王師傅，要去劍神山，我能跟去嗎？」

王師傅眼睛一瞪，責斥沈曦道：「胡鬧！沈俠是去學武的，妳一個婦道人家跟著做什麼？天天讓妳護著，他有長大的時候嗎？」

一想到沈俠這麼小就要離開自己，沈曦也急了眼，顧不得什麼禮儀了，大聲道：「不行！沈俠還這麼小，我萬萬不能讓他去受苦！這事不成，我不同意！」

「妳！婦人之仁，婦人之仁！」王師傅用手狠狠地捶了一下身邊的樹，怒氣沖沖地轉身走了。

沈曦也回到了桌子那裡，找到了正用劍尖串葡萄粒的小沈俠，將沈俠緊緊地摟在懷裡，再也不敢放手。兒子連三歲都沒有，這麼小就要離開自己去陌生的地方？不行，不行，這絕對不行！

小沈俠也不掙扎，任由娘親摟著他，只是騰出那隻拿劍的小手，用劍尖改刺地上的西瓜籽。

沈曦是千分不願、萬分不願沈俠離開她的，上輩子沒有孩子，這輩子也就這一個孩子，沈俠就是她的骨中骨、肉中肉、血中血，任誰來也是無法將他從沈曦身邊帶走。說沈曦自私也好，說沈曦任性也好，沈曦只是不想失去自己在這世上唯一的骨肉。

第二天早起，沈俠又要四點半起來拿劍瞎劈亂砍，沈曦把沈俠緊緊抱在懷中，眼中含著淚向沈俠道：「兒子，不要練武了，娘給你掙好多錢，你當個富家翁就好，不要去劍神山，不要離開娘！」

小沈俠窩在沈曦懷中，伸出小手替沈曦擦去臉上的淚痕，不言不語。

他這個樣子，讓沈曦彷彿看到了當年不會說話的瞎子，不由得情不自禁地低咽了聲。

「瞎子，你要是還在……」

沈曦摟著沈俠哭了好久，直到天光大亮，這才鬆開沈俠去做飯。

小沈俠見娘親走了，便走到院中對著沈曦好不容易栽活的幾株菊花開始「練劍」，然後，綠葉紛飛。

沈曦以為自己和王師傅談崩了，王師傅肯定不願理自己也不願教沈俠了，可當沈俠去學武的時候，沈曦偷跟著去，看到王師傅仍是教得十分認真，想到小沈俠那倔強的性子，她便識趣的沒去打擾。

沈曦剛從練武場回來後，三叔公忽然派人來叫沈曦過去一趟，沈曦趕緊放下手頭的活，去了三叔公家。

三叔公家並無別人，只有三叔公自己坐在椅子上，似乎在等沈曦。

沈曦見過禮，這才開口問道：「三叔公，您找我來有什麼事？」

三叔公咧嘴向沈曦笑了笑，和藹可親地說道：「沈娘子，坐。」

沈曦依言坐下了，也沒出聲，只等著三叔公吩咐。

三叔公也沒賣關子，直接說道：「剛才官家來人，說又逢三年查戶籍的時間了，我記得妳的戶籍還沒到官府報備呢，這幾天哪，妳去七里浦的衙門裡，把這事辦了吧。要不然以後妳沒戶籍了，我就把妳捉來當個丫頭使喚。」老爺子說話到最後，咧著那一共剩了兩顆牙的嘴笑了。

沈曦當然知道這是老人家在開玩笑，在提醒她這事得抓緊，因此她趕緊答應道：「好，明天我就去！」

從三叔公家出來後，沈曦又翻出那張從那個已經消失了的鎮子帶出來的戶籍卡，上面寫著的賈如真和賈沈氏西，字跡依舊清晰。

這一張小小的卡片，似乎將沈曦又帶回了那過往的時光，善良的郭嬸、豪爽的翠姑、正當年華，意氣風發的書生清軒、溫柔羞澀又善良可愛的鄰里姑娘們、那些來喝粥的老顧客……一個個鮮活的生命、一張張鮮明的笑臉，就如同一張張黑白的舊照片，生動地在沈曦的腦海中播放著。那時的人們，過著平靜且遠離塵囂的生活，又有誰會想到，在以後的某一天，他們會慘烈地離開這個世界？想起那段黑暗殘酷的舊事，沈曦的心，始終無法平靜。直到手指在一個名字上輕輕畫過，沈曦那難以名狀的悲傷似乎才有所消散。

賈如真、賈如真……沈曦眼前又晃過暖暖春光下，在院中躺著曬太陽的那個削瘦身影……

第二天，沈曦拜託芳姊中午管小沈俠吃頓飯，自己就進城辦戶籍去了。

說實在的，七里浦沒有留給沈曦好印象，沈曦在回上漁村後，是能不來就不來，買東西什麼的都是讓村裡人給帶回去。

沈曦這次來，也沒打算買什麼東西，直接就去了衙門。還沒走到衙門口呢，沈曦遠遠地就看見錢青耀帶著一個小廝從衙門出來了，那小廝手裡還拎著一個大盒子。沈曦不想和這種惡霸打照面，於是趕緊躲到了一旁。

沒想到，那個錢青耀眼力好得很，一看有人躲了，立刻喝了一聲。「誰在那邊？趕緊給爺滾出來！」

沈曦無奈，只得出來，走到錢青耀跟前，福了一禮道：「沈氏見過錢公子。」

錢青耀一看是沈曦，吊兒郎當地說道：「原來是妳呀！看見我躲什麼呀？我上次放過妳了，肯定就不會找妳麻煩了，以後看見我，不用連躲帶藏的，不然讓人看見，還以為我是地痞惡霸呢！」

沈曦嘴裡說著「是」，心裡卻暗暗嘀咕：強取豪奪，這不是地痞惡霸是什麼呀？

錢青耀上上下下仔細打量了沈曦一番後，又道：「妳這身子也利索了，生了個男孩還是女孩呀？」

沈曦回道：「男孩。」

「男孩好啊，妳寡婦家家的，來個男孩正好。也是妳相公祖上有靈，讓妳留下了這一線香火。」

這可真讓沈曦詫異了，這惡霸竟然能說出這種話來？

那錢青耀用扇子指了指那小廝手中的盒子道：「以前的事，妳多多擔待，我也是受人之託，忠人之事。這一盒子老參是剛才有人送我的，妳拿去或吃或賣，也算是我給妳賠了個情。」

那小廝把盒子托到沈曦面前，沈曦卻往後縮了一步，連忙說道：「多謝錢公子，上次還是承蒙你手下留情，才保住了我和孩子的命，我謝你還來不及呢，這東西是萬萬不敢收的。何況我還有事在身，抱著這麼沈一個盒子，實在是不方便。」

錢青耀挑了挑眼眉，沈聲道：「妳來衙門能有什麼事？沒聽說妳又吃官司了呀！」

沈曦搖頭道：「沒有吃官司，我想把戶籍落在上漁村，今天是來辦這事的。」

「喔。」錢青耀向身邊的小廝道：「小七，你帶著沈氏把這事辦了去，不然那幫小兔崽子還指不定要黑她多少錢呢！等辦完了事，這老參就給沈氏吧！」

沈曦還想拒絕，那錢青耀卻倒背著手，搖著扇子走了。

見錢青耀走遠了，小七笑嘻嘻道：「沈娘子，上次的事妳別怪我們爺，他也是受人之託，那馮秀才和我們爺同窗過。我們爺心眼不錯，就是交的朋友不怎麼靠譜。實話和妳說了吧，這對老參可貴了，妳要是賣了，能頂妳賣一年豆腐呢！」

沈曦一邊跟著小七進了衙門，一邊回道：「我沒怪他。我孤身一個人，做的又是讓人眼紅的獨門買賣，肯定會讓人盯上的。這是遇上錢公子了，要是遇上個狠的，我現在指不定是死是活呢！」

小七熟門熟路地在衙門裡走著，一個勁兒地誇沈曦。「沈娘子，一聽這話就知妳是個明白人，怪不得我們爺誇妳聰明識時務呢！不瞞妳說，一般的事情我們爺根本就不管，像妳這種小事更是連看都沒看過，今天竟然讓我帶妳來辦這事，可見我們爺多賞識妳呢！到了，就是這裡。」小七說著，就撞開了一扇門，帶沈曦走了進去。

這房間中擺著一排一排的書架，上面整齊地擺放著不少文冊，有一個年輕男人正坐在桌前寫字，見小七進去了，連忙站起來相迎。

「小七哥，你怎麼來了？可是錢公子有事吩咐？」

小七將人參盒子放在桌上，逕自找了把椅子坐下了，不客氣地端起茶盅喝了口茶，這才說道：「這位沈娘子要辦戶籍，我們爺親自吩咐的，讓你給辦好了。」

那年輕人笑道：「這事容易，哪值得小七哥親自來一趟呀？派個人來說說就行了。沈娘子，妳以前的戶籍卡可帶來了？」

沈曦連忙掏出戶籍卡遞了過去。

那年輕人把戶籍卡接過去，又翻來一張表，提筆就要寫。

小七又道：「喂，你小子才來幾天，會不會辦呀？這是你第一次替爺辦事，可得辦漂亮點啊！」

那年輕人連聲應下，看著沈曦的戶籍卡問道：「沈娘子，妳這戶籍卡不是本地的呀？」

然後他湊到小七跟前道：「小七哥，你看她這戶籍，是一個叫西谷鎮的地方，這不屬於咱們七里浦管吧？」

小七似乎對這些事情很熟悉，隨手接過戶籍卡，罵道：「我就說你小子肯定不行，你好好學著點！你忘了，那西谷鎮是當年屠城的八城之一，朝廷不是說了嗎，那八城逃出來的人，只要身有戶籍，可在咱中嶽任何地方落戶。這個是戶主賈如真，賈沈氏西就是沈娘子了吧？關於這西谷鎮，朝廷還有一份特殊公文——」說到這兒，他忽然停頓了一下，然後看了沈曦一眼，小心地問道：「沈娘子，妳相公叫什麼？是這位賈如真嗎？」

沈曦點點頭。「是。不過他已經不在了，這在戶籍卡上是不是也得寫上啊？」

小七似乎受了驚嚇一般，愣愣地看著沈曦，見沈曦問他，才連忙胡亂地點頭道：「寫上……啊，不寫，不用寫……」然後他忽然向沈曦道：「沈娘子，我想起來了還有點事，我得先去回稟我家公子一聲。明生，你好好給沈娘子辦戶籍，要是辦不好，看公子不扒了你的皮才怪！」

那個叫明生的年輕人趕緊道：「小七哥你放心，我肯定會辦好的。」

他的話音還未落，小七已經跌跌撞撞地跑出去了！

明生又坐回到椅子上，繼續問道：「沈娘子，妳家可有添丁進口、喪亡滅人……」

直到明生給沈曦辦好了戶籍，小七依然沒有回來，沈曦只得抱了人參盒子出來，打算先回家。

從衙門出來沒多久，沈曦身後就響起了馬蹄聲，還伴隨著一個人熱情的呼喊——

「沈娘子！等等，等等——」

沈曦聽見有人叫她，趕緊停住了腳步，定睛一看，卻是小七氣喘吁吁地趕著一輛馬車追上來了。追這麼急，不會是來要回人參的吧？那就給他好了，反正這東西自己要不要都行。

小七把車趕到沈曦前面，呼呼帶喘地向沈曦說：「沈娘子，我們公子吩咐了，讓我送您回去，快請上車吧！」

錢公子特意讓人送她回去？這沈曦可有點受寵若驚了。

這錢公子若說覺得對不住她，送她點東西賠賠她補償一下，這個沈曦可以相信，可這麼殷勤，就有點不太對了吧？

見沈曦遲遲不上車，小七著急了，他陪笑道：「好沈娘子，您就當疼疼我這個做下人的，快上來吧？我們公子吩咐的事我要是辦不到，回去定是家法處置了！」

話都說到這分上了，沈曦也不好推辭，就上了車。

小七鞭子一揮，快快當當地就把沈曦送回了上漁村。

到家後，沈曦下了車，小七走過來塞了一堆銀票在她手裡，沈曦一愣，趕緊把這些銀票推回去了，吃驚道：「你給我銀票做什麼？」

小七笑道：「沈娘子，這是我家公子吩咐送給您的，說是賠的您賣豆腐的錢，讓您大人不計小人過，不要記恨他。」

沈曦不要，小七卻撒腿跑進屋，將那些銀票扔到了床上，然後趁著沈曦去撿銀票時，他跳上車吆喝著馬兒，一溜煙地就跑了！

沈曦不知道這錢青耀主僕究竟在搞什麼鬼，只得先把銀票撿起來，數了數，正好一萬兩！

自己賣豆腐一個月能掙幾個錢？一萬兩銀子，這錢青耀賠的錢，也太多了吧？

沈曦雖然沒有多少錢，但不義之財不可取還是知道的，何況還是錢公子那種人的錢。沈曦看了看天色，決定今天還是算了，照顧小沈俠要緊，明天再把錢還回去！

第二天，沈曦安頓好小沈俠，剛要去還錢公子的錢，村子裡的于大嫂就來找沈曦，說她家兒子要成親，讓沈曦幫忙去寬城選一些成親用的東西。沈曦再三推辭不過，只得將銀票藏好了，想去接小沈俠一起去。可于大嫂說買東西帶孩子不方便，讓沈曦將小沈俠託給芳姊照顧，兩個人就一起去了寬城。

去寬城的路很遠，來回各用一天的時間，于大嫂又是個細心的，選東西選得非常仔細，每一樣都選好久，這樣磨磨蹭蹭的，直到第四天晚上她們才回到了上漁村。

一進到村子裡，沈曦立刻衝到芳姊家找沈俠，芳姊一家正在吃飯，沈曦打眼一瞧沒有看到沈俠，不由得一怔，趕緊問道：「芳姊，沈俠呢？」

芳姊見沈曦回來了，也不禁愣了下，然後她呆呆地放下碗，不自在地看了張大郎一眼，訕訕道：「妹子，妳回來啦……」

沈曦一見芳姊這猶豫的樣子，以為沈俠出了事，一陣恐慌立刻湧了上來，臉色唰地一下馬上就白了，她踉踉蹌蹌地跌坐在椅子上，捂著胸口道：「沈俠……怎麼了……」

芳姊一見她這個樣子，可是嚇壞了，立刻嚷嚷道：「沈俠沒事！王師傅帶他去了七里浦，劍神山的人看中了沈俠，已經帶沈俠去劍神山了。王師傅怕妳耽誤了沈俠的前程，讓我們合夥瞞著妳。妹子，沈俠真沒事，妳可別嚇我呀……」

話音未落，沈曦已經倒了下去！

沈曦再醒過來的時候，窗紙微微地閃著亮光，借著這亮光，沈曦看到旁邊躺著兩個人，是芳姊和于大嫂，沒有沈俠。沈曦一想到孩子離自己千萬里遠，心中不由得又是一痛，眼淚也忍不住流了下來。

沈俠從出生到現在，從來沒有離開過自己，萬一他冷了呢？萬一他餓了呢？萬一他想娘哭了呢？他還那麼小，吃飯連勺子都拿不好，衣服也不會自己穿，有誰會一心一意地照顧他呢？沒準兒會有人欺負他小，打他一頓、罵他一頓都是免不了的。

不行，不行，她要去找兒子，她要去找自己的親親寶貝，自己不能讓他受一點委屈！

下定了決心，沈曦悄悄下了床，然後從櫃子裡把所有的銀票和銀子都拿出來揣在身上，連件衣服都沒帶，就這樣蓬頭垢面、衣衫不整地跑出了家門。

沈曦知道這裡所有人都以被選到劍神山為榮，要是一個地方出了個劍神山弟子，那可是地方的榮耀。若是被村子裡的人看見她要去找兒子，怕是整個村子的人都會來攔她，所以沈曦悄悄地走了，誰也沒驚動。

沈曦記掛著兒子，一路小跑，等到天剛濛濛亮的時候，已經快跑到半路了。跑著跑著，沈曦忽然看到一個人影踩在樹頂上，正一縱一躍地向沈曦這邊飛速而來。

神仙？

妖怪？

超人？

沈曦停住腳步，昂首望著樹梢上那個人。

那個人速度很快，如同一陣風一般，從沈曦頭頂上飛過去了，轉眼間就消失不見。

沈曦惦記著沈俠，沒有工夫在這裡欣賞超人，趕緊轉回身，繼續往七里浦的方向走。

走了大約有五十來步，沈曦忽聽得後面一個男人的聲音試探道——

「娘子？」

從來沒有人喊過沈曦「娘子」，沈曦想當然的認為不是在叫她，沒有回頭，仍是疾步趕路。

剛走一步，只覺得一個身影落到了她的前面，幸好沈曦及時停住了腳步，要不然非撞到這人身上不可。

這路這麼寬，幹麼要走自己這邊啊？萬分焦急的沈曦惱怒地抬起頭道：「你眼睛有毛病呀——」然後她就傻眼了，眼前站著的這個男人，怎麼和瞎子那麼像呀？

那個男人看清了沈曦的樣子，顯然也是激動萬分，他緊緊地盯著沈曦，好久都沒有說出一句話來。

這是瞎子？

不對不對，瞎子的眼睛是瞎的，而且瞎子已經……沈曦一邊努力回想著瞎子的模樣，一邊仔細地打量著面前這個男人。然後她十分肯定的確認，除了眼睛，這個男人和瞎子是一模一樣的！

沈曦猛地伸出手，捂住了面前這個男人的雙眼，不行，手占的地方太多了，看不出來。沈曦低下頭去，拽起衣服一角就要撕，可這衣服太結實了，怎麼也撕不下來，沈曦左右張望了一下，一下子就看見男人身上的佩劍，她果斷地發出命令。「把劍給我！」

那男人仍是緊緊地盯著沈曦，連頭都沒低，手微微一動，腰間的長劍就出鞘了。沈曦搶過長劍，唰一下把自己的衣服切下一條來，然後把劍又遞給男人，自己踮起腳，蒙住了男人的雙眼，然後，然後，眼淚霎時間溢出了沈曦的眼眶。

「瞎子、瞎子……」沈曦帶著哭腔，用顫抖的手摸著男人的臉龐。是那熟悉的溫度，是那熟悉的觸感……

男人握住沈曦的手，猛地將沈曦緊緊抱到懷裡，激動得都語不成句了。「是我、是我……」

瞎子，真的是瞎子，他說他就是瞎子！

沈曦在這個熟悉的懷抱中嚎啕大哭。「瞎子，你去哪兒了？我以為你死了，讓那些人殺了，瞎子……」

男人抱得很用力，似乎想把沈曦嵌到身體裡去，他的聲音也帶上了一絲鼻音。「我也以為妳死了，我回去找妳，城沒了，家也沒了……娘子、娘子……」

恍惚間，沈曦彷彿又回到了那個小院子，在那小小的炕上，自己每晚每晚地窩在瞎子懷裡，那麼溫馨，那麼寧靜。

忽然之間，沈曦猛地推開了瞎子，抹掉眼中的淚，焦急地問道：「瞎子，你可會武功？」

瞎子見沈曦焦急萬分的樣子，知道是出了事，將沈曦的手緊緊握住，沈聲道：「會。」

沈曦又追問道：「你的武功好不好？」

瞎子回道：「還行。」

沈曦聽了這話，立刻就有了主心骨了，連忙向瞎子道：「快去，快去，把咱們的兒子搶回來！」

瞎子這回是真正驚到了，失聲叫道：「咱們的兒子?!」

一想到小沈俠不知在受什麼罪，沈曦在瞎子手心的手指不自主地就用力縮緊了，她快速解釋道：「你出事的時候，我已經懷了身孕，後來生了個兒子。」

瞎子臉上的表情極為精彩，似乎有點不可置信，又似乎有點茫然無措，沈曦見他這傻樣，使勁掐了他一把，見他回過神來，趕緊說道：「兒子被人帶走了，我正要去找他，你來了正好，快去追他們！我要兒子……」說著說著，沈曦的眼淚又流下來了。

瞎子臉上忽然出現一股狠戾之色，他握了握手中的劍，問沈曦道：「是誰帶走了兒子？往哪邊走的？」

沈曦淚眼模糊，也沒看出瞎子身上散發出一股王霸之氣，仍是哭著說：「帶走兒子的，是劍神山的人，他們說兒子根骨好，要接去劍神山習武。」

瞎子按劍的手一頓，身上的氣勢頓時消弭一空，他有些尷尬地看向沈曦，見沈曦根本沒看他，只是在抹著眼淚向他哭訴。

「兒子還那麼小，那些人怎麼可能會照顧好他？我不要兒子去劍神山，我要兒子回來！瞎子，你快去追，沒準兒還能追上！」

瞎子將沈曦摟到懷裡，俯下身去，輕輕吻去她眼角的淚，柔聲安慰沈曦道：「好，我這就去。」

沈曦聽了瞎子的保證，才慢慢停止了哭泣。見瞎子光摟著自己沒動作，不由得使勁地往外推他，把沒有準備的瞎子推得身體一歪，她火燒火燎地道：「你快去呀，晚了就追不上了！我住在上漁村，你帶兒子回來了，再回家找我。」

瞎子無奈地點了點頭，向沈曦道：「好，這就去。」

瞎子說罷，騰身而起，躍上樹梢，奔著七里浦的方向而去。

沈曦忽然想起一件事，在後面遠遠地喊道：「兒子叫沈俠——」

瞎子在樹梢上的身影趔趄了一下，差點失足掉下來！

第十二章

等瞎子走遠了，沈曦才狠狠掐了自己一把，喃喃道：「瞎子還活著，我不是在作夢吧？」

沈曦恍恍惚惚的，深一腳、淺一腳地掉轉身子往回走，一路上，只覺得自己是作了個美好的夢，夢中瞎子不僅能看到了，還能說話了。

走了沒多久，前面就跑來了一輛馬車，那馬車跑到沈曦跟前，「籲」的一聲就停住了。芳姊的頭從馬車上探了出來。「二郎，你停車做什麼？」

沈曦聽到二郎那憨憨的聲音說道——

「嫂子，是沈家妹子。」

芳姊自然也看到了呆呆傻傻的沈曦，待沈曦走到馬車旁邊時，一把將她拽上了車，然後劈頭蓋臉的一頓教訓。「孩子被劍神山選中了，這事誰家攤上都得樂瘋了，偏妳這麼拐孤（注），和搶了妳的心頭寶一樣。妳也不想想，孩子進了劍神山，那是多好的前途，不比待在這個小漁村裡強？我知道妳就這麼一個孩子，寶貝得很，可妳總得為孩子打算不是？當娘的圖的啥？不就是圖孩子有個出息，不像咱們這麼窩囊嗎？」

沈曦一邊聽她嘮叨，一邊恍恍惚惚道：「芳姊，妳掐我一把，看我是不是在作夢。」

注：拐孤，乖僻、古怪之意。

芳姊白了她一眼，恨恨道：「妳真是個不省心的，大清早發什麼癔症呢？」

沈曦忽然傻傻地笑了。「不是作夢就好，不是作夢就好。」

芳姊忽然像想起了什麼一樣，有些疑神疑鬼地問道：「妹子，妳這是怎麼了？怎麼笑得這麼滲人啊？」

沈曦摸了摸被掐得疼痛的地方，嘿嘿笑道：「芳姊，我真沒作夢嗎？我看見我相公了，就在剛才，我叫他找我們兒子去了。嘿嘿，他沒死，他來找我啦……」

芳姊猛地伸出手，狠狠地掐住了沈曦的大拇指，掀開布簾向趕車的二郎大喊一聲。「二郎，別回家了，去鎮上劉神婆那裡，沈家妹子這是撞上髒東西了！我就知道，這大清早的一個人走路，肯定得撞上什麼！」

二郎聽話地住了車，拽著馬頭就要往回返，沈曦連忙探出頭來攔住二郎。「張二哥，我沒事，咱們快回家吧！我相公讓我在家等著，一會兒就回來找我呢！」

張二郎看了芳姊一眼，不知該怎麼辦。

芳姊將沈曦拽回馬車裡，問沈曦道：「妹子，妳和我叫什麼呀？」

沈曦道：「芳姊，我真沒事，咱們快回去吧！等我相公帶著沈俠回來了，妳就知道我說的是真的啦！」

芳姊見沈曦說話還算有條理，便吩咐二郎道：「二郎，咱們回去吧。」

一回到家裡，沈曦就看見王師傅正守在她家門口，一見沈曦從車上跳下來了，連忙衝到沈曦面前，狠狠打了自己一通嘴巴，不好意思地說道：「沈夫人，這事都怪我！我以為去劍神山學武，每個人都會願意的，我沒想到沈夫人孤兒寡母相依為命，自然是不願分離的。剛才三叔公已經說過我了，我知道錯了，我向妳請罪，妳要罰就罰我吧！」

沈曦連忙道：「王師傅，我知道你是好心，我不怪你。」這個世界的人千方百計甚至傾家蕩產也想要把自家孩子送進劍神山去，也就自己是個異數吧，這事，怪不得王師傅，他確實是為了小沈俠的前途著想的。

幾人說著話就進了院子，芳姊道：「王師傅你還沒吃吧？我做點飯，咱們一起吃點吧？」

王師傅大概是不想和女人們待在一起，執意告辭離去。

芳姊煮了點粥，端給了還在傻笑的沈曦一碗。「快來吃飯，昨晚妳就沒吃，餓壞了吧？」

沈曦一聽「餓」字，如夢初醒一般，嗖的一下就蹦下了炕，像自言自語又像是對芳姊說道：「他最愛吃我包的餃子了，我這就給他包點餃子去！」

芳姊追在她後面，大吼一聲。「包什麼餃子？妳看妳那手臉髒的，還不快洗乾淨了！這麼髒不啦嘰的，妳相公看見了也不喜歡。」

這回她的話沈曦全聽明白了，立刻舀水，洗臉、洗手，梳了個漂亮的髮型，還換上了件新衣服，然後笑吟吟地問芳姊道：「這樣漂亮了嗎？」

芳姊無力地扶住額頭，嘆息一聲。「漂亮得很。」

沈曦根本就沒有聽進去芳姊的話，自己又拿起銅鏡上下照了照，自覺滿意後，才將鏡子又擺好了。

芳姊在旁邊問道：「妹子，妳相公是怎麼回事？」

沈曦答非所問地來了一句。「他愛吃餃子，我包餃子去。」說罷，像夢遊似的就遊進了廚房。

芳姊看著失魂落魄的沈曦，悄悄嘀咕了一聲。「看這樣子，還是撞上髒東西了！」

沈曦先泡了把木耳，再拿來盆子，放麵粉倒水，慢慢地把麵粉揉成了麵團，然後把麵團放到旁邊醒麵。又將蝦肉、鮮肉剁碎，接著煎兩個雞蛋後，把雞蛋也剁碎了，又放了點蔥末，加入鹽和麻油拌好。等木耳發得差不多了，擇洗乾淨，剁成碎末，也放進了餃子餡中。

沈曦手上忙碌著，心中卻早已回到了當年那個小院子。在那個小小的房間裡，炕上坐了瞎子，自己在炕下面忙著和麵剁菜包餃子，有時候，自己一邊包餃子一邊哼著歌，有時候會絮絮叨叨地和瞎子說話，仗著瞎子聽不到，自己幾乎肆無忌憚，什麼話都敢說。照今天這個情形看來，那些話豈不是讓瞎子都聽去了？話又說回來，瞎子為什麼突然間就全好了呢？路上遇到那人，該不會不是瞎子，只是和他長得比較像吧……

沈曦胡思亂想著，心中如同裝了失控的發條一樣，緊一會兒，鬆一會兒，快一會兒，慢一會兒……

餃子包好了，也煮好了，沈曦將餃子揀出來放到桌子上，擺好碗筷，站到門口，向著七里浦的方向不停張望，等呀等呀，看呀看呀，中午過了，餃子涼了，瞎子仍是沒有來。

難不成，那真的只是自己的一場夢嗎？其實，瞎子根本就沒有來過，是自己太心急，產生的幻覺嗎？

沈曦不知不覺間就走到村口，在路口徘徊不定，心中如同被滾油燙過一樣，煎熬又焦急。

有村民從那兒過，看到沈曦的樣子，總會問上兩句。沈曦沒有心思和別人閒話，來來去去只會說兩句話：「我相公沒死」、「我相公去找沈俠了」。

過往的人多了，有不少人就沒走，而是陪沈曦在村口等候「沈娘子的相公」，沈曦也沒管他們，只是張大眼盯著通往七里浦的那條路。

眾人陪沈曦等了大概有小半天後，沈曦眼睛忽然一亮，然後發瘋般地往前跑去，村民們都嚇了一跳，也隨即向路上看去，還真的看見一個男人抱著一個小孩，遠遠地出現在了那條路上！

村民們頓時譁聲一片，這個沈娘子的丈夫，看來真的沒死，不但沒死，現在還找來了！

沈曦在瞎子抱著小沈俠出現的第一時間就看見了，她卯足了勁，衝著那爺倆狂奔而去。

小沈俠幾天沒見娘親，實在是太想娘親了，一見到沈曦，兩隻小手遠遠地就伸開了，嘴裡連聲地叫著「娘……娘……」，然後撲進沈曦懷中，哇哇大哭起來。看來這幾天的分離，已經讓小小的孩子明白眼前的娘親才是對他最好、和他最親近的人。小沈俠一邊哭著，一邊緊緊地巴著沈曦的衣服，把頭扎進她懷裡，怎麼也不願出來了。

兒子以前都沒怎麼哭過，現在竟然哭起來沒完了，沈曦下意識地就覺得這幾天他肯定吃了不少苦、受了不少委屈。面對失而復得的兒子，沈曦什麼也顧不上了，一邊流著淚，一邊安撫著懷中明顯受了驚嚇的兒子。

望著眼前哇哇大哭的兒子，還有流淚流個不停的妻子，剛找到妻兒的男人很明顯有點不知所措了。

「娘子，不要哭……」他伸出大手，不停地給沈曦擦眼淚。他還試圖去安撫哭個不停的兒子，可惜小傢伙只顧和娘親親近，根本就沒空理他。

村民們見沈曦還真一家團聚了，這才圍上來，七嘴八舌地向沈曦道——

「沈娘子，這位就是妳相公呀？」

「呀，沈家相公和小沈俠長得可真像！」

「沈娘子，恭喜妳一家團聚呀！」

……

沈曦見來的人很多，也不好意思再哭了，趕緊擦了幾把眼淚，胡亂答應了幾聲，又低下頭去哄懷中的孩子。

村民們見沈曦是不中用了，就又掉轉槍口對準瞎子開問——

「沈家相公，你貴姓呀？」

瞎子答道：「姓霍。」

「霍兄弟，你找沈娘子是不是找了很久呀？」

「霍兄弟，你是怎麼找到我們上漁村來的呀？我們這個地方可夠偏的呢！」

「霍兄弟……」

沈曦一見照這個勁頭問下去，自己一家就得在這裡過夜了，於是她氣沈丹田，猛地大喊了一聲。「停！不許再問！」

眾人被她這一嗓子嚇住了，立刻都閉了嘴，村口立刻鴉雀無聲。

沈曦接著說道：「你們先各回各家，明天中午都來我家吃飯，有什麼要問的明天再問吧，沈俠還沒吃飯呢。」

眾人也都說先讓他們一家團聚，因此就各自散去了。

瞎子將沈曦的手握住，頗有感嘆地道：「妳的人緣還是那麼好。」

「那是。」沈曦怕別人看見了打趣她，就往外拽了拽自己的手，可偏偏瞎子攥得死緊死緊的，任沈曦怎麼用勁都脫不出手來。

沈曦狠狠地瞪了瞎子一眼，他也不惱，只是低下頭來湊到沈曦耳邊，嘴唇輕觸沈曦的耳朵，曖昧又低聲地道：「娘子，其實我想抱抱妳。」

沈曦臉上一紅，做賊似的偷偷往左右看了看，趕緊回握住瞎子的手，牽著他、抱著兒子，飛速地朝著家裡走去。

一路上，有不少人和沈曦打招呼，並用好奇的目光盯著瞎子，沈曦一律不解釋，等回到家中，啪嗒一聲將院門關上。

到了屋子裡，沈曦剛把小沈俠放到炕上，還未直起身，身體就被一雙強而有力的胳膊給緊緊抱住了，一道粗重的呼吸從脖子後面襲來。

沈曦回頭嬌叱道：「我還真不知道，原來你臉皮這麼厚！」

「娘子，妳還在、妳還在……」礙於孩子在場，瞎子沒敢有進一步動作，只是從後面不停地親吻著沈曦的脖頸和頭髮，似乎想將這幾年對沈曦的思念、對沈曦那滿滿的情意，統統傳遞給她，表現給她知道。

那灼熱的呼吸，燙得沈曦的身體逐漸柔軟起來，她的手不由得覆在瞎子抱著她腰身的手上，緊緊地攥住了他的手。

分離了三年的夫妻，在終於見到自己心心念念的伴侶後，那醞釀了許久的感情和激情，似乎再也忍耐不住，只有將對方緊緊抱在自己懷裡，狠狠擁有對方後，那堆積了這麼久的感情才得以宣洩。

屋子中的氣氛曖昧火熱，沈曦強忍著沒有回身，不想在兒子面前上演限制級。

小沈俠畢竟還太小了，不明白眼前這兩個大人到底是怎麼回事，與娘親的分別，在這個兩歲多的孩子心中，大概是比天塌了還要大的事情，所以在重見到娘親後，他變得格外黏沈曦了。當看到另一個人抱著娘親時，小小的人兒產生了危機感，覺得娘親會再一次被奪走，於是，他拎起了炕上的小木劍，「吭」的一下，就對著那個男人的胳膊扎了下去！

瞎子的親吻，停住了。

他有點不敢置信地盯著胳膊上被扎的地方，然後又抬頭看到了兒子憤怒的小臉，再然後，他又看到了幸災樂禍、笑得喘不上氣來的妻子。

瞎子放開沈曦，一把拽過小沈俠，也沒見有什麼動作，小傢伙手中那把小木劍就到他手裡了，小沈俠剛要哭，瞎子手指翻轉，那把小木劍便讓他轉得和一朵花似的，呼呼生風。小沈俠眼睛都看直了，也不管危險不危險，心花怒放地就往那旋轉的劍上撲，把旁邊的沈曦嚇得失聲尖叫。

瞎子不慌不忙地把手一收，劍花沒了，小沈俠一下子就撲進了他的懷裡。他點點小沈俠的鼻尖，柔聲道：「叫聲爹爹，爹爹教你練劍。」

小沈俠看了看瞎子手中的劍，乾脆又俐落地叫道：「爹爹！」

沈曦看著自己這個認劍不認人的傻兒子，無語撫額望天。

由於有劍當媒介，大概也有父子天性的原因，尤其當瞎子將自己的劍拿出來給小沈俠玩後，小沈俠對這個爹爹已經一點也不排斥，甚至開始有點崇拜了。

從昨晚就沒吃飯，沈曦可是真餓了，叫住了玩劍的父子倆，她牽起兒子的手，向旁邊的瞎子道：「我做了你愛吃的餃子，來嚐一嚐，還是不是當年的味道？」

瞎子拉住沈曦的另一隻手，沈靜的目光緊緊追隨她的一舉一動。「肯定是。」

沈曦白了他一眼，臉上卻是燦笑如花。「淨瞎扯！你還沒吃呢就知道了？」

瞎子的回答，是拉起沈曦的手，輕輕地在她的手背上親了一下。

沈曦先打了一盆水，讓瞎子和小沈俠都洗了手，等她將餃子擺上桌子時，椅子上已經坐了拿著碗筷在等待的一大一小兩個男人。一見餃子上桌，大人用筷子，小孩用勺子，開始風捲殘雲。

瞎子的飯量沈曦是知道的，讓沈曦沒想到的是，今天兒子也吃得特別多，似乎是在和瞎子比賽一樣。

沈曦知道父愛一直是孩子不可缺少的一部分，以前沈俠小，不太懂這些，但當瞎子出現後，在他接受了瞎子這個爹爹後，他就已經開始在不知不覺中模仿著爹爹的一切了。

一邊吃著餃子，一向不怎麼愛說話的小沈俠竟然和瞎子說道：「爹爹，練劍、練劍！」

這一聲爹爹，大概打動了瞎子的心，瞎子放下筷子，向小沈俠柔聲道：「來，坐爹爹這裡來。」

小沈俠沒有猶豫，立刻扔掉了勺子，小胳膊一伸。等瞎子把他抱過去後，他在瞎子的大腿上坐好，然後用兩隻亮晶晶的小眼睛崇拜地看向瞎子。

瞎子忍不住低下頭去，輕輕親吻了一下小沈俠的額頭，溫柔地笑道：「從明天起，爹爹教你練劍，好不好？」

小沈俠也不知道懂沒懂什麼是練劍，只重重地點頭歡呼道：「好！」然後「啾」的一下，主動在瞎子臉上親了一大口。

當軟軟的小嘴唇碰到臉頰上後，瞎子估計都幸福得找不到東南西北了，看向小沈俠的目光簡直比月光都溫柔，讓在旁邊看著的沈曦大大地吃了一口乾醋！

小沈俠很喜歡這個突然出現的爹爹，特別是這個爹爹會耍劍，還會在樹上飛。半天加半晚，他一直黏在瞎子身邊，就連瞎子去廁所，他都要守在外面站崗。明明已經睏得睜不開眼了，仍是強撐眼皮不肯睡去。

小沈俠平時不是個黏人的孩子，現在他表現得如此反常，沈曦知道他的心裡其實還是在惶恐不安著，生怕自己一個轉身，爹爹或娘親就不見了，他會再一次被別人抱走。

沈曦坐到小沈俠旁邊，將兒子緊緊地摟在懷裡，向他保證道：「兒子，娘親會把爹爹看住的，保證不讓他走了。爹爹不是說了嗎，明天還要教我們小俠練劍呢！乖寶寶快點睡，明天早早起，要不然練劍就會沒精神了。」

瞎子也一個勁兒地保證：「爹爹肯定不走，以後爹爹不管去哪兒都帶著小俠好不好？等你的劍練好了，爹爹帶你打壞人。」

小沈俠聽了爹爹的保證，這才拉著瞎子的手，合眼睡去。

安頓好小沈俠後，沈曦的眼光落在了那個既不瞎，又不聾，也不啞了的男人身上。

有些帳，到了該從頭算算的時候了……

小沈俠睡著後，沈曦去燒了一大鍋洗澡水，然後將洗澡水舀到浴桶裡，招呼瞎子。

「來，先洗澡。」

瞎子聽話地動手脫衣服，精瘦而熟悉的身體看得沈曦臉上發燙。

瞎子邁步跨入浴桶中，整個人泡到桶裡，舒服地長呼了一口氣，然後又嘆息道：「妳很久沒給我洗澡了。」

沈曦用水瓢舀了水，慢慢地從瞎子頭上澆下來，然後輕輕搓揉著瞎子的頭髮，也似懷念地說道：「第一次給你洗澡的時候，你身上可真髒，頭髮都黏在一起了，足足洗了一桶黑水，才把你刷乾淨了。」

瞎子嘴角帶上一抹笑，調侃地向沈曦道：「還有個人欺負我看不見，在我身上摸個不停，幸虧我定力好……」

沈曦一想到自己當初那有便宜不占就吃虧的心態，頓時羞紅了一張臉，給瞎子搓頭髮的手不由得就加重了力道。

瞎子連眉頭都沒皺，仍是戲謔地看著沈曦。

沈曦惱羞成怒地把皂豆扔到他身上。「自己洗！」

瞎子拉住沈曦的手，極為誠懇地盯著沈曦的眼睛道：「娘子，我就喜歡妳摸我，妳隨便摸，摸哪兒都行。」然後牽著沈曦的手，一路向下……

被調戲不是沈曦的風格，沈曦最擅長的就是反調戲。她沒有裝嬌羞，而是順勢在瞎子讓她摸的那東西上輕輕地揉、慢慢地揉，還壞心眼地用指甲輕輕輕輕地刮過……

瞎子縱然定力再強，到了這時候，也由不得他了。他狠狠地抽了一口氣，眼中慾望升騰，看向沈曦的眼神都是帶著火星的。

「娘子……」他攬過沈曦，狂熱的吻就落在了沈曦唇上。

熟悉的身體，帶著熟悉的味道，讓久未與男人親近的沈曦有點控制不住，忍不住就開始迷醉了。她本能地迎合著瞎子的親吻，和瞎子激烈地吻在一起，她的手，也在不知不覺中，摟住了那讓她思念已久的身體。

瞎子一改以前被動的接受，這一次，卻是如同一頭野獸見到心儀的獵物一般，雙手隔著衣服就撫上了沈曦的胸，略有些粗魯的揉搓愛撫。

沈曦被瞎子揉得腿腳發軟，她半倚著浴桶，才勉強站穩了身子。在結束了長長的親吻後，她趴在瞎子潮濕的肩頭，微微輕喘。

瞎子的呼吸也重得很，他的手一直沒有離開過沈曦的身體，面對著失而復得的妻子，他是再也忍耐不住了。

見逗得瞎子有些失控了，沈曦壞心眼地拉開了與瞎子的距離，笑咪咪地道：「相公大人，我呢，對你的瞎而復明很感興趣呢！相公大人，來，消消火，先給娘子講講你過去的故事吧！」說罷，她舀了一瓢水，從瞎子的頭頂沖了下去。

瞎子抹了一把臉上的水，見沈曦惹起火就想跑，他咬牙伸出手將沈曦拽到了懷裡，恨聲道：「妳就會想著花樣折磨我，以前就是，現在還是！」

任憑身體被水浸濕，任憑身上的衣服被撕碎扔掉，沈曦安坐在瞎子的腿上，就是不配合瞎子親熱的動作。她笑嘻嘻地俯在瞎子耳邊，輕輕咬著瞎子的耳廓。「趕緊說，趕緊說，我軍的政策是坦白從寬，抗拒從嚴！」

瞎子聽出了沈曦語氣中的堅決，緊繃的身體頹然地鬆懈了下來，解沈曦衣服的雙手也停下來了，鬱悶地道：「受傷了。」

這有等於無的回答，讓沈曦也「受傷了」，她咬牙切齒地道：「說詳細點，別用一、兩個字敷衍我！」

瞎子感受到了妻子的怒火，隔著衣服在沈曦胸上吻了一下後，趕緊從善如流地道：「我被人伏擊，受了重傷，只好找了間空房子療傷。後來又有人找到我，給我下了毒，我不僅全身無力，還雙目失明了。那時候我在炕上坐著不動，其實一直在運內力逼毒。」

找空房子療傷？空房子？那自己是怎麼回事？沈曦感覺有點不對，莫不是自己這身體的前身，和瞎子根本不是夫妻？

沈曦心中一驚，遲疑地問道：「那我……我們……」

瞎子似乎聽懂了沈曦的意思，毫不隱瞞地說道：「妳這個身體可是大有來頭，人送外號毒靈仙子。我身上的毒，就是拜妳這個身體的原主人所賜。」

沈曦這次是真的驚了，結結巴巴地道：「你……你知道……我是……那個……」

瞎子環住手臂，笑咪咪地看著沈曦，回應道：「借屍還魂。」

「你……你什麼時候知道的？」

「聽出來的。」

沈曦在他後背上啪的輕拍了一下。瞎子會意，立刻繼續詳細地補充。「妳那個時候天天對著我嘮嘮叨叨的，我自然能聽得出妳和她不是一個人。妳的前身，叫毒靈仙子，是個殺手，擅長用毒和追蹤，她追了我幾千里地，將我追到那個小鎮上，我身上中了她好幾種毒，妳說我能認不出她來嗎？而且妳總是上輩子這樣、上輩子那樣的，還經常說一些我聽不懂的話，妳若不是借屍還魂，那我可找不到別的理由來解釋了。」

「借屍還魂，你就不怕嗎？這麼詭異的事情。」沈曦忽然之間對瞎子有點敬佩了，當那天夜裡自己爬進瞎子的被窩時，他沒嚇死還真是勇氣非凡哪！

瞎子向沈曦眨眨眼，反問了沈曦一句。「妳說呢？那毒靈仙子是我親手殺的，她的屍體已經在地上躺了兩天，呼吸都沒有了。就算有再高深的內力，也只能做到呼吸放緩、心跳放慢，是萬萬做不到呼吸及心跳全無的……」

沈曦的眼睛眨也不眨，全神貫注地聽瞎子講那個午夜驚魂的驚悚故事，然後她聽到瞎子說——

「……兩天後的半夜，那個身體竟然又漸漸傳來心跳，我嚇了一大跳，更嚇人的是，妳說著奇怪的話，竟然擠進了我的被窩。饒是這麼大膽的我，也嚇得不輕，只當是冤魂索命呢！我全身都繃緊了，打算只要妳一有動作，就再殺妳一次，可沒想到妳一會兒就睡著了，可憐我為了防備妳，一晚沒睡。第二天更有意思了，妳竟然為我做飯、為我洗澡，還給我買了新衣服。我聽了一天，就知道那身體裡換了一個人。這真有意思，不是嗎？」

沈曦低下頭，喃喃道：「你嚇了一跳，我卻以為是在作夢，上輩子到底怎麼回事我都不知道，只知道睡著了，然後作夢般的就到這裡了。」

瞎子見沈曦流露出了淡淡的傷感，不由得將沈曦攬在胸前，安撫似地輕拍沈曦的後背。

沈曦將頭靠在瞎子的肩膀上，努力將心底對前世的那點留戀壓下去，輕輕道：「那時你可真壞，還假裝不會說話，讓我以為你又聾又瞎又啞，覺得你好可憐。你怎麼不早和我說話呀？還一直裝啞巴！」

瞎子嘆息道：「妳讓我和妳說什麼呀？剛開始那幾天，我時刻都在觀察妳，生怕妳又走了，毒靈仙子又回來了，我哪敢和妳說話呀？後來妳都習慣我不說話了，我要是突然會說話了，妳肯定會覺得奇怪。我想了很久，還是決定不說話了，反正妳一個人就說得挺熱鬧的。」

想起自己那碎碎唸的壞毛病，沈曦還真是無話可說。不過，這個傢伙也太過分了吧？竟然能憋住不說話！

沈曦不由得開始控訴著瞎子幹過的「好」事。「哼，你就沒安好心，剛開始還博取我的同情，居然吃生米，也不怕噎著你！」

瞎子笑了笑，沒有說話，似乎不想辯解什麼，不過沈曦自然不會放過他，低下頭在他肩膀上咬了一小口，不悅地道：「趕緊說！仔細說，不許隱瞞！」

瞎子只得又細細地解釋道：「沒辦法，當時內傷很重，眼睛又被毒出問題了，看不見任何東西，只要一睜眼就是刺目的光，而且還有一種毒讓我的身體痲木，就那一袋米，還是我費了好大的勁才找來的。當時就想著我還有事情要做，不能死，別說是生米了，就是生血、生肉也得吃了。娘子，那時幸好妳出現了，要不然，妳相公就得餓死了！」

聽到這裡，沈曦才終於將兩人的糾纏給搞清楚了，不過，最讓她不解和困惑的，是當初瞎子的不告而別。就因為他走了，自己才在這個險惡的世界上受了那麼多的苦，沈曦非常想知道，瞎子會給她什麼解釋？於是她又問道：「那天晚上是怎麼回事？等我醒了你就沒影了，你去哪兒了？」

感覺桶裡的水都涼了，瞎子抱著沈曦邁了出來，一把扯掉沈曦身上的濕衣服，拿過旁邊的布巾，體貼地幫沈曦擦拭身上和頭髮上的水珠。「娘子，事有輕重緩急。」說罷，他把布巾一扔，將沈曦打橫抱起，直奔大床而去。「我們還是先做重要的、著急的事吧！」

把沈曦放到床上後，瞎子的身體就覆在了眼前他想念已久的身軀上，吻也落了下來。

沈曦嬉笑著躲閃，輕咳一聲，假裝正經地道：「等等。」

瞎子抬起頭，不解地問道：「等什麼？」

沈曦調皮地眨了眨眼，忍笑道：「等我算算今天是不是五天一次的日子啊！」

被沈曦這個玩笑氣到差點吐血，已經硬挺了半宿的瞎子咬牙切齒地道：「不識好人心！我那時怕過了毒給妳，才不得不克制著，現在不用了……」說到這兒，他忽然一頓，然後低下頭，在沈曦耳邊道：「娘子，咱們一天五次的補回來吧！」

沈曦的回答，是緩緩歪過頭去，猛地一下將瞎子胸前那小小的紅果吸進了嘴裡，還壞心地用牙齒輕輕地咬了咬，隨即又離開。

瞎子狠狠地抽了一口涼氣，再也無法忍受妻子這磨人的挑逗，也不再說任何廢話，捧起沈曦潔白的雙峰，將其中一只含在嘴裡，狠狠地吸吮舔舐。

熟悉的情慾在瞎子親吻過的地方不斷累積，傳送到身體的每條神經，讓沈曦顫慄不止。沈曦知道自己久未經情事，身體根本禁不起瞎子如此的挑逗，大概沒有三五下就會繳械投降了。

不想如此輕易地結束戰鬥，沈曦掙扎著推開瞎子，翻身騎到他身上，雙手不安分地在他的胸上摸來摸去，看著瞎子那深沈的眸子，笑嘻嘻地道：「相公，為妻可是說過要好好調教調教你呢，你還記得嗎？」

晧子微仰起頭，雙手握住沈曦柔軟的胸揉撫著，聲音都有些沙啞了。「娘子，隨便妳怎樣，我想妳想得快瘋了！」

「相公大人，定力，定力！」沈曦壞心眼地騎著晧子，不斷地磨蹭著他硬邦邦的慾望，把晧子磨得呼吸粗重、雙眼噴火，都快要發狂了。

然後，然後，沈曦看見晧子伸出一根手指，在她身上戳了下，她就動不了了！再然後，晧子翻身坐起，把她放到床上，接著壓了上來，又一指戳過來，沈曦能動了，他卻乘機進入了沈曦的身體！

沈曦在晧子的胳膊上咬了一口，恨恨地道：「你這算是什麼男人呀？和自己娘子在床上還耍賴！」

晧子不斷親吻著沈曦的胸脯，道：「我家娘子實在是太會折磨人了，我再不主動點，怕是要慾火焚身而亡了！」

語畢，他狠狠抽動了幾下，沈曦立刻眼蕩春波，嬌吟出聲……

兩人久別乍逢，自然是乾柴烈火，直直折騰了大半夜才偃旗息鼓，鳴金收兵。

沈曦軟綿綿地躺在晧子懷裡，渾身上下有一種輕飄飄的舒適，情事滿足後的那一抹慵懶風情是怎麼也抹不去。

晧子將沈曦擁在懷中，用右手輕輕撫摸著沈曦平坦柔滑的小腹，柔聲問道：「娘子，妳是怎麼離開鎮子的？是不是吃了很多的苦？」

沈曦懶懶地抬了抬眼皮，連說話的聲音都綿軟無比。「我以為你死了，心裡也沒有什麼好惦記的了，覺得那種擔驚受怕的日子，活著還不如死了，我在牆角坐著等死。大概五、六天後吧，李老先生把我救醒了。那個李老先生，你還記得不？就是那個總愛給我一文錢賞錢，春節還送了我一副對聯的那位老先生。」

瞎子點點頭。「我聽妳說過，後來我找到他了。」

沈曦睜開眼睛，驚奇道：「你找到他了？他可好？他一家搬到哪兒去了？」

瞎子親了親沈曦。「娘子妳先說，我一會兒再詳細地告訴妳。」

沈曦點點頭，繼續給瞎子講夫妻分離以後的經歷，她沒有隱瞞路途上的凶險，也沒有過分誇張自己受到的苦難，只是將發生在自己身上的事情，原原本本地向瞎子訴說了一遍。沈曦一直覺得，自己吃過的苦、受過的委屈，對老公完全沒有必要隱藏，因為這將讓老公明白，他應該採用什麼樣的態度來對待妳。如果自己輕描淡寫地將這事翻過去了，那麼別人只會用更輕描淡寫的態度來對待妳，因為無論妳默默地付出過多少，人家都不知道。這種蠢事，沈曦不屑去做。

聽到妻子受了這麼多苦，瞎子不斷地親吻著沈曦的頭髮，低語道：「娘子，真是辛苦妳了。妳放心，以後我再也不會讓妳吃苦了。妳受的委屈，我會幫妳討回來；妳受的恩惠，我也會幫妳還清。」

經過半晚的激烈戰鬥，沈曦已是精力透支，她躺在瞎子溫暖的懷中，昏昏欲睡。不過還有一件事纏繞在她心中，不弄明白，她睡得也不踏實，所以在昏昏沈沈之際，她仍是問道：「瞎子，你當日為什麼不辭而別了？」

瞎子嘆息道：「我沒有不辭而別。那天有人翻牆進來，我早就知道了，我怕他們傷了妳，就故意拽了妳一下，我的力道控制得很好，讓妳撞暈了又不會有大差錯。這樣做一來是方便我對付那些人，若妳看到和妳同床共枕那麼久的殘廢變得那麼厲害，我怕妳會以為我在騙妳，若再知道我們不是夫妻了，妳會離開我；二來妳若暈了，自然不會再成為那些人的目標，他們人多，我怕萬一有個不周到，刀劍就會劃到妳身上了。」

「那後來呢？」

「後來我把他們都殺了，又怕妳醒後看到那麼多屍體會嚇到，就扛了那些屍體，全扔到了城外。當我去扔完最後兩具屍體後回家時，發現了北嶽國疾風樓的人，就是妳說的在鎮上搜門搜戶的壞人。他們當即就認出了我，還發出了信號，疾風樓幾乎是傾巢而出，他們的人越來越多，那時我的眼睛恢復得還不太好，只能看見模糊的人影，只得且戰且走，纏鬥整整一天一夜，我才將那些人都殺掉。後來我打聽到我已經離家有千里遠，又聽說北嶽軍已經逼近京城，中嶽國危在旦夕，我沒有時間再回來找妳，就直接奔去前線。到了前線我就派人來找妳了，可那個小鎮我並不知道叫什麼名字，我當初就是隨便挑了一個地方來養傷的，那時候眼睛已經有點看不清東西了，只記得是在西南部，走得又太倉促，只隱約聽妳說過一次叫西什麼的，誰知道那個破地方叫西什麼的城鎮挺多，他們找了好多地方也沒找到妳。在北嶽退兵後，我再回去找妳，找了好幾天才找對了地方，可鎮子已經被燒得面目全非了，妳也不見了。」說到這裡，瞎子的聲音低了下去，他將沈曦緊緊的抱住，似乎仍在懼怕那種痛徹心腑的絕望。

這個橋段怎麼這麼熟悉呀？在哪兒聽說過呢……沈曦用她僅有的清明意識思考了一會兒，然後眼睛忽地睜大了，她猛然坐起，用手指指著瞎子，失聲道：「你、你……你是霍……霍中溪?!」

不會吧？不會吧？這麼狗血的橋段、這麼幸運的事情，竟落到了自己身上？自己就是傳說中踩到狗屎也是金的超級幸運兒？

瞎子看著震驚的沈曦，沒有一絲的滿足自豪，而是喟嘆道：「對，我就是妳嘴裡那個一顆原子彈就能撂倒的霍中溪。」

嗯？他……他這是在報復自己當初對他的調侃嗎？

小心眼的劍神！

等等，他是霍中溪？那麼……

還沒有來得及激動一下，沈曦就立刻想起了海上風纏月、本我初心和霍中溪對峙的那一幕。

沈曦重重地壓到霍中溪身上，扳正了他的腦袋，俯視著他，一字一句道：「那麼，霍～～哥～～哥，請你解釋一下你和風纏月的關係。」

霍中溪不解地問道：「那個瘋女人？提她幹麼？」

沈曦不滿地哼哼兩聲，恨恨道：「提她幹麼？她不是很親切地叫你霍～～哥～～哥嗎？」

霍中溪奇道：「妳怎麼知道的？她那人就那樣，自以為嬌媚動人，逮著個男的都叫哥哥……嗯，妳還別說，就有一個沒叫過，那個八十歲的洪峰她沒叫過。」

那個時候霍中溪就曾譏諷過風纏月，現在提起來，還是這麼毒舌，看來霍中溪和風纏月過節很大呀！

沈曦正在這裡瞎琢磨，霍中溪卻追問道：「妳見過她？」

排除了情敵的可能後，沈曦又沒什麼精神了，她懶洋洋地趴在霍中溪身上，道：「見過了。你記不記得之前你、風纏月和本我初心在海上打鬥時，你救了一個揹著孩子的漁婦？」

霍中溪卻是嚇了一跳，失聲道：「那不會是妳和兒子吧?!」當他看到沈曦微微點頭後，他整個人都怒了，心中充斥著的是一種前所未有的害怕。如果當初他沒有隨手救下妻子和兒子，如果當時讓風纏月得手了，這後果，霍中溪確定自己承受不起。

風纏月，風纏月……看來中嶽國的地盤，應該可以再擴大一點了！

還有，以後救完了人，一定要再去確認一番。若當初自己上岸多看一眼，早就和妻子、兒子團聚了，哪會夫妻分離這麼長的時間啊！

霍中溪打定主意後，看向身上的沈曦，卻見自家娘子不知何時已經趴在他身上睡去了，淺淺的呼吸均勻的吞吐著，粉紅的臉頰上還帶著恬靜的微笑。

霍中溪扯過被單，蓋在兩人赤裸的身上，臉上滿是溫柔寵溺的笑，輕輕地一下又一下地吻著沈曦的臉龐。失而復得的喜悅，激得已經兩天兩夜沒有休息的身體一點睡意也沒有，霍中溪此時，只想好好地守護著自己懷中的女人，直到地老天荒。

直待燈燭燃盡，室內陷入黑暗後，霍中溪的心情才慢慢平復，疲憊一點點地湧上來，他也慢慢沈入了夢鄉……

天還未亮，兩人還沒睡醒呢，只聽得一個軟軟糯糯的聲音喊道——

「娘，噓噓……」

沈曦睡得沈，沒有醒過來，出於武人的警覺，霍中溪卻是倏地睜開了眼睛。他輕輕地將懷中的沈曦放好，自己悄悄地下了床，穿了件衣服後來到兒子的房間，只見兒子正揉著眼睛站在炕上，小雞雞翹得高高的。

霍中溪笑道：「來，爹爹抱你噓噓。」

小沈俠一見是霍中溪，還愣了一下，不過左右看看沒有娘親，他只得乖乖地投入了爹爹的懷裡。「爹爹！」

一種骨肉相連的，極為陌生又極為親切的感覺油然而生，讓霍中溪臉上的笑意止不住地往外湧現。

他托著兒子肉肉的小屁股，抱著兒子小小軟軟的身子，這軟軟柔柔的觸感，把他的心都融化了，他忽然就有了一種想把全世界都捧到兒子面前的感覺，誰要是敢動兒子，他就和誰拚命！

「爹爹，我噓噓！」小沈俠被憋壞了，出言打斷了爹爹的沈默。

霍中溪在小沈俠的指揮下，找到一個小罐子，然後帶著新奇的心情，給兒子接了他為人父的第一泡尿。

噓噓完的小沈俠很自立地抓過旁邊的小衣服就往身上套，興高采烈地道：「爹爹，練劍！」

霍中溪接手替兒子穿好衣服，溫柔地點頭。「好，爹爹教你練劍。」

沈曦從睡夢中醒過來的時候，就聽見窗外傳來兒子興奮地叫喊著「爹爹、爹爹」的聲音，她穿上衣服，倚在門口，看著院子中正拿著劍比劃來、比劃去的父子，心中洋溢著滿滿的幸福。

曾經有好幾次，沈曦很羨慕桓河父女間的那種互動，可現在，她不羨慕了，因為她的兒子也有爹爹了，她的瞎子——回來了！

第十三章

沈曦趁那父子倆練劍的時候，下廚煮了點粥、煎了點鹹魚，還拌了點涼菜。

等伺候練完劍、大汗淋漓的父子倆洗漱完畢後，一家三口這才在一起，吃了平生第一次團聚的早餐。

對於爹娘同時陪在身邊的感覺，小沈俠似乎仍覺得十分新奇，他一會兒看看爹爹，一會兒看看娘親，小臉上難得的一直帶著笑。

而霍中溪，也在極力地適應著他的新身分：丈夫和父親。他時不時地給沈曦母子二人挾菜，就連盛飯，也是非常的主動上手，讓沈曦直嘆原來劍神也可以成為新好男人呀！

一家人融融洽洽地吃罷早飯，沈曦碗都還沒收拾呢，就聽得咚咚咚有人敲門的聲音。沈曦趕緊跑去開門，結果吃驚地發現門外站了好多的人，當中甚至還站著顫巍巍的三叔公。

見沈曦開了門，三叔公笑咪咪地說：「沈娘子，聽說妳相公來了，我們是來恭喜你們一家團聚的！」

沈曦一看大家都來了，趕緊往屋裡讓。「那就謝謝三叔公，謝謝大家了。大家進來坐吧，看茶沒有，涼水管夠。」

有人打趣道：「沈娘子，我們要是想喝涼水，家裡有得是。我們今天呀，是來看新姑爺的！」

沈曦被這一聲「新姑爺」給驚到了，差點絆自己一個跟頭。「我們成親都好幾年了，他算哪門子的新姑爺呀？」

這時，三叔公他們已經到了院子裡了，看見了正迎出來的霍中溪。

三叔公率先道：「這便是沈娘子的相公吧？看看，和小沈俠像不像？唷，這爺兒倆簡直就是一個模子刻出來的嘛！小俠他爹，你怎麼稱呼？」

霍中溪一抱拳，向三叔公行禮道：「老人家，我姓霍，名中溪。」

三叔公大概沒聽清，仍呵呵地笑道：「原來是霍賢侄呀！那我們小沈俠也得改名叫霍俠了。」

身後忽然有人驚道：「霍中溪？你和劍神的名字一樣？」

如果他只說一個名字，大家沒準兒還會以為這人是霍中溪，可他偏偏加上了後面一句話，就讓大家有了一個同名的心理暗示。

於是大家七嘴八舌地道——

「和劍神一個名字？霍兄弟平時介紹自己的時候，會不會有點尷尬呀？」

「小俠他爹，你就沒想過要改個名字嗎？」

「嘿嘿，以後咱也可以去外面吹牛了，說咱認識劍神霍中溪！」

村民們淳樸得很，都以為劍神是高高在上的大人物，是不會來他們這麼偏僻的地方的，是以大家居然都和那人想法一致，認為沈曦的相公只是湊巧和劍神同名罷了。

沈曦微怔了一下就立刻想通了，這個世界資訊不發達，霍中溪長什麼樣根本沒有多少人知道。上漁村這麼個偏僻的小漁村，連縣令都沒來過，更別說像霍中溪這種高於皇帝的大人物了。所以，當人們聽到自己的相公叫霍中溪時，肯定不會覺得是那個高高在上的劍神大人，因為她自己也實在是太平凡了。這就如同我們身邊有一個熟悉的女人，忽然有一天，有人說她的老公叫「李嘉誠」，我們的第一反應多半會是「不是吧？」、「同名吧？」。

霍中溪也不解釋，只是望著大家微笑。

沈曦連忙站到霍中溪身邊，向他介紹道：「這是三叔公，村子裡最德高望重的，當初我來時，就是他老人家收留的我。」

霍中溪向三叔公又深施一禮道：「謝謝三叔公在我娘子危難之時施以援手，霍某感激不盡。」

三叔公虛扶了霍中溪一下，慈祥地看了一眼沈曦，道：「幸好我這個糟老頭子眼力還行，一撿就撿來了個財神爺。霍賢侄，你這娘子是個能幹的，要不是她，我們上漁村還在餓肚子哪！」

霍中溪意味深長地看了沈曦一眼，笑道：「我家娘子一貫厲害得很，連我都自愧不如。」

沈曦輕輕地在他背後掐了他一把，臉上笑得更加熱情。「三叔公，您請進屋，外面這日頭照的，也太熱了點。」

三叔公也不客氣，邁步進了屋，然後向沈曦道：「沈娘子，妳是雙喜臨門，一是夫妻團聚，二是母子相聚，今天中午我們大家可要叨擾妳了。」

沈曦連忙道：「這是我求之不得的！」

三叔公又道：「沈娘子，送小俠去劍神山的事情，妳別往心裡去。王師傅和芳姊他們沒有惡意，他們是為了小俠的前途著想的。但未經妳許可就帶走小俠，這事確實不妥，我已經說過他們了，妳別怨恨他們。」

沈曦道：「沒事，我知道他們是為了沈俠好。相公，你先陪著三叔公，我去張羅一下酒菜。」

霍中溪寵溺地看了沈曦一眼，笑道：「去吧，這裡有我呢！」

沈曦來到廚下，頓時被一群嘰嘰喳喳的女人給包圍了，她一邊接受著眾婦女的調侃，一邊指揮著人去城裡買肉買菜。到底是家有喜事精神爽，沈曦忙活了半天，愣是沒覺出累來，忙裡偷閒時，她就會去看看霍中溪在幹什麼，每次都看見他沈穩地和三叔公、村裡的男人們談笑風生，倒沒有一點劍神的樣子。到吃飯的時候，沈曦看到他雖不太擅長應酬，但也沒有太過冷場。

見沈曦總去偷瞧霍中溪，一干婦女又免不得調侃了她一番，不過沈曦心情好，不和她們一般見識。

吃罷午飯，村民們都散去了，小霍俠也玩累了，躺到炕上睡午覺去了。

霍中溪和沈曦也躺到床上休息，霍中溪把沈曦摟在懷裡，輕輕地玩弄著她的手指，有一搭沒一搭地道：「今天三叔公問我，是帶你們母子走，還是留在這裡。」
沈曦昨晚沒有休息好，有點睏了，半合著雙眼，似睡非睡地回道：「這不是廢話嗎？你有事情要做的，自然是我們母子和你走了。」
霍中溪道：「也不一定，現在局勢穩了，不用我天天待在劍神山了。我陪妳待在這裡，也不是不行。只要妳喜歡，咱們就繼續住在這裡吧。」
沈曦用僅有的理智想了想，還是道：「算了，只要咱們一家人在一起，去哪兒都無所謂。」
然後沈曦聽到霍中溪驚喜道——
「真的？太好了！那我帶妳去我長大的地方看看吧，也拜祭一下我師父。」
拜祭一下師父？嗯，這也是應該的。沈曦半睡半醒地點點頭說：「好。」
霍中溪高興地輕拍著沈曦的後背，還給了她一個吻。「乖，好好睡吧，以後的事情都交給我。」
下午小霍俠去找王師傅了，霍中溪閒著無事，便亦步亦趨地跟在沈曦後面，似乎一刻也不願與她分離。
沈曦無奈地放下手中的活兒，似嗔還嬌地對霍中溪道：「走吧，我帶你去趕海吧，晚上給你煮一盆子海鮮吃！」
霍中溪笑咪咪地點頭，揹了沈曦拿來的魚簍，打扮成個漁夫樣，和沈曦一起去趕海。

海邊上已經有不少人了，沈曦帶著霍中溪走得稍遠了一點，每當經過村民旁邊，在沈曦介紹後，霍中溪都會禮貌地和人打招呼。

沈曦瞥了霍中溪一眼，然後用肩膀撞了撞霍中溪，一臉戲謔地道：「喂，劍神大人，你倒是沒有一點高高在上的架子，看見人還知道打招呼呀？」

霍中溪笑道：「這些人收留了妳，我當然要對他們客氣點了。在外面的時候，妳相公也是話很少的。」

沈曦忽然想到，以前他在炕頭上坐了那麼久，真的沒有說過話，不由得問道：「瞎子，那時你天天和我在一起，就沒有想過和我說話嗎？」

霍中溪摧沈曦攏了一下被海風吹亂的頭髮，這才回答道：「剛開始那幾個月是不想說，因為我不知道毒靈仙子會不會回來，而且，我還不夠瞭解妳。後來我想說了，又不知怎麼開口了。」

沈曦道：「有什麼不好開口的？你就忍心一直騙我呀？」

「妳毒發肚子疼的那晚，我很想開口安慰安慰妳、抱抱妳，不過我又一想，如果我真說話了，妳肯定會覺得我欺騙了妳那麼久，是個大騙子，再加上我們本不是夫妻，後果我有點不敢想。沒有辦法，我只能忍了下來，後來等妳睡著了，我就運功幫妳排了毒，不過妳個小傻瓜不知道罷了。」

「幫我排毒？怪不得那老大夫說我排毒排得快呢！」沈曦對霍中溪的默默關懷表示感謝。

聽完了霍中溪的解釋後，沈曦在心中反覆地問著自己一個問題——

當一個和妳在一起生活了許久的、又瞎又啞又聾的人，有一天他突然會說話了，他不瞎也不聾了，妳會是什麼反應？

第一個反應，絕對不是驚喜，而是受了欺騙！

是的，是欺騙。

他像偷窺狂一樣在偷偷地觀察著妳的每一個動作，在偷聽著妳的每一句話，甚至於，妳洗澡、換衣服、換衛生棉這些極隱私的動作，他都在旁邊看著、聽著……

妳拿他當自己最親密的人，對他付出了感情，而他呢，不僅不給予妳回應，反倒像看戲、看小丑一樣地在看妳的賣力表演……

雖然瞎子看不見，但這並不妨礙沈曦的想像，沈曦的臉色都有點青了。

現在，她明白當初霍中溪為什麼不開口說話了。

因為如果他那時候開口說話，沈曦最有可能的反應就是離開，離這個心機深沈的變態男人遠一點！

霍中溪望著臉色不豫的沈曦，抬起手溫柔地撫摸著她的臉頰，自嘲道：「我那時候眼睛看不見，萬一妳跑了，我肯定找不著妳了，所以，我一直在找一個契機。」

沈曦苦笑道：「鎮子上動亂那會兒，我天天嚇得睡不著覺，那時你沒想過說話嗎？」

霍中溪嘆道：「想過。可後來妳說，有一撥人挨家挨戶地搜人，我就知道是來找我的。我當時想，如果我敵不過他們，被殺掉了，對於一個又瞎又聾又啞的人的死，妳應該不會太傷心。」

沈曦偏偏頭，甩掉霍中溪的手，看著無邊無際的大海，悵然道：「是呀，我本不應該傷心的。那個瞎子有什麼好？有什麼好呀……」

霍中溪看出了沈曦的心情低落，長嘆一聲將她擁入懷裡，兩個人就這樣依偎著，靜靜地看著浪花翻捲的大海。

過了良久良久，沈曦忽然轉過頭來，向霍中溪輕聲道：「那個瞎子沒什麼好，可他死後，我卻不願獨活了。」

霍中溪眼中有水光閃過，然後他緊緊地抱住了沈曦，給予沈曦最熱烈的吻和最真的心。

兩人在大海邊擁吻許久，直到海浪上湧，又一次潮汐即將來臨，才牽著手沿著海灘往回走。偶爾發現一樣海鮮，沈曦就會撿起來告訴霍中溪這是什麼東西、有什麼習性、怎麼吃最好，霍中溪從未在海邊生活過，對這一切自然是不瞭解，感到新奇無比，是以他就像一個乖乖的小學生一樣，認真地聽著沈曦的介紹，同時含著笑用目光捕捉著沈曦的一舉一動。

兩個人恩恩愛愛地邊走邊撿海鮮，魚簍很快就滿了，當兩人意猶未盡地回到家中時，無聊小孩霍俠小朋友正拿著木劍滿院追趕飛舞的蒼蠅。

見他追得滿頭大汗卻都沒追上一隻，剛上任的爹爹便走過去要來木劍，嗖嗖嗖三劍刺出，三隻蒼蠅飄然落地。看傻了眼的小孩看看爹爹，再看看地上的蒼蠅，嗷的一聲撲進了爹爹懷中，啾啾啾在爹爹臉上連親了好幾下，眼中閃爍的那熱烈目光，連旁邊的沈曦都覺得烤得慌。

「爹爹、爹爹……」小霍俠激動得已經不會說話了，只會摟著霍中溪喊爹爹。

霍中溪在兒子的臉上親了親，又捏了捏兒子柔軟的小臉蛋，頗有興味地道：「爹爹以後也會教小俠學這麼厲害的劍術，你學不學？」

小霍俠重重地點了一下頭。「學！」話語中滿是堅決，沒有絲毫的猶豫。

霍中溪又道：「那你怕不怕吃苦？」

小霍俠大聲回答：「不怕！」

霍中溪爽朗大笑，頗有一副有子慰懷的喜悅和豪氣。

晚上吃飯的時候，小霍俠賴在霍中溪懷中，任沈曦怎麼拉也不出來。霍中溪也護著孩子，父子倆的感情急劇升溫中。

倒是沈曦，吃了有孩子來的第一頓好飯，小霍俠完全不用她照顧，都是剛上任的爹爹一手包辦的。

等小霍俠睡著後，夫妻倆洗漱完畢，這才上床休息。

兩人躲在床上，面對面地說著一些別後離情，沈曦忽然想起霍中溪曾說他找到了李老先生，不由得問道：「你是怎麼找到李老先生的？」

霍中溪一邊把玩著沈曦的手指，一邊說道：「西谷被屠城後，我當時很憤怒，後來平靜下來後，我想到妳那麼聰明，又那麼膽小，沒準兒在屠城前就跑了呢！我讓安修慎發了公文，只要有以前西谷鎮的人重新去上戶籍就通知我。這兩年我輾轉各地，尋找可能認識妳的人，後來我找到李楨一家，李楨沒在家，他兒子說妳去海邊了，我就沿著妳當時可能走的路向東追，後來走到邊城，邊城的守將說當時他們封鎖了城門，絕對沒人過關，而且他們說依照當時的情況來看，妳根本就沒辦法到海邊，就這樣，妳的線索又斷了。我有點不太甘心，一直通過各種方式尋找妳。前幾天忽然有一個叫錢青耀的人來報信，說妳可能在這裡出現了，所以我就來了。」

那錢青耀和小七主僕總在衙門出入，自然有可能知道公文這件事。聽見霍中溪為了找她費了這麼多心思，沈曦說不感動是假的，被人重視、被人珍愛的感覺，實在是很不錯。

沈曦眼睛濕漉漉地看著霍中溪，只覺得此生遇到這個重情重義的男人，自己怎麼都值了。

見妻子如此柔情密意地看著自己，霍中溪忍不住將她緊緊摟入懷中，輕輕親吻她的臉頰，溫柔低語。「娘子，謝謝妳還活著，也謝謝妳給我生了個兒子，以後我絕對不會讓妳再吃苦了。」

沈曦的眼角終於流出了眼淚，她都不知道該如何表達自己的感情了，只是嗚咽著喊了一聲「相公」，就再也說不出話來了。

霍中溪吻去沈曦臉上的淚，像哄小孩一樣哄沈曦道：「沒事了，現在咱們一家團聚了，以後都不會分開了。我還沒說完呢，妳不想知道李楨過得怎麼樣嗎？」

這個話題轉得相當成功，沈曦抹掉眼角的淚，還略帶著哭音道：「他們一家過得還好嗎？」

霍中溪笑道：「妳絕對想不到李楨幹麼去了？」
沈曦道：「能幹麼？讀書、遊歷、逗孫子唄！」
見妻子終於不哭了，霍中溪輕呼了一口氣，然後故作輕鬆地揭開謎底。「妳猜錯了，他出家當道士了。」
這可真是讓沈曦吃了一驚，李老先生學問那麼好，怎麼可能出家呢？後來再一細細琢磨，不論誰經歷了那麼慘烈的變故，大概都會生出厭世之心吧，何況是像李老先生那樣感情細膩的讀書人。不是就連自己，都曾經想過找個世外桃源隱居嗎？
想到此，沈曦嘆息了一聲，道：「遭逢那麼慘烈的苦難，別說是李老先生，就連我都想過找個沒人的地方隱居呢。」
霍中溪撫摸著妻子的臉頰，保證道：「咱們先在這裡住幾天，等我徒弟來後，我交代他一些事情，就帶妳和兒子去拜祭師父。那裡很清靜，妳要是喜歡，咱們就在那兒住幾年，正好也教兒子開始練武。」
「好。」沈曦對劍神長大的地方還是很嚮往的，那應該是個充滿靈氣的地方。
霍中溪解釋清楚了一切事情後，沈曦掂量了好一會兒，還是覺得歸海墨的事情應該提前和他打個招呼，雖說自己和歸海墨沒有生出情愫，不過這種事情還是說得清清楚楚的好，省得日後麻煩。
「嗯……相公，我和你說件事呀……去年我去寬城賣東西的時候，遇到一個七、八歲的小女孩，我們聊得挺好的。後來她和她父親來上漁村趕海，她父親見我和孩子挺親，就想讓我去當……」沈曦說到這兒就頓住了，保母在這個社會應該怎麼說？奶媽？小青芙可沒吃過自己的奶。老媽子？好像自己還不算太老呢……

她正想詞呢，霍中溪卻先開問了。

「當什麼？當繼母？」

沈曦看了看他有些不豫的臉色，小心道：「剛開始說要我幫他哄孩子，一個月一百兩，我沒答應，後來他就說要娶我。你放心，我們沒什麼，他只是想讓我幫他照顧孩子，交換條件就是他會教兒子武功。」

霍中溪翻身坐起，目光一凝，冷冷道：「他叫什麼？住哪裡？我去會會他，看看他有什麼本事教我兒子！」

沈曦一看霍中溪大有滅人全家的勢頭，心道幸好自己沒愛上別人，要不這傢伙一發怒，自己能不能有個全屍都難說。也幸好那個人是歸海墨，這要是功夫差點的，還不讓他幾劍就送上西天呀！

沈曦趕緊安慰渾身散發著寒氣的相公大人。「行了，先消消火吧，我和他又沒事，我這不也沒答應他嘛！」

霍中溪先伸手摸了摸沈曦的臉，臉色有所緩和，不過仍是堅持地問道：「他是誰？」

沈曦見他不達目的不甘休，只得嘆了口氣道：「先強調兩點我再告訴你。第一，我們沒有男女之情，我們之間是清清白白的。第二，他只是提出了條件，我們之間屬於交易性質。」然後在霍中溪緊盯的目光中，沈曦故作鎮定地道：「他說他叫歸海墨。」

霍中溪愣了一下，不過臉上隨即就雲消雨霽了。「原來是他呀！別理他，他就是個瘋子。」

一聽這話，沈曦心中不禁暗暗發笑，這天下一共就剩四個武神了，東嶽的風纏月被霍中溪和歸海墨稱為瘋子，現在歸海墨又被霍中溪稱為瘋子，南嶽的本我初心被霍中溪諷刺為心盲眼瞎……這聽來聽去，四個武神三個病，就剩自家這個還正常呀！

沈曦好奇地問道：「歸海墨怎麼瘋了？他不就是話少了點嗎？」

霍中溪道：「妳以後少和他接觸，這傢伙相當麻煩。」

歸海墨除了話少點、呆一點、性格幼稚一點、語言表達能力差點，人品好像沒看出有什麼缺陷呀！

見沈曦用懷疑的眼光盯著自己，霍中溪只得解釋道：「他的事情很複雜，那個女孩不是他親生的，是他沒過門妻子的。」

不是他親生的，是他沒過門妻子的……這聽著怎麼這麼亂呀？

霍中溪抱著沈曦又重新躺下，向沈曦道：「別管他了，這事我來解決。來，睡覺！」

於是這件事，就這樣被劍神大人攬過去了。

無事一身輕的沈曦，在劍神大人的懷中，睡了個好覺。

在霍中溪到來的第三天，一個風塵僕僕的中年男子來到了沈曦的家，一進門咕咚一個頭便磕在地上，張嘴就對沈曦叫師娘，把沈曦嚇了一大跳。

根據霍中溪的介紹，沈曦知道了這個明顯比霍中溪歲數還大的男子，就是霍中溪的首席大弟子，叫安慶波。

安慶波和沈曦見過禮後，就被霍中溪叫到屋裡談話去了，沈曦逕自去廚房準備飯菜。還沒等她把飯做好呢，安慶波已經前來告辭了。

沈曦吃驚道：「怎麼不吃了再走？這都晌午了！」

安慶波只是一個勁兒地傻笑，不管沈曦怎麼挽留，這個憨厚的傢伙還是執意去了。

沈曦進屋埋怨霍中溪道：「大老遠的來了，怎麼不讓他吃了再走？」

霍中溪道：「妳不用和他客氣，拿他當自家人看就行。他是安修慎的叔叔，頭上也是頂著王爺頭銜的，有得是人想請他吃飯，不用在咱家吃。」

這麼個憨厚的傢伙是王爺？還真看不出來呢！不是說王爺都勾心鬥角、個個猴精猴精的嗎？

安慶波來過以後，霍中溪就和沈曦商量，近日啟程，帶沈曦和小霍俠去拜祭師父。

沈曦在知道了霍中溪的身分後，便明白自己如果不想夫妻分離，就肯定要離開上漁村，和霍中溪一起走。雖然對上漁村有著諸多不捨，沈曦還是決定隨霍中溪離開，因為她知道，霍中溪身上背負著一個國家，是不可能永遠窩在這個小漁村的。

想通這些事後，沈曦就開始著手準備。想到相公的身分，覺得自己以前的東西還是不帶了，應該有人會準備好，就僅收拾了幾件換洗衣服，帶上了所有的銀票和銀兩。剩下那些不太重要的東西，就全放在上漁村，沒準兒以後還會回來住幾天呢！

過了兩天，安慶波趕來了一輛豪華的大馬車，把東西都搬上馬車後，一家三口準備離開上漁村。

村民們捨不得讓沈曦離開，依依不捨地送了老遠。就連顫巍巍的三叔公，也親自將他們送到了村外。芳姊和沈曦感情最親厚，哭得眼睛都紅了。

沈曦也捨不得上漁村這些淳樸可愛的人們，眼淚也是流個不停。

三叔公一再地叮囑沈曦。「沈娘子，有空就回來看看，這裡以後就是妳的娘家。霍相公，對他們母子好點，莫讓我們掛念。」

沈曦和霍中溪趕緊都答應了。

待日頭都高起來了，沈曦才依依不捨地上了車，安慶波這才揚鞭而行。

當馬車已經走了老遠，忽聽得後面有人大聲喊道：「霍相公，你家住哪兒？以後我們要去哪兒看沈娘子啊？」

霍中溪回頭道：「來劍神山，就說是上漁村的，自然有人帶你們來見我娘子。」

身後，沈寂良久，然後猛地爆發出一陣不可置信的尖叫！

離開上漁村後，安慶波趕著馬車向北而行。

車廂裡，沈曦抱著小霍俠，向霍中溪道：「大俠不都騎馬的嗎？你一個大男人怎麼還坐在車裡呀？」

霍中溪坐得穩穩的，聽了這話便回道：「坐車可以多陪陪妳和兒子，順便也能練功，騎馬不行。」

一聽說還能練功，沈曦嘖嘖讚道：「這麼用功，怪不得能成劍神呢！」

霍中溪笑了笑，沒有接話。

一路上，兩人有一搭沒一搭地說著話，兩人的關係，很快就回到了以前在鎮子上的時候，親密，無間。

就這樣一連過了三天，到第四天的時候，他們在一座很繁華的城市裡停下了。

馬車剛一停，就呼啦啦地圍上來了一大堆人，跪在了馬車旁邊，齊聲喊道——

「恭迎劍神大人、劍神夫人、忠勇義王爺。」

沈曦還真沒見過這陣仗，被這聲音嚇了一跳。

忠勇義王爺？是安慶波嗎？這是個什麼破封號啊？一點都不好聽！

安慶波先下了車，打開了車門。霍中溪抱著小霍俠先下去了，然後又伸過胳膊，將沈曦扶了下去。

沈曦這才看到旁邊跪了好多穿官服的人，烏壓壓的，足有百十來號人。

霍中溪看都沒看他們，牽了沈曦的手就往附近的一所房子裡走。沈曦上輩子也是見過世面的，自然不會被這場面嚇得手軟腳軟，她很鎮定地跟上了霍中溪的腳步，當走到大門前時，她還抬頭看了看這門上面的牌匾，只不過那上面的字太過於龍飛鳳舞了，在這裡處於半文盲狀態的她很遺憾地沒認出來。不過，她聞到了一股藥香味，看來這地方不是藥鋪就是醫館。

霍中溪帶沈曦進了屋裡，門內也跪了好幾個人。

見他們進去了，有兩個鬍鬚雪白的老頭口裡恭敬地喊道：「御醫張平遠、袁道清叩見劍神大人、劍神夫人。」

從到古代以來，自己都是在社會底層混，何曾見過這種大人物？現在看到他們都跪在自己面前，連大氣都不敢出，沈曦這才有些明白為何古代人要費盡心思地往上爬了，實在是這其中的差距，像天和地那麼大呀！

霍中溪讓沈曦坐到椅子上，自己抱了小霍俠在旁邊落坐，這才淡淡說道：「你們給夫人診診脈。」

一個足有七、八十歲的老御醫顫巍巍地膝行過來，來到沈曦面前，掏出一方絲巾蓋在沈曦的手腕上，這才將手指按在絲巾上。

沈曦以前也是社會上的好青年，平時見人也是有禮貌的「你好、謝謝、對不起」不離口，現在這麼大歲數一個老大爺跪在自己面前，就覺得有些不自在。不過她看了看霍中溪嚴肅的臉，沒敢提出來讓老御醫坐著診，因為她知道這個社會就是這樣，如果你太出格了，會招來他人的嘲笑。自己一個人不打緊，可現在她好歹也代表了劍神不是？

老御醫仔仔細細地診了好長的時間，才收回手道：「夫人身體無大恙，只是早年體虧，再加上生產之後調養不當，有積勞成疾之相，現在調養調養，會很快痊癒的。」

聽到沈曦身體不太好，霍中溪有些不太放心了，向跪著的另一個御醫道：「你來。」

另一位老御醫也趕緊膝行過來，給沈曦仔細診了脈，然後道：「劍神大人，下官診的脈象和張大人一樣，夫人必是吃過許多苦，也曾受過大驚嚇，體內已埋下隱疾，脈中已有顯現。」

霍中溪沈吟片刻後才說道：「照實了開個方子。」

兩個老御醫恭恭敬敬地退下了。

沈曦這才明白，霍中溪是怕她留下什麼病症，這才特意找了這兩個御醫來給她診治。他這份細心，讓沈曦感動不已。

沈曦向霍中溪眨了眨眼睛，輕聲道：「謝謝啦，相公。」

見自己的好意得到了妻子的回應，霍中溪也不再扮酷了，向沈曦微微一笑。

沈曦剛要戲弄戲弄這個假正經的武神，不料旁邊安靜了好久的小霍俠似乎有點渴了，看見桌上的茶杯，一個勁兒地伸手。

「娘，喝水！」

霍中溪離得近，順勢抄起個杯子倒了點茶水，還先試了試水溫，覺得不燙，這才拿到了小霍俠嘴邊，細心地餵小霍俠喝水。

等兩位老御醫進來的時候，發現一向冷酷的劍神大人竟然在溫柔地餵孩子喝水，不由得都不敢相信地揉了揉眼睛。

拿到了藥方，又抓了幾包藥後，霍中溪抱上兒子、牽著夫人就回到了馬車上。

車廂旁跪著的那些人連忙又喊道：「恭送劍神大人！恭送劍神夫人！恭送忠勇義王爺！」

沈曦覺得他們其實挺可憐的，為了迎接劍神大人，估計他們早早的就在這兒等著了。跪了這麼久，竟然連劍神大人的一個字都沒聽到，這官，也不好當呀！

晚上，一行人投宿在一間客棧裡，似乎已經有人提前打點過了，給他們包了一個風景優美的小院子。沈曦正給小霍俠講睡前故事呢，霍中溪從外面回來了，手中拎了一個漂亮的錦包，一進屋他就將那錦包扔給了沈曦。

這是什麼？禮物？信物？諸葛亮的錦囊妙計？

沈曦狐疑地打開了那個錦包，裡頭竟然裝得滿滿的都是銀票！她看了看，有一萬兩一張的，有十萬兩一張的，有百萬兩一張的，沈曦一張張地仔細清點了，然後吃驚地發現，這裡面足足有三千萬兩！

古代有這麼大面額的銀票嗎？百萬兩一張？在沈曦的印象中，這一百兩一張就是最大的了。

沈曦仔細端詳了一下這些銀票，果然見下面都寫有一行小字：劍神霍中溪專用，兌換後，錢莊即日交回國庫兌現銀！上面還加蓋了好幾個大印。

看著這「專用」兩個字，沈曦一邊暗罵著「萬惡的特權階級」，一邊將銀票塞進了自己的包袱裡，然後臉上笑開了花。

哈哈，發財了、發財了，這次真的發財了！三千萬兩呀，足夠自己揮霍一輩子了！以後再也不用辛苦勞作啦，再也不用起早貪黑啦，再也不用忍氣吞聲啦！沈曦那個美呀，從心裡美到了臉上，就差跳支舞慶祝一下了！

還沒等她笑出聲來呢，霍中溪的一句話就又把她給噎住了。

霍中溪道：「這點零花錢妳先拿著，不夠了再和安修慎要。」

不會吧？三千萬兩是零花錢?!

沈曦挖挖耳朵，自己沒聽錯吧？

前些日子自己還在為能掙幾百兩而沾沾自喜呢，現在竟然有三千萬兩可以供自己揮霍了，而且還只算是零花錢？

不是姊的思維有點亂，是這世道變得太快呀！

三千萬兩是什麼概念沈曦不知道，沈曦接觸過的這麼大數字是在歷史書上，好像是在清政府和外國簽訂的不平等條約裡看見過。

沈曦前世沒缺過錢，來到這個世界後，天天為了能混口飯吃而奔波，現在，自己終於又可以過回米蟲生活啦！先買所大宅子，要風景優美的，院中有山有湖的；還要買不少丫鬟、僕人，不英不俊、不美不靚的根本就不要；護院、打手還得招一堆，自己出去的時候前呼後擁，看誰不順眼，上去就一頓胖揍！誰敢看不起自己，自己就用錢砸死他……

帶著這美好的想像，沈曦迷糊傻笑的狀態一直持續了好幾天，每天晚上她都抱著銀票睡覺，在夢中嘿嘿嘿嘿地笑個不停，把睡覺一向警醒的劍神大人一晚上驚醒好幾次。

望著眼前這一望無際的森林，沈曦傻傻地回過頭來，一字一句地向霍中溪問道：「親、愛、的、相、公，請你告訴我，我們來森林幹麼？這是桃花盛開的地方呢，還是生你養你的地方呀？」

「後者。」霍中溪回答得很簡短。「我在這裡長大。」說罷，他把小霍俠抱在手上，閃避著沈曦逼人的目光，向小霍俠道：「兒子，爹爹教你拿劍砍野豬、刺老虎、挑野兔、削狐狸，好不好？」

「好！好！」小霍俠穩穩地坐在老爹懷裡，和滿臉鬱悶的娘親相反，他臉上掛著的是開心雀躍的笑容。

不滿兒子和她唱反調，沈曦伸出手在兒子的臉上輕輕擰了一下。

小霍俠小臉一歪，小嘴一嘟，委屈地向霍中溪道：「爹爹……」

霍中溪看了看滿臉不爽的娘子，轉過身輕聲哄兒子道：「兒子，男子漢大丈夫，要能屈能伸，咱不與女人一般見識。」話剛說完，他的腰間就被人狠狠地掐了一把，霍中溪咧了咧嘴，仍繼續保持微笑地向小霍俠道：「不僅要能屈能伸，還得能忍辱負重。」

小霍俠雖然不明所以，但仍鄭重地點了點頭。

沈曦嘆了口氣，無奈地向霍中溪道：「你沒逗我吧？」

霍中溪笑咪咪地道：「我真是在這兒長大的，師父他老人家就埋在這裡。」

沈曦鬱悶極了。

剛得了一大筆鉅款，還沒有揮霍消費呢，就跑到這森林邊上來了，這不是手拿金碗討飯吃嗎？

不過還好，這裡還是一個小小的鎮子，雖說不可能弄個太繁華的家，一般富戶呼奴喚婢的生活其實還是能過上的。

沈曦已經不是十幾歲的小女生，早就過了可以隨意耍脾氣的時候了。她很快地接受了，反正再糟糕，也不會比她在鎮子上的時候更糟糕，何況有了身邊這個男人，就算再艱苦的生活，她也甘之如飴。

想到這裡，沈曦掐霍中溪腰部的手改成了撫摸，然後又進化成了調戲，她一邊在霍中溪身上連掐帶擰，一邊抑揚頓挫地道：「相公，我對你……長……大的地方，很感興趣呢……」

這不算隱晦的暗示，霍中溪自然聽懂了，在和沈曦的相處中，他早就已經習慣了沈曦突如其來的挑逗，也把這當成了夫妻間的小情趣，有時候也是很樂在其中。

霍中溪瞥了兒子一眼後，偷偷伸出手，狠狠攥了一下沈曦那柔軟的手，直到沈曦痛得直皺眉才鬆開了。

對於霍中溪的警告，沈曦當然是置之不理，在兒子看不見的身後，她抬起霍中溪的手，迅速在他手心用牙齒輕輕磨了一、兩下，然後又迅速將他的手放開了。

霍中溪無奈地看了沈曦一眼，湊到沈曦耳邊悄聲道：「當著兒子面呢，收斂點……」

見相公大人為難了，沈曦心裡這才舒服了，報了霍中溪帶她來這個偏僻地方的一箭之仇。

他們現在所在的地方，是森林邊上的一個小鎮。霍中溪似乎對這裡很熟悉，直接把馬車趕到了一間小酒店旁邊，將馬韁拴在店前的柱子上。

霍中溪衝著店內大聲喊道：「莫老伯、莫老伯——」

剛喊了兩聲，就見一個六、七十歲的老人家，擦著兩隻還在往下滴著水的雙手，從店內衝了出來，嘴裡嚷嚷道：「小霍回來了？是不是小霍回來了？」

霍中溪迎上去抱住老人家，情緒也是十分的激動。「莫老伯！是我，是我回來了！」

莫老伯仔細地打量了霍中溪一番，忽然豎起大拇指道：「小霍，你的事我都聽說了，好樣兒的，沒給你師父丟臉！」

老人家又瞥見了霍中溪身後的沈曦和小霍俠，不由得疑惑地道：「這是你娘子和孩子？」

霍中溪連忙牽了沈曦和霍俠的手，向老人家介紹道：「莫老伯，這是我娘子沈曦，這是我兒子霍俠。」

「好、好，姪媳婦很漂亮！小傢伙，來讓爺爺抱抱！」莫老伯抱過了小霍俠，樂得眉開眼笑的。

帶著沈曦一家進了小酒店後，莫老伯又親自下廚炒了幾個小菜，用的材料也都是從山中收集來的新鮮食材，讓在馬車裡顛了好多天的沈曦一家美美地吃了一頓好飯。

晚上沈曦一家自然也是住在了這間小店中，小霍俠這些天大概是累著了，早早就睡去了。

莫老伯抬來熱水，她和霍中溪各自洗了個澡，洗去一身的風塵。

沈曦是早就累壞了，躺在床上迷迷糊糊地問道：「以後咱們住在這裡嗎？」

霍中溪拿著布巾給沈曦擦半乾的頭髮，輕輕道：「可能會在森林裡住一段時間，我想先教兒子練劍，那裡人跡罕至，兒子不會分心。」

森林裡嗎？

沈曦睜開眼看了看這個在自己面前一直努力當個好丈夫的男人，低聲道：「有你在，去哪兒都行。」

霍中溪緩緩綻開笑容，傾下身來，在沈曦唇上輕輕印下一吻。

下半夜，睡得正香的沈曦彷彿聽到了霍中溪叫她的聲音。她睜開惺忪的睡眼，模糊中看了眼霍中溪的臉龐，沒醒過來，又軟軟地躺了下去。

霍中溪見叫不醒她，只得替她穿上了衣服。用一個背簍將正在睡覺的小霍俠揹在身後，上面蒙蓋上一層薄薄的被子，然後他又抱起沈曦，也用一床薄棉被裹在她身上，就這樣出了門。

門外，夜色仍沈得很，天空中只有幾個星子在閃爍。夜空下，莫老伯提著一個燈籠，站在店門外為他送行。

「小霍，路上小心點，遇到猛獸就避開點，千萬別再硬闖了，遇到事多想想你娘子和孩子。」

霍中溪點頭道：「我知道。莫老伯，我現在去了，短時間內回不來，有什麼事你就叫人去通知我。過幾天慶波可能會來，你讓他多帶些東西過去。」

莫老伯道：「你放心吧，這事兒老頭子我都幹了快一輩子了，閉著眼睛也辦得好。天也不早了，你快點走吧，這幾天的路不輕鬆，千萬別累著了。」

霍中溪向莫老伯點點頭後，提起一口氣就躍上了林梢，攜妻帶子的身影，轉瞬間就消失在了森林裡。

第十四章

沈曦是被顛醒的，當她睜開眼睛後，發現自己正在離地面幾十米高的樹梢上跳躍，立刻來了個失聲尖叫，那聲音尖得如此淒厲，就連在後面背簍中的小霍俠都吵醒了。

要說劍神的兒子就是膽大，當他把蓋在背簍上的被子撥開一條縫，發現自己是在空中跳躍時，立刻就興奮了起來，大呼小叫的聲音飄得老遠老遠，若不是霍中溪及沈曦一再要求他老實些，他怕是能從背簍中蹦出來，自己跳到樹梢上去嘗試一下了。

現在是夏末秋初，已經有秋風下來了，何況現在是在半空中，再加上霍中溪的速度相當的快，迎面而來的那個風，又大又烈，好像一柄柄飛刀在天上飛似的。沈曦剛從棉被中露了個頭出來，就被風灌了滿嘴，臉也似被打了個大巴掌一樣，疼得要命。沒有辦法，沈曦只得又縮回棉被中，將棉被留了個小縫，朝外面瞄一眼、瞄一眼地瞧。

由於她是被霍中溪公主抱地抱在懷中，所以她只能看到霍中溪胸膛以上的部分，以及開闊蔚藍的天空。天空沒什麼好看的，沈曦的視線只得侷限在霍中溪身上，時間一長，對霍中溪的狀況就看得比較清楚了。她發現，在樹梢上跳躍的時候，霍中溪似乎是在提著氣，不能多說話，只要說話了，必定要落下去踩著樹枝借力。所以沈曦自動地減少了和他說話的次數，也一再要求小霍俠不要打擾他。

小霍俠聽話的不再問爹爹任何問題，乖乖地坐在後面的背簍中，骨碌碌地轉著大眼睛，看著這個被他踩在腳下、不斷向後退去的森林，稚幼的小臉上，流露著對父親的崇拜和對武功的強烈渴盼！

在樹梢上跳躍明顯比較消耗體力，特別是在帶著兩個拖油瓶的情況下。雖然霍中溪武功不錯，但在樹梢上跳的時間長了，明顯有些體力不支了。聽著霍中溪呼呼的喘息聲，沈曦小聲地提議他先找個平坦的地方休息一會兒，順便讓小霍俠吃個早飯。

霍中溪又在樹上竄了好久，在見到一條小溪後，才落了下去。

沈曦和小霍俠分別從霍中溪身上下來，然後立刻被眼前的美景驚呆了。

高高大大的樹木，黃綠掩映；絲絲縷縷的白霧，輕柔飄蕩；彎彎曲曲的小溪，淙淙流淌；白白黑黑的卵石，圓圓滑滑；清清澈澈的水中，魚兒遊走；嘰嘰喳喳的鳥兒，跳躍樹間……

沈曦忘情地讚嘆道：「好美，比畫還美！」在上輩子，這樣美、這樣原生態的自然景觀太少了，即便是有，也不是沈曦這種在城中長大的、體虛身弱的人能見到的。

小霍俠抽出他的小木劍，嗖的一下就插進水中，似乎是想挑起一條魚，不過他畢竟人小力虧，意料中的沒有挑中。

霍中溪看著妻兒的反應，很是滿意。他本來有些擔心沈曦不喜山林，現在見沈曦如此，心中的石頭總算是放了下來。他向沈曦道：「娘子，我去找些柴，給兒子烤幾條魚吃。你們先在這溪邊歇一會兒，千萬別亂走，林中很危險。」

沈曦點點頭。「你帶著兒子去吧，他在你身邊更安全些。」

「嗯。我走不遠，有事妳就喊我。」霍中溪答應著，抱著小霍俠進入了溪邊樹林中。

沈曦把霍中溪放在溪邊的背簍翻了翻，除了背簍底部墊著的幾件衣服，還有一包鹽外，就再也沒有別的東西了。沈曦又仔細想了想霍中溪來時的樣子，忽然有一種大事不妙的感覺。霍中溪來時的衣服未見鼓起，顯見裡頭是沒有揣什麼東西，如果他真的連一些生活必需品都沒帶，那在森林中的生活……

難道自己一家三口這是要去做野人嗎？沈曦跌坐在石頭上，連氣都懶得嘆了。

沈曦沒失落多久，撿柴的父子二人組就回來了。霍中溪揹了一大捆枯樹枝和雜草，小霍俠也像模像樣地揹了幾根樹枝在背後，一副小大人的樣子。

「娘，看！」小霍俠一臉的興高采烈，可見玩得是十分盡興。

沈曦不忍拂了孩子的好心情，趕緊壓下對前路的擔憂，笑意盈盈地誇獎小霍俠。「兒子，你太能幹啦，竟然揹了這麼多的柴！沈不沈呀？」

小霍俠很豪氣地揮了揮手。「不沈！」

沈曦瞥了霍中溪一眼，霍中溪笑咪咪地和她對望一眼，卻是伸出手，很男人式地拍了拍霍俠的小肩膀。

有了父親無言的鼓勵，小霍俠用力地挺了挺胸膛，一臉的光榮與堅強。

沈曦早就知道，父親是孩子成長中一個十分重要的角色，男人的堅強與穩重，以及男人給孩子帶來的安全感，都是一個母親不可能給予孩子的。在這幾年間，沈曦早已發現了霍俠的內向與寡言，雖然她曾盡最大的努力去引導他，可很顯然地，她溫柔足夠，卻缺少霸氣和豪氣，所以，小霍俠仍舊是以自己的方式在適應著這個世界。

而現在，有了父親的引導，特別是這個父親以一種極為強硬的姿態站在了人類的巔峰，小霍俠心中立刻就把父親當成了自己最大的安全港灣，在這個安全港灣裡，他才流露出了孩子幼稚與天真的一面，臉上多了開心和笑容，而當他和這個讓他崇拜至極的父親相處時，也在時時刻刻地模仿著父親的一切，包括動作、話語、氣質等等……這些日子以來，小霍俠的變化十分明顯，性格開朗了許多，也不再那麼沈默了。

對於小霍俠的這種變化，沈曦自然是喜歡的，她立刻接過了小霍俠的柴，並給予了言語上的鼓勵和誇獎。

看到自己的勞動成果得到了母親的認可，小霍俠臉上的笑容更多了，自信也多了。

沈曦生火，霍中溪在水邊站定，劍快如閃電，肥嫩的大魚就這麼一條條地被挑出了水面，啪啪嗒嗒地落在了沈曦附近。小霍俠看得眼睛都傻了，一個勁兒地拍著小巴掌叫好，崇拜之情，溢於言表。

沈曦不敢拾弄滑溜溜、活蹦亂跳的活魚，只好仍由霍中溪一一開膛刮鱗收拾了，待收拾好、洗乾淨後，再拿到沈曦這邊燒烤。燒好魚後，沈曦喊那父子倆吃飯。大概是由於親手撿了柴，又親手幫忙抓了魚的緣故，小霍俠吃得格外的香。

吃罷飯，一家三口繼續趕路。

就這樣餐風露宿，三人在森林中足足奔躍了四天，直到第四天的日落時分，已經疲倦至極的霍中溪才叫醒了睡得頭腦昏昏的沈曦，說是到了。

沈曦從霍中溪懷中掙扎下來，軟軟地靠在霍中溪身上，惺忪地睜著雙眼打量著未知的「家」，可等她看到眼前的情景時，她的瞌睡蟲立刻就飛到了九霄雲外去了，眼睛也瞪得溜圓，如同看到外星飛船般不可置信。

對於霍中溪說的他「曾經長大的地方」，其實沈曦一直是心懷期待的，也很好奇。她想，能培育出一個武神的地方，應該是小橋流水人家或青山綠水木屋之類的。

而事實上，霍中溪以前住在這兒時確實有木屋，不過森林中的十年，可以將任何東西變得面目全非。這個地方若不是霍中溪說有房子，沈曦基本上是沒能找到房子，因為那所謂的房子上面已經長滿了各種藤蔓植物，和森林連為一體，綠色的或半枯的植物把整個木屋都掩沒了！

霍中溪扭過頭來，向沈曦訕訕地笑道：「十年沒回來，沒想到木屋竟然成這樣了……」

沈曦沒有生氣發火，卻是攥了攥霍中溪的手，一臉的憐惜。「你就是住這種地方長大的呀？可憐的相公……」

霍中溪對沈曦的溫柔體貼十分受用，立即回握住沈曦的手道：「我倒是沒什麼，就是委屈妳了，跟我來這不見人煙的地方受罪。」

說罷，他伸手去推木屋的門，不料剛一用勁把門推開了，那木屋就如同小孩的玩具城堡一般，嘩啦啦地垮了下來，煙塵四起。

霍中溪趕緊抱著妻兒往後退，剛想要和沈曦說些什麼，只見沈曦臉上的笑忽然凝固了，她猛地尖叫一聲，發瘋般地抬起手在小霍俠身上猛拍。

霍中溪嚇了一跳，趕緊看過去，就見一隻杯口大小的黑蜘蛛在沈曦的狂拍中，啪嗒一聲掉到了地上，然後八隻爪子一撓，快速地跑掉了。

見沈曦臉白得像雪一樣，明明已經快嚇破膽了，卻仍義無反顧地去保護兒子，霍中溪此時才明白了為何當初沈曦不讓小霍俠去劍神山了。因為在她心中，小霍俠比她的命都重要，她自然是不願把自己的命交給別人的。

剛想安慰安慰已經嚇得半死的妻子，霍中溪卻聽到妻子猛地發出了憤怒的巨吼——

「霍中溪！你趕緊給我找個能住人的地方！」

霍中溪無奈地苦笑，看了眼已經塌得完全不能再住的房子，認命地揹著看熱鬧的兒子，抱起憤怒的妻子，飛躍上樹梢，打算先找一個合適的所在度夜。黑夜中的森林，沒有人比他更明白其中的危險。

借著薄暮的微光，霍中溪在離木屋大約半里地的溪邊找到了一個相對開闊點的地方。放下妻兒後，他抽出劍，將附近的樹木、藤蔓盡數砍斷。

待清出一大片空地，霍中溪就砍了些手腕粗細的樹枝，搭了個一張床大小的帳篷。帳篷的架子搭起來後，卻沒有布來蓋在架子上擋風寒。霍中溪撓撓頭，不好意思地看了沈曦一眼後，自發地去抱了不少帶葉的樹枝，厚厚地堆在了帳篷外面，把帳篷給包圍了起來，這樣一來，帳篷果然不再透風了。在他做這些事的時候，沈曦帶著小霍俠在附近撿了不少枯枝、乾葉，打算生火做飯。雖然說下一頓飯，目前還沒有著落。

忙完這些，天已經完全黑下來了，沈曦在帳篷前點著火堆，借著火光一邊往地上鋪樹枝，一邊幽幽地嘆道：「怎麼不多帶床被子呀？這都到秋天了，森林裡又冷，這麼薄的被子，兒子非得凍病了不可。」

霍中溪也覺出自己帶的東西太少了。以前他一個人隨便怎麼都能過，已經習慣了，還真沒帶過行李什麼的。這次也是，光顧著趕路了，這準備工作還真忘了做了。而且他也沒算想到，十年未回來，他以前住的木屋會不能住了……

對了！木屋不能住了，但裡面的東西沒準兒還能用呢！一想到這兒，霍中溪立刻向沈曦道：「我去木屋那兒找找，看還有什麼能用的。」

沈曦看了一眼外面黑乎乎的樹林，再聽聽遠近此起彼伏的蟲鳴獸吼，不由得瑟縮了一下，小聲道：「算了算了，太晚了，明天再去吧！反正還有棉被，今晚先湊合一宿。」

霍中溪看了看那個簡單的小帳篷，再看看明顯膽怯的沈曦，本想帶沈曦一起去的，可一想到晚間會有一些小動物非常活躍，萬一嚇到了沈曦，那樣更糟糕，不由得輕聲道：「妳別怕，我剛剛放樹的動靜這麼大，附近的野獸蟲蛇早就被驚走了，木屋離得也近，有危險了妳喊一聲我就能聽見了。我快去快回，不過一眨眼的工夫。我順便再打點野味回來，晚上不能餓肚子不是？」

沈曦想了想，點頭答應了，只是仍道：「你帶了兒子去。」她怕萬一有危險了，她一點自保能力都沒有，會保護不了孩子。霍中溪畢竟是強大的，有他在身邊，孩子肯定沒有生命危險。

霍中溪自然明白沈曦以子為重的用意，毫不遲疑的答應了。他又想了想，將自己的劍遞給沈曦，囑咐她不要到處走，只待在帳篷裡就好，然後他又抱來了一根大木頭擋在了帳篷前，這才滿懷擔憂地揹著小霍俠走了。

霍中溪走後，沈曦緊緊地握著手中的劍，一動也不動地坐在帳篷裡，不敢發出任何動靜。她靜下來了，森林中動物的吼叫、昆蟲的鳴叫、吹過樹林的風聲、小溪淙淙的水聲，就連植物生長的聲音，卻都越發的清晰了起來！沈曦不由得打了兩個冷顫，雙腿慢慢地蜷在一起。

對於猛虎、餓狼什麼的，沈曦倒是還好，她最怕的，其實是無聲無息的蛇、蟲、蠍子、蜈蚣之類的。因為虎狼的出現都有聲響，而且她能看到，可這蛇蟲之類的，悄不出聲地就能爬到身上來，這才是她最恐懼的。

沈曦右手握著劍，左手不停地在衣服上拂來蕩去，生怕有什麼東西爬到身上來。來時落在小霍俠身上的蜘蛛，至今仍讓她心有餘悸。

沈曦本以為跟了劍神，還懷揣一大堆的鉅款，怎麼著也不用為生活奔波了，以後也能過過呼奴喚婢、呼風喚雨的優渥生活了，沒料到啊沒料到，沒想到啊沒想到，現在竟然過得連奴婢都不如了！人家奴婢最最最差了，也有間柴房睡啊，自己現在卻只能睡帳篷，而且連柴米油鹽都不知道在哪兒！
不過，即便是現在這樣一無所有的日子，也比自己從小鎮上逃出時的那段日子強多了。那時候，自己是那麼的茫然、那樣的絕望，今天過了，不知道明天自己會不會連喝水的地方都找不到，也不知道明天要睡在哪裡，更不知道明天還會不會活著。
現在的日子，其實已經很好了，不是嗎？最起碼，自己不再是一個人，自己有一個男人陪在身邊，而且還有了一個健康可愛的孩子，這一切，就足夠了，足夠了。
想通了這些，沈曦對現在這種境況也就不再心生怨懟，就連剛才的膽小怯懦似乎也放下了，不再那麼害怕。不過雖然不怕，她還是理智的沒有出去，萬一真出了什麼事，自己的下場肯定是非死即傷。
坐在帳篷裡，沈曦又開始想自己一家以後的生活。吃是不發愁，肯定餓不死，主要是房子問題、取暖問題、安全問題，還有生活品質的問題。沈曦心中那個後悔呀，上輩子自己怎麼就沒多看些野外生活的書或電視呢？要是心中能有個譜，自己也不致這麼沒用，所有的一切都指望著霍中溪了。
於是，沈曦又開始搜腸刮肚地搜索自己腦中有關於野外生存的知識，哪怕想起來的似是而非呢，也比兩眼一抹黑強啊！
沈曦在帳篷裡也不知坐了多久，不過時間可能不太長，因為外面火堆中的火才要燃盡，就聽到霍中溪遠遠地喊道——
「娘子，我們回來了！」

沈曦剛答應了一聲，霍中溪已經到了帳篷前面。他將擋在門口的木頭推開，沈曦這才從帳篷中鑽了出來，連忙去給火堆加火。

霍中溪放下手中的東西，又將小霍俠也放了下來後，歡歡喜喜地向沈曦道：「娘子，妳看，還有不少東西能用呢！這能用的，我都拿來了，妳看看。」

借著又燃起來的火光，沈曦去翻霍中溪帶來的那堆東西——

一床破棉被，上面又是灰又是土的，髒得要命，沈曦已經看不出這棉被本來的顏色了，而且不知被什麼動物給咬過，上面一個破洞連著一個破洞。破棉被裡面，裹了小鐵鍋一口、已經爛掉一大塊的菜刀一把，瓷碗有五、六個，瓷盆有兩個，還有不少髒酒瓶。沈曦最在意的是那口長滿了鐵鏽的鐵鍋，她端起來對著火光照了照，還好沒有漏眼，刷乾淨了還是可以用的。

沈曦看完了這堆破爛後，向霍中溪調侃道：「劍神大人，請給你娘子透露一下，在你離開森林之前，你吃過一頓正常的飯嗎？」

霍中溪見沈曦沒有埋怨他，還向他開玩笑，心中頓時湧上一陣感激和溫暖，不由得伸出手摟住沈曦，道：「沒怎麼吃過，我小的時候師父還給我煮點粥喝，後來我能自己烤野味了，師父就沒管過我了。」

對於霍中溪的師父，沈曦一直很好奇，不知是什麼樣的高人，竟然會無聲無息的就培養出一個劍神來？她不由問道：「你師父是什麼樣的人？肯定很厲害吧？」

霍中溪想了想才回道：「他很少說話，只愛喝酒，我也不十分清楚他的身世。」

神秘的隱世高人呀！

霍中溪忽然摟住沈曦道：「娘子，以後咱們就住在這裡吧？明天我就蓋房子，保證不會讓妳太辛苦的。」

沈曦知道霍中溪對從小生長的森林肯定會很懷念，既然來了，就不掃他的興，讓他隨便住吧，反正再怎麼樣也不會比逃難的時候更糟。只是可惜了自己那筆鉅款，在森林中就和廢紙一樣了。

見沈曦點頭同意，霍中溪高興極了，叭唧一下就在沈曦臉上親了一口。

沈曦剛要和霍中溪取笑幾句，只見坐在旁邊的小霍俠突地站起身來，伸手在沈曦臉上、霍中溪親過的地方抹了抹，抹完後，他嘟起小嘴，叭唧一聲，也在沈曦臉上親了一下，然後抬起頭，不悅地看著霍中溪道——

「娘我的！」

那副皺著小眉頭的樣子，似乎在告訴霍中溪，若非看在是他爹爹的面子上，他就要拔劍出手了！

霍中溪目瞪口呆地看著警告他的小兒子，又看了看沈曦，似乎有些不知所措。

沈曦哈哈大笑著摟住了小霍俠，親熱地在他的小臉蛋上親了一口，高興地道：「還是我兒子心疼我，這個兒子沒白養！」

霍中溪想解釋一番，可這關乎到夫妻間的親密，對著這麼小的孩子他是說不出口的，於是他只得鬱悶地站起身，拎起旁邊的野味，悶聲道：「我去收拾收拾，一會兒咱燉肉吃。」

回答他的，是沈曦幸災樂禍的笑聲。

讓小霍俠在火堆邊坐好，沈曦也端了鍋盆碗到溪水邊去洗。她怕霍中溪清洗野味的水髒，還特意站到了霍中溪的上游。

霍中溪一邊熟練地給野味剝皮、清內臟，一邊恨恨地道：「明天我一定要單獨給他蓋一間房！他都這麼大了，總和咱們睡一間屋像什麼話？哼……」

沈曦聞言，笑到內傷。

等沈曦洗好鍋盆碗，霍中溪的野味也洗乾淨了，兩人回到火堆前，霍中溪長劍唰唰唰來回幾下，切好的肉就落入了鍋中。

霍中溪又撿來三塊大石頭，把火圍在石頭中間，一個簡易的爐灶成形，又把鍋置放在石頭上面。

沈曦在鍋中放了清水，又放了點鹽，沒有其他的調料，料想這肉燉出來也好吃不了。

霍中溪讓沈曦加著柴，他又竄進樹林中，過了片刻，他抓了一把東西回來，在溪邊洗了洗，就扔進了鍋裡。

沈曦好奇地問道：「什麼東西？」

霍中溪笑笑道：「燉肉菜。這東西森林裡多得是，燉肉的時候放上一點，味道可鮮了。」

「燉肉菜？我怎麼沒聽說過有這種菜？」沈曦心道，這森林就是物種豐富呀，隨便找一種東西出來，自己不僅不知道名字，竟然連聽都沒聽說過。她還正在琢磨呢，只聽霍中溪嘿嘿笑道——

「不怪妳沒聽過，這是我自己起的名。」

沈曦氣結，還武神呢，這就是個野人！

肉燉熟以後，沈曦給那父子倆各盛一碗，自己也放了一塊在嘴裡，果然這肉香得很，比自己在家燉的還要香。

這燉肉菜可是好東西呀，看來以後得多儲備著點，這東西太有用了！

吃罷晚飯，沈曦把那床破棉被在石頭上摔了又摔、抖了又抖，生怕裡面有小蟲子，還在火堆邊烤了半宿，然後把它鋪在帳篷裡的樹枝上，鋪完破棉被後，她又把僅有的幾件衣服鋪在破棉被上，算是弄了個褥子。

小霍俠白天沒有睡覺，現在早就睏得不行了，一躺到「床」上就睡著了。

沈曦和霍中溪一左一右地躺在兒子身邊，霍中溪蓋一床棉被，自己和小霍俠蓋一床。

沈曦白天睡多了，雖然夜深了，卻仍沒有睡意，有一搭沒一搭地和霍中溪低低地說了幾句話，倒是霍中溪提著內力奔波了好幾天，大概是累慘了，在沈曦的低語聲中，很快就沈沈睡去了……

第二天一早，等沈曦睡醒後，才發覺自己身邊的兩個男人都沒影了。沈曦翻身坐起，從帳篷中鑽了出來，發現小霍俠正揮著一把嶄新的木劍瞎劈亂砍呢，而霍中溪正在修理著樹枝。見沈曦出來了，兩人不約而同地都轉過臉來，向沈曦微笑。

沈曦看著在晨曦中這一大一小兩張笑臉，忽然覺得，即便條件再艱苦，自己也真的很幸福、很幸福。

早晨吃罷早飯，霍中溪讓沈曦選一個地方，今天要蓋木屋。

按照霍中溪的計劃，他們至少要等霍俠的武功基礎打好了，才會離開這裡。不過在建造正式房子之前，他們先要蓋一間簡易的木屋，作為暫時的居住地。

一聽要在這裡住這麼長的時間，由不得沈曦不作出長遠的打算。在一番盤算之後，沈曦在離溪邊百來米、石頭不太多的地方，選下了他們房子的住處。離小溪不太遠，方便飲水用水。

霍中溪在森林中住了許多年，對建造木屋十分的熟悉。何況他武功高深，內力強勁，根本不用挖地基、挖坑什麼的，寶劍在粗大的木頭上揮過，木頭就斷成了兩截，然後他只把木頭往地上一戳，木頭就插進了地裡面，他再躍到木頭上往下一踩，那木頭就如同針一般，深深地插進了地，沈曦試了試，她是怎麼也撼不動的。

霍中溪蓋房子，沈曦也幫不上什麼忙，趁著這工夫，她走到森林邊上，看看能不能找到什麼可以吃的水果或蔬菜。這幾頓光吃肉，吃得她膩得很，都有點上火了。為了以後的生活考慮，她必須得學會在資源豐富的森林中採集食物。

在霍中溪的一再囑咐中，沈曦小心翼翼地來到了樹林的邊緣。這個森林也不知道存在多長時間了，裡面的樹木長得格外高大粗壯，現在正值初秋，樹頭的樹葉已經開始變黃，樹上的粗藤長蔓有些乾枯，就連樹底的長草，也都已經枯萎了。

沈曦沿著樹林邊緣走了一段距離後，在一棵枯樹上找到了一叢乾黑的木耳，枯樹根下還有一片已經曬爛了的蘑菇。再走幾步，她找到了一種紅色的小果子，好似櫻桃一樣。沈曦摘了一把小果子，獻寶一樣地捧到了霍中溪面前。

霍中溪看著沈曦一臉的新鮮與期盼，不由得微笑著道：「這叫小蜜珠，酸酸甜甜的，味道很好，不過別吃多了，吃多了容易壞肚子。」

沈曦連忙拈了一個放進嘴裡，一股酸甜的味道頓時溢滿了口腔，果然好吃得很！沈曦吃了一個就不再吃了，而是將它們全放到了小霍俠手中，見兒子吃得很起勁，沈曦便拿了個大碗道：「我再去摘點！」

旁邊的小霍俠也嚷道：「我也去！」

然後母子二人便手拉手地走遠了。

看著妻兒遠去的背影，霍中溪的目光溫柔得彷似月光。

霍中溪蓋房子的速度很快，不過一個時辰，沈曦畫過的地基上就一根挨一根地插滿了密密麻麻的大木頭。

等那去採野果的母子二人回來時，房子的基本構造已經完成了。

這次蓋的房子並不太大，但臥室、廚房都有。因為霍中溪說這些木頭沒有曬乾，蓋的房屋會慢慢發黴，木頭會爛掉，而且裡面也會生蟲子，所以只能當暫時居住的地方，先湊合一下。等先安頓好了，他再蓋幾間結實的。

霍中溪把木頭牆立起來，又放了幾根大木頭當樑，還搭了不少胳膊粗細的木棍當椽子，不過在把這些木頭連接起來的時候，他連釘子都不用，只用劍削了不少粗粗的木楔，然後一伸手，啪一下就釘進木頭裡面去了，看得沈曦是目瞪口呆。而且他上房頂，也不用梯子，嗖一下就躍上去了，在木頭頂上站著的時候，也是輕若無物一樣，沈曦一點也不用擔心他會掉下來。

在如此高效率下，不過半天工夫，霍中溪就建好了房子。房子有一南一北兩個窗戶，南邊除了一扇窗戶，還有一扇門可以進出。

看著已經蓋好的房子，沈曦歡呼著撲進霍中溪懷裡，啾的一聲，在霍中溪臉上親了一下，興奮地稱讚道：「瞎子，你好厲害，佩服佩服！」

小霍俠也不甘示弱，衝過來抱住霍中溪的腿，不停地叫著。「爹爹！抱抱、抱抱……」

被妻兒如此的崇拜稱讚，霍中溪頓覺這半天的辛苦全部飛走了，全身上下連骨頭都輕了，滿身的輕鬆幸福！

午飯仍舊是烤野雞、烤魚，雖然味道需要改進，不過在有了房子的興奮刺激下，三人都覺得這頓飯十分的美味。

吃罷午飯，霍中溪也沒休息，從溪邊割來不少蘆葦，密密地蓋在了房頂的椽子上，然後再劈了不少厚木板壓在上面。怕木板掉下來，他還特意將木板都楔進了樑裡面。

當他做這些時，沈曦則從溪邊採來了不少菖蒲。菖蒲是種水生植物，沒有枝幹只有莖葉，細細長長的葉子長得有半人高，寬窄卻如同蘆葦葉一樣。雖然它的葉子現在已經開始變黃了，不過還沒有乾透，柔韌性不錯。沈曦採了不少，很利索地就編了一個魚簍，這還是以前在上漁村時學的手藝。

揹起魚簍，沈曦和霍中溪打了個招呼，就開始沿著樹林邊緣尋找採集一切可以利用的東西。

現在大概是小蜜珠的成熟期，這種紅豔豔的小果子一叢一叢的滿地都是，沈曦對著這些小果子琢磨了好久，想著自家吃肯定是吃不完的，這種東西是不是可以把它醃成蜜餞或像葡萄一樣釀成水果酒呢？不過眼下沒有糖，也沒釀酒的器皿，這東西還是先不要採那麼多吧！

採了幾把小蜜珠扔到魚簍中後，沈曦又開始尋找別的東西。

在樹根底下，她挖到了幾種野菜，又摘了不少木耳，這森林中枯樹不少，木耳這種東西多得是。偶爾也會在陰暗潮濕的地方發現幾個蘑菇，不過看那鮮豔的顏色，沈曦怕有毒，也沒敢採。

再往裡走，物種似乎更多了。沈曦又發現了其他植物，但十有八九她都不認識，倒是上次霍中溪採來的燉肉菜，讓沈曦找到了不少。

森林裡的物種極其豐富，這讓一直生活在城市裡的沈曦感到大開眼界，神秘的森林似乎是一個巨大的寶庫，吸引著沈曦不斷地深入去發現、去採集。直到沈曦發現一條胳膊粗細的紅蛇懶懶地橫在兩棵樹中間，她再也無法通行時，才驚覺到這裡是危險的叢林，而不是自己可以隨意進出的地方！

然後她屏住呼吸，不敢發出一點聲音，小心翼翼地往後退，胸腔裡的那顆心似乎已經害怕得不會跳動了。

那條蛇大概是剛吃飽了，只懶懶地向沈曦這邊轉了轉頭，然後就又繼續把頭搭在樹枝上，不再理她了。

而這邊，撿了一條命的沈曦抑制住自己想要逃跑的衝動，慢慢地、一點一點地縮出了那條紅蛇的勢力範圍，當退了二、三十米後，樹枝已經將那條蛇完全擋住了，沈曦這才扭轉過身，發瘋般地衝出了森林。

霍中溪看到驚慌失措地從森林中跑出來的沈曦時，還以為有什麼野獸在追沈曦，手中的木頭一扔，拔地而起，幾個起落就來到了沈曦面前，一把將沈曦抱到懷中，警覺地看著沈曦身後的森林。

「有蛇、有蛇……」沈曦埋在霍中溪的懷中，嚇得聲音都有些顫抖了。

霍中溪一聽是蛇，這才回過頭來，安撫受驚的妻子。「沒事沒事，森林裡的蛇很少咬人的，只要妳不惹到它，它不會咬妳的。乖，不要怕、不要怕……」可憐的劍神實在想不明白，蛇有什麼好怕的？這種東西他從小看到大，森林裡比它厲害的動物可多得很呢！不過眼見妻子嚇得直發抖，劍神大人只好將妻子抱起來，直接抱回了他們的小屋。

小霍俠看見娘親嚇白了的臉，也趕緊跑到沈曦身邊，奶聲奶氣地去牽沈曦的手，關愛之情溢於言表。

在霍中溪的安撫下，沈曦的心情已經平復下來了，又看到兒子也如此的懂事，這懼怕就消散得差不多了。她努力讓自己看起來像沒事般，勉強掛起笑容，抱著兒子看霍中溪幹活。

霍中溪想做一張床，地上已經堆滿了他用劍削好的木板，不過這些木板是由剛砍掉的大樹製成的，很濕。別的用具都可以用濕木頭，只有這床不能用濕木頭，怕太潮了，反而對身體有害。霍中溪生了一大堆火，把木頭堆在旁邊讓火烤乾，不過火烤得太慢了，要烤完這些，不到天黑完成不了。後來霍中溪等得不耐煩了，待木板半乾了，就直接用內力烘乾。不過烘木頭，特別是把木頭烘乾到能用的程度，顯然很費內力，不多時霍中溪的額頭上就冒出汗珠來了。好在製一張床也用不了太多木頭，大概弄了一個多時辰吧，木板終於搞定了。

霍中溪做床的速度是非常快的，把幾塊板子橫放，再在上面挨個兒擺好豎的木板，看看差不多是個床板的樣子了，用手掌啪啪啪地把木楔拍進去，再啪啪啪地安上四支床腿，一張簡易的床就做成了。床做好後，看看有不規則的地方，長劍一揮，立馬變整齊。只不過一刻鐘工夫，一張大床就做好了。還剩下一點木料，他如法炮製，又弄了一張小桌子出來。

沈曦和小霍俠母子二人坐在旁邊，看著他神乎其技的表演，很賣力地給他鼓掌加油，這讓霍中溪更是得意洋洋，又順手做了三張極為簡單的小板凳。

房子有了，床有了，桌子、凳子有了，望著空蕩蕩、光禿禿的床，沈曦扭頭問霍中溪道：「這裡有沒有什麼能織成布或能當棉花用的東西？咱總不能連條褥子都沒有啊！」

霍中溪仔細回想了一會兒，才有些不好意思地道：「這個我還真沒注意過。等明天我再跑一趟莫老伯那裡，去拿幾床棉被回來吧。」

沈曦一想，來時就走了整整四天，要是再去莫老伯那裡，霍中溪這一去一回就得八天，這裡可是森林的深處，萬一來個猛獸毒蛇啥的，自己和小霍俠可是抵擋不了。權衡了一番利弊後，沈曦果斷地揮手道：「不去了，從明天起，你多打些帶皮毛的野獸，咱們穿獸皮、躺獸皮、蓋獸皮，就全指望著野獸幫咱們過冬了！」

對於沈曦的決定，霍中溪從不反對，而且他也實在不放心把他們母子放在森林中，畢竟沒有誰比他更瞭解這個森林了。但若是帶上他們母子吧，那買來的東西勢必也帶不來了，他畢竟只是一個人，帶的東西太重了，長時間的在樹梢上跳躍他也是吃不消的，這也是來時他沒有多帶東西的原因之一。

趁著天還沒黑，霍中溪帶著小霍俠，又去打野味、撿柴了。

沈曦小心翼翼地在家裡附近的樹林邊拔了不少乾枯的草，去掉根，都堆到了床上，來往了幾次後，在床上鋪了厚厚的草，然後她又將那床破被子也拿了出來，從破洞裡塞進去不少乾草，待這床破被子也鼓鼓囊囊的了，就將這床破被子當褥子，也鋪上床了。

還有窗戶，若釘上木板吧，一關窗屋中就太黑；若不關窗吧，現在已經是秋天了，屋子中會有點冷，而且一些蒼蠅、蚊子、小飛蟲還會往屋子裡飛。沈曦琢磨了好長的時間後，終於還是忍痛將一件最薄的衣服用劍割開了，作為窗紗，蒙在了窗戶上。

沈曦忙完這些後，正好霍中溪帶了霍俠回來。霍中溪揹了小山般的一大捆柴，手上還拎了一隻野兔和一隻狐狸；小霍俠背上也揹了一小捆柴，懷中還抱了一隻活著的小野雞。看著這幾乎一模一樣的父子倆，沈曦的嘴角忍不住就翹了起來。

小霍俠離得老遠就大聲喊道：「娘！快來、快來——」

沈曦連忙迎上去，先將兒子背上的柴放了下來，然後蹲下去欣賞兒子的小雞。「呀，這小雞可真漂亮！看，這羽毛竟然是綠色的，還閃著光呢！兒子，這是你捉的？」

小霍俠驕傲地挺了挺胸脯。「這是我和爹爹一起捉的！」

沈曦一愣，小霍俠竟然能說這麼長的句子了？這似乎是第一次吧，如此連貫地表達自己的意思。見小霍俠的成長如此迅速，沈曦激動極了，她在兒子的額頭上連親了好幾口，極力讚揚道：「小俠真的長大了，竟然會捉雞了！下次你和爹爹再去的時候，幫娘多捉些小雞、小鴨、小兔子回來，娘養在家裡，好不好？」

「好！」小霍俠很痛快地答應了。

一旁霍中溪看著妻兒，嘴角邊不由得就掛起了笑容。

眼見天黑了下來，兩人趕緊停下閒聊，各自去幹活。

霍中溪拎了兔子和狐狸去溪邊剝皮清理，沈曦找了根藤蔓，把小霍俠好不容易撒手不抱的小野雞拴在了一塊石頭上，然後就拎了鍋子去溪邊打水。

回來後，霍中溪在屋內地上挖了個坑，說是弄個火塘（注）做飯，一來屋中暖和一點，二來可以順便烤烤蓋房子用的濕木頭。沈曦對火塘不太懂，她只知道屋裡弄個火炕、生個爐子很暖和。

注：火塘，可供生火取暖的小坑。築於室內，四周疊以磚石，生火於其中。

霍中溪很快就在地上挖了個比鍋還大一些的坑，然後又找來了幾塊石頭堆在坑裡，並在石頭圍成的圈內堆上柴，把火點燃後，又把鍋架在了上面。不過這樣一來屋子裡煙很大，沈曦只得將門窗全打開。

霍中溪手起劍落，兔肉、狐狸肉就成了一塊塊地落入鍋內。沈曦放了些鹽，想了想，拎過魚簍，又把採來的燉肉菜洗好扔進去幾棵。

既然把下午冒著生命危險採來的東西都拎來了，沈曦就著火塘裡的火，把魚簍內的東西全倒了出來，讓霍中溪教她辨認。

那個像油菜的東西叫七七菜，只長七片葉子，可以當菜吃，也可以當藥用，能平喘潤肺，不過藥性不明顯；像韭菜的那種植物其實就是韭菜，不過是野韭菜，比家中種的韭菜要辣許多。還有幾種能食用的菜，霍中溪也一一告訴她了。

一聽說七七菜和野韭菜等野菜可以食用，沈曦就上心了。天天吃肉肯定不行，時間長了會缺乏維生素，明天自己就再去找點七七菜和野韭菜，看看能不能炒點青菜吃。

說起青菜沈曦就饞了，於是她就著火光，把自己採來的那幾棵七七菜和野韭菜都擇洗乾淨了，然後等燉肉快出鍋時扔了進去。

連吃了幾天的肉，青菜是格外受人歡迎啊，就連平時不愛吃青菜的小霍俠，都搶了不少七七菜吃。看著兒子狼吞虎嚥的樣子，加深了沈曦要種菜、吃糧的決心。

一家人吃飽喝足後，就圍在火塘邊取暖說話。小霍俠坐著小板凳，靠在霍中溪懷中，和霍中溪學認穴，每當教一個穴位時，霍中溪就在小霍俠的身上按相應的穴位，把小霍俠癢得扭著身子直躲，父子兩個邊學邊嘻哈的逗著玩。

霍中溪本也想教沈曦一點武功，讓她在這森林中能夠多一分自保的本事，還說她身上本就有武功，當年的毒靈仙子可是數一數二的狠角色，要不然也不會連他都著了道。

但沈曦一聽到什麼打熬筋骨啦、鍛鍊體魄啦，就忍不住打退堂鼓了，把腦袋搖得像博浪鼓一樣。霍中溪覺得妻子挺聰明的，悟性應該不會差，試著教了沈曦幾招劍法，然後他就看見妻子反覆在同一招上丟三落四，還總會在他意想不到的地方，將招式改得亂七八糟，而且不管你用盡什麼辦法，她總是記住後面丟前面，一記住前面便忘後面。

霍中溪看得目瞪口呆，最後只得放棄了教妻子學武的想法，默默地打定了主意，以後要和妻子寸步不離，確保她的安全！

晚上睡覺的時候，大概是屋子比帳篷要隔風隔冷，也大概由於乾草具有一定的取暖效果，還可能是因為屋內的火塘一直沒熄過火的原因吧，總之這一夜，雖然屋外夜風呼嘯，沈曦竟然沒覺出冷來。

睡了一個好覺，第二天醒來後，沈曦可是精神十足。可惜她再精神，也沒有霍中溪精神，在她還沒睡醒的時候，霍中溪就已經消失在了森林中。

等太陽都昇起好久了，霍中溪竟然扛了一頭野豬回來。這一下，把沈曦歡喜壞了，她終於有油可以炒菜吃了！

又「瞻仰」了一番野豬醜陋的外貌後，沈曦小手一揮，讓霍中溪去溪邊扒掉豬皮。若是普通的豬，自然是要燒開水褪毛的，可這頭大野豬身上，竟然裹著一層厚厚的硬殼。據霍中溪的說法，野豬愛在松樹上蹭松香，然後利用松香油黏不少的土和雜物在身上，再去蹭松香，再黏東西……如此反覆下來，野豬身上就有這層硬殼了。這層殼硬得很，刀槍不入，當真是很好的盔甲。

「……可惜牠再厲害，也打不過劍神呀！趕緊的，收拾去吧！」

於是，在沈曦口中比豬還厲害的劍神大人，拎起了這頭野豬，鬱鬱悶悶地削豬皮去了。

第十五章

上午，沈曦拿著霍中溪的寶劍，對已經沒了皮的野豬進行了興高采烈的處理。在她眼中，面前的已經不是野豬了，而是紅燒豬肉、燜豬蹄、溜肝尖、溜三樣、醬爆肚絲、燉排骨……

沈曦這邊是喜氣洋洋，小霍俠那邊卻是慘不忍睹。

從今天起，霍中溪就開始了對霍俠的訓練，小傢伙的訓練日程排得是相當的滿，此時，正在旁邊紮馬步，眼瞅著那兩條小腿已經站不住，身體都搖晃了起來。霍中溪一邊砍木頭，一邊瞅著兒子的情況，雖然眼底也有不忍，可仍是沒有讓兒子休息片刻。

沈曦將野豬肉分割好了，先把所有的豬油都煉了，等油煉得差不多，就把油渣撈出來，把油稍稍放涼些，就寶貝似地倒進瓷盆中。油還不少，竟然滿滿地盛了一盆。

煉完油後，沈曦又在鍋裡燒上水，待水開後，把豬耳朵、豬肺、豬心都扔進鍋裡，打算煮熟了做涼菜。

趁著這時間，沈曦又拿起了魚簍，招呼著正在砍木頭的霍中溪一起進森林找點菜。

有了霍中溪，沈曦自然不用再縮手縮腳的了，每次看到不認識的植物，她都很虛心地向他求教，而霍中溪在森林中生活了二十多年，不少植物雖然叫不出名字，但大體上能不能吃還是知道的。所以，沒用走多遠，兩人就採集了一魚簍的可食用植物。

由於小霍俠還在家裡，兩人不敢走太遠，在魚簍滿了後，就趕緊回來了。而在房子前面，滿頭大汗、雙腿都抖成風中殘葉的小霍俠，仍在死死地堅持著。

霍中溪到底還是心疼孩子，遠遠地就喊了聲。「行了，先休息一會兒吧，等會兒我再教你劍術！」

聽到爹爹的命令後，小霍俠竟然如同脫力了一般，萎然倒地。

霍中溪連忙躍過去，把小霍俠抱起來，趕緊給他按摩腿部。沈曦也跑過去蹲到兒子面前，幫兒子抹掉滿頭的大汗，責備霍中溪道：「他還小，你別太嚴苛了！要是讓他產生出抵抗心，以後就不愛習武了。」

霍中溪還未說什麼呢，小霍俠倒是很硬氣地道：「娘，我不累！我要當劍神！」

看著孩子如此懂事，不怕吃苦，霍中溪欣慰地笑了，給兒子按摩的雙手不禁輕柔了幾分。

而沈曦能做的，則是努力做些好吃的，給兒子加餐飯，確保兒子的營養跟得上。

下午的時候，霍中溪先教了小霍俠幾招劍招，趁小霍俠自己練習的時候，他又開始伐木，為蓋長期居住的房子做準備。

而沈曦自己，則將髒髒的豬腸子拖進了水裡，打算把它清洗乾淨了。肥肥的豬腸，沈曦打算煮開了以備以後炒呀、溜呀的吃，而那薄薄的腸衣，沈曦可是準備用來做臘腸用的。

一整頭豬肉，他們一家三口是吃不完的，現在雖然說天氣轉涼了，可還沒冷到豬肉能凍上的地步，沈曦怕豬肉放的時間長了會壞掉，就打算把一些肉拿來做成臘腸、臘肉，這樣放的時間也會長一些。但，不管是臘腸還是臘肉，都需要鹽，沈曦想到日漸稀少的鹽，不禁一個勁兒地犯愁。

房子沒有，可以造；糧食沒有，可以吃肉；可這鹽若是沒了，可是萬萬不行的。所以吃罷晚飯，待小霍俠睡著後，夫妻夜話時，沈曦向霍中溪提出了這個十分嚴重的問題。

霍中溪卻笑道，這森林中就有鹽湖，可以從那裡舀水熬鹽，以前的時候他就經常這麼幹。而且他還告訴了沈曦一件事，說十幾年前他懶得總跑那麼長的路去莫老伯那裡買糧食，就打算自己種點糧食，於是讓莫老伯幫他買了不少種子和菜苗，具體都買了些什麼他也不知道，反正是不少。種子揹回來後，他就弄了一大片地方，把種子都撒下去了，把菜苗也種上了，到秋天的時候，果然長了不少糧食，可他卻鬱悶地發現，長出來的不是直接可以吃的米和麵，而是都帶著皮的穀穗。怎麼脫皮、磨麵粉他自然不會，所以只好放棄了自己種糧的打算，任由那些糧食爛在了地裡。雖說可能會有一部分糧食繼續發芽生長，可這都十幾年過去了，如今到底長成什麼樣了，實在是不好說。

一聽霍中溪說這裡可能還會有糧食作物在生長，沈曦的一顆心算是活了過來。如果沒有糧食，天天吃肉固然也可以活下去，可這卻讓吃慣了糧食的沈曦有些無法接受，而且她也怕一味吃肉，小霍俠會缺乏營養。

沈曦興奮極了，拉著霍中溪一頓猛親，嘴裡一個勁兒地說著甜死人不償命的讚美。「相公，你太厲害啦！我愛死你啦！」

霍中溪見到妻子不以森林生活為苦，對自己毫無怨言，反而絞盡了腦汁要讓自己和兒子過上好一點的日子，心中不由得湧上一股甜蜜。先前若不是礙於兒子在一旁，他早就將小妻子摟入懷中好好疼愛一番了，現在孩子也睡了，小妻子也主動來親吻了，他立即就伸出胳膊，將還在嘰嘰喳喳說個不停的小妻子攬入懷中，探過頭就吻住了妻子的小嘴。

兩人有好些日子沒有好好地歡愛過了，自然是激烈得很，可怕吵醒了睡在旁邊的兒子，兩人只好拚命忍住不出聲，這讓一向喜歡聽沈曦呻吟的霍中溪大感遺憾。

事畢後，霍中溪看著睡在一旁的兒子，再次發出長嘆。「得給這小傢伙單獨蓋個房間才行，這也太礙事了……」

回答他的，是沈曦壓低了的笑聲。

可惜願望是美好的，現實是殘酷的。

在劍神十年前的莊稼地裡，沈曦撥開層層藤蔓雜草後，已經沒有什麼糧食的蹤跡了。

霍中溪察覺出了妻子的失望，安慰她道：「沒事，過幾天慶波來了，讓他去莫老伯那裡扛點糧食回來就行了。」

沈曦沒情沒緒地問道：「他什麼時候來呀？」

「過幾天吧，事情辦完了就來。」

「他來了後還走嗎？」

「不走了，會留在這裡練武。」

話說到這裡，沈曦忽然想起一個問題。「哎，你不是有個劍神山嗎？在哪兒呀？不會是這裡吧？」

霍中溪揹起裝滿了東西的魚簍，牽著沈曦的手往回走。「劍神山在京城城西，以前就是一座荒山，我成為武神後，皇帝陛下就把那座山送給了我，改名叫劍神山。」

「那裡不是有好多孩子在學武嗎？你不在行嗎？」沒有劍神的劍神山……不會耽誤了人家孩子的前程吧？

霍中溪自信地笑了笑。「連教孩子這種小事都要我出面，那我這武神也太不值錢了吧？除非是根骨好到逆天，才會送來讓我親自教，一般的孩子都會由我門下弟子教導。不過根骨逆天的，至今還一個也沒發現。」

沈曦看著這個有點自負的傢伙，橫了他一眼道：「兒子的根骨不逆天嗎？這樣看來，劍神大人的根骨肯定是逆天了？」

霍中溪噎住了。

過了好久，他才幽幽地道：「下次我讓慶波揀幾個勤奮上進的送過來，我好好指導他們一下。」

沈曦笑了，看來這傢伙的根骨也不逆天呀！

再冷的天氣，也阻止不了那父子倆練武。一大早，霍中溪就將小霍俠從溫暖的被窩中拎了出來，父子兩個一起出了屋門。沈曦看著兒子剛打開門就被風雪嗆得直咳嗽，立刻心疼得穿上衣服要往外追，可等她穿好衣服出去，卻看到父子二人已經練起了劍，劍光和雪花相交映，閃出淡淡的微光。沈曦什麼也沒說，又靜靜地離開了。此時此刻，她才深切地領會到了一句話：吃得苦中苦，方為人上人。

上一輩子，由於全球暖化的緣故，已經很少可以看到厚厚的大雪了，一般只是在地上降下薄薄一層，沒幾天就化沒了。像這麼大的雪，沈曦還真沒有見過。

雪花又大又厚，頗有李白「燕山雪花大如席」的誇張，而雪後的美景，也讓沈曦大開了眼界。

地面上，如同蓋了一床厚厚的白褥子一樣，掩蓋了其他的顏色，只留了這乾淨的白色在人間。樹枝上，卻是掛滿了晶瑩剔透、奪人心魄的冰晶，那雪霧霧的朦朧，美得讓人捨不得移開眼睛。

此時，沈曦頂著寒冷，在雪地上走了好幾個來回，賞盡了這雪地美景。

沈曦嫌冷，不願在外面多待，她的日子過得非常簡單，一天三頓飯、縫縫洗洗。

與她相反地，霍中溪和小霍俠父子倆，幾乎天天待在外面，拿著劍練來練去，天天都會練得滿頭大汗。為了特意鍛鍊兒子，霍中溪每次去森林中打獵都要帶上他，讓他去適應惡劣的環境，教給他野外生存的技巧。沒幾天下來，小霍俠就變得野性十足，內向少言的樣子是一點兒也沒有了。

這一天，那父子倆又出去了，沈曦留在家裡做飯，此時，只聽得大門被敲得山響。

怕不在家時會有野獸來襲，霍中溪用粗木樁一根挨一根地豎了一道高高的圍牆，還用厚木板拴了一個木門，平時他帶小霍俠出去的時候，就讓沈曦從裡面把門閂上。不過他回來時從沒敲過門，都是直接從牆上蹦進來。

那麼，現在這敲門的會是誰呢？特別是這森林深處，根本就是人跡罕至，怎麼可能會有陌生人呢？

沈曦一把抓過霍中溪留在家裡的寶劍，剛要出聲問話，只聽得外面有人扯著嗓子喊道——

「霍中溪，我知道你這孫子在裡面，趕緊給爺開門來！」

這連損帶罵的，說是仇人吧，聽他的語氣倒沒什麼仇恨，說是朋友吧，這也有點太不客氣了吧？

感覺到院子外面的人沒有敵意，沈曦一邊走出廚房，一邊揚聲問道：「請問您是哪位呀？」

外面忽然傳來一句小聲的嘀咕。「女的？霍中溪的娘子吧？」然後他又高聲叫道：「嫂子吧？我叫安修謹，是霍中溪的朋友。」然後又是小聲的嘀咕。「呀，呸個朋友，便宜這孫子了！」

安修謹？沈曦想了一會兒才想起來，這個安修謹好像是當今皇上安修慎的哥哥，傳說中喜歡旅遊而被霍中溪趕下臺的悲催上任皇帝！

沈曦滿臉黑線，這算不算是債主上門呀？若是欠錢的債主還好說，畢竟她也是手攥鉅款的人了，可這欠皇位的，她可管不了啊！

沈曦這邊腦子正轉著呢，外面那位也沒閒著，嘴裡一個勁兒地嘟囔著。

「我得怎麼向這孫子討債呢？天天吃這孫子的、喝這孫子的、住這孫子的，把他當太監用，往死裡使喚這孫子！他要想趕我走，我就吊死在他家門口，噁心死這孫子……」

已經來到了院門口的沈曦聽了個清清楚楚，怕這傢伙真吊死在她家門口，趕緊把門打開了。

門外的人一見到沈曦，立刻站直了身子，努力做出英俊瀟灑的樣子，滿臉掛著笑容，熱情地向沈曦深深地施了一禮。「嫂子有禮。」可惜他的行頭已經深深出賣了他，讓他再怎麼瀟灑也英俊不起來了。他頭上戴著一頂破皮帽；上身穿著厚棉襖，外面還披了件獸皮毛，皮毛本來是白色的，現在已經黑抹抹的了；下身穿著一條破棉褲，棉褲被勾破了好幾個洞，露出黑乎乎的棉花；腳上連雙襪子都沒穿，光腳踩在一雙露了後跟的破棉鞋中。

沈曦還是第一次看見有人向她行此大禮，趕緊正經八百地回了一禮，然後道：「安……公子，這大冷天的，趕緊進屋裡坐會兒吧，屋裡暖和。」

安修謹拽了拽身上披的獸皮，正了正頭上戴著的獸皮帽，嘴裡說著「打擾打擾」，就跟沈曦進了屋。

一進了屋，安修謹就嘖嘖稱讚道：「外面太冷了，還是屋裡暖和！」然後不客氣地坐在了炕頭上。

沈曦從鍋裡舀來一碗熱水，探頭問道：「是喝白水還是蜂蜜水？我家沒茶葉。」

「還有蜂蜜？那來碗蜂蜜水吧！我想吃蜂蜜蓮子羹了，給我上一碗。」

沈曦一聽他這說話的語氣，若把這「我」字換成了「朕」，那還是發號施令的皇帝呀！

蜂蜜蓮子羹？還上一碗呢，你當吩咐宮女呀！

沈曦端來蜂蜜水，笑咪咪地道：「蜂蜜蓮子羹沒有，燻狼肉吃不吃？」

安修謹搓了搓手，痛快地喊了一個字。「吃！」

沈曦將蜂蜜水放上炕桌，把剛燻好的狼肉拿上來，剛要轉身去拿筷子，就見安修謹已經抓了一塊肉塞進嘴裡去了。

安修謹一個勁兒地嚷道：「好吃、好吃！」

沈曦看看他那烏黑的髒手，只得又打來一盆熱水，向忙著往嘴裡塞肉的安修謹道：「先來洗個手吧？」

安修謹倒是沒有反駁，往嘴裡又塞了一塊肉，就從炕上下來了，走到水盆前，他手一伸，然後就沒動靜了。

見沈曦傻站著沒動，他使勁嚼了兩下，未等嘴裡的肉嚥下去，就含糊道：「洗呀！」

沈曦這次是真傻眼了，這傢伙，這是當皇帝的時候被人伺候慣了呀！要是這麼下去，沒幾天，自己就會變身為森林宮女呀！

沈曦沈默地轉身，沈默地取來布巾，沈默地將布巾搭在了他伸著的胳膊上，然後沈默地走開了。此時她的心裡，只重複吶喊著一句話：我不是宮女、我不是宮女、我不是宮女……

臨出屋門，沈曦回頭看了一眼上任皇帝，只見他彎下腰去捧了一捧水，然後用那雙被水浸泡的、還帶著油花的黑手往臉上一抹，一張俊臉頓時就成了髒兮兮的抹布，又洗了兩把後，那臉就成了沒刷乾淨的油鍋了。

沈曦實在看不過去了，只得轉身，上前幫忙。

難怪霍中溪要廢掉他了，由這個生活白癡領導一個國家，那國家不滅亡才怪！

皇帝是不好伺候的，吃一頓飯，一會兒叫上茶、一會兒叫上飯、一會兒又要什麼什麼菜，把個沈曦支使得團團轉。

等霍中溪回到家中時，就看見自己的妻子忙前忙後地伺候著自家炕頭上坐著的一個男人！

劍神自然不是吃素的，他上前就要將安修謹拽下來，誰知安修謹動作比他快，一見他回來了，嗖一下就撲過來拽住霍中溪的衣服了，狠狠地罵道：「霍中溪你這孫子！就知道丟下我，就知道丟下我！當初你怎麼和我說的？騙完我就跑，你還是人嗎你？」

嗯？這話說的……有點曖昧呀！莫非這兩人過去有一段不得不說的故事嗎？

沈曦趕緊占了個有利的位置，抱著兒子看熱鬧。

只見霍中溪還沒說話呢，安修謹那張嘴快得和機關槍一樣，不停地瘋狂掃射。

「你他娘的把老子扔在那破山溝裡，讓老子等著你來接我，你他娘的來了嗎？當初你讓老子讓出皇位時，你這孫子是怎麼哄老子的？你是不是忘啦？你說風景在險峰，好多高山你上得去，我上不去；好多懸崖你下得去，我下不去；好多野獸你打得過，我打不過……你他娘的說過沒有？說過沒有？」

沈曦冒著被敵人炮火掃到的危險，舉手插嘴問道：「那他說了帶你一起去嗎？」

霍中溪笑了。

安修謹傻眼了。

隨即，屋子中爆出了安修謹的吼叫。

「霍中溪你這孫子！你竟然設陷阱騙老子！騙老子！」安修謹瘋子一樣地在霍中溪身上連打帶踹，大有想殺了霍中溪的意思。

霍中溪也不還手，任他打罵，過了一會兒，見安修謹打累了，這才將他拎起來放到炕上，還體貼地端來一碗水，安修謹接過去後，一飲而盡。

「我沒騙你，我當初是打算帶你一起去遊覽天下的，我也不是誠心把你扔到那破山溝的，這不是後來有事嗎？蘇烈和洪峰一直在找我麻煩，我不是怕他們傷到你嗎？就算傷不著，要是活捉了你，那也不是好事。」

聽了霍中溪的解釋，安修謹才不那麼氣呼呼的了，不過仍是不悅地道：「那北嶽滅了後，你怎麼不來找我呀？哼，你就是存心耍我！」

霍中溪道：「我讓慶波接你去了，他說你早就走了。」

安修謹撇撇嘴道：「讓老子一直待在那兒等你？你想得美！」

看到這兒，沈曦已經有點明白了。這安修謹，說得好聽點，是性格有點小白；說得正式點，就是智商偏低；說得委婉點，是IQ不高。

沈曦將霍中溪拉到廚房，悄聲問道：「這傢伙是怎麼當上皇帝的？」

霍中溪回道：「第一，長子嫡孫；第二，他娘和他爹是青梅竹馬；第三，他娘死得早；第四，愛屋及烏。」

知道了，就像康熙和二皇子胤礽的關係。不過顯而易見，安修謹他爹沒有康熙皇帝那麼睿智，因為他沒考慮到一件事。沈曦問道：「那他爹就沒想過，他這樣子當皇帝，會把江山斷送了？」

「想過了，不過老傢伙說，他死後反正也看不見了，愛怎麼樣就怎麼樣吧。」

沈曦無語了，有著這樣的爹，生出這樣的兒子來，也就不是怪事了。只是難為了中嶽國，竟然沒被他們折騰垮了。

「其實呢，他讓位的事，並不是我逼他的——」霍中溪剛說到這兒，只聽得屋內的安修謹喊道——

「給我準備熱水，我要沐浴更衣！」

沈曦捅捅霍中溪道：「小溪子，本宮女今天身體有恙，你趕緊給皇帝陛下準備洗澡水去吧！」

霍中溪轉身回屋，不久，屋中傳來安修謹殺豬般的叫聲……

霍中溪把安修謹收拾了一番後，安修謹就老實了。

不過沈曦不忍心看他那髒樣，還是認命地給他燒水洗澡。

她一邊在廚房忙活，一邊聽屋裡的兩人說話——

霍中溪問：「你是怎麼找這兒來的？」

安修謹答：「皇叔告訴我的。」

「慶波怎麼還沒來呢？」

「他說還有點事沒辦完，讓我先來了。」

霍中溪轉了話題。「路上沒遇到什麼危險吧？」

「怎麼會？我這一身功夫也不是吃素的，我從三歲就開始練武，換過的師傅沒有一千也有一百，想當年……」

「我們這兒連糧食都沒有。」

「我吃肉就行了，你娘子燻的這狼肉就挺好吃的！」說著，一口一口又一口地吃著。

「安修慎想你了。」

「愛想不想唄，反正我沒想他。下次你看見他了告訴他一聲，好幾個月的月例錢還沒給我送來呢，窮得我連身棉衣都買不起了！」

「我家沒有你住的地方。」

「孫子，你說什麼都沒用了，老子既然來了，就打定主意和你耗上了！趕緊的，給我準備房間去，要不今晚我就睡這屋裡了！我看這屋子挺好的，暖和又舒服！」

霍中溪嘆了口氣，無奈地道：「……好吧，我給你收拾房間。」

「嘿嘿……」

安修謹發出了勝利的笑聲，那得意洋洋的勁兒，就連廚房裡的沈曦都聽出來了。

劍神夫妻將客房都打掃乾淨了，又在炕上鋪上木板、草墊和皮毛後，沈曦生了爐子，讓炕和房間能儘快暖和起來。

都弄好後，兩人回去恭請皇帝陛下，讓他來看一眼還有什麼不滿意的。不料剛走到窗前，就聽見屋裡傳來了震天響的打呼聲。

沈曦和霍中溪進了屋，沒意外地發現安修謹已經睡著了，而他們的寶貝兒子，正拿著他的小木劍，在安修謹棉鞋破掉的地方扎來扎去。

霍中溪將兒子抱開，沈曦給安修謹蓋上一床被子，一家三口這才退出來，在廚房吃午飯。

吃罷午飯，霍中溪仍帶著小霍俠在院子中練武，沈曦就翻翻找找，打算給安修謹找幾件換洗的衣服，可惜這個森林深處，毛皮有得是，布卻是一點也沒有。沈曦沒辦法，只好找了一件霍中溪的舊衣，縫縫改改後，給安修謹改成了裡衣，外面就暫時讓他穿毛皮套裝。

安修謹在森林裡不知闖了多少天了，看起來是累壞了，這一覺直睡到日落西山。

醒來後，他閉著眼就喊：「小寧子，給朕看茶！」

小寧子沒有，新上任的宮女沈曦端來了一碗白開水。「茶沒有，喝點水吧。」

安修謹這才睜開了眼睛，先左右看了看，在回過神來之後，接過沈曦手裡的水，笑道：「有勞嫂子。那孫……我霍哥呢？」

從孫子，到霍中溪，再到霍哥，短短一天的時間，霍中溪的輩分就長了三輩。

沈曦指指窗外。「教霍俠練武呢！」

安修謹從炕上下來，隨口問道：「小傢伙叫霍俠呀？」

沈曦點點頭。

安修謹一撩門簾出去了，竄到院子裡大叫：「小俠，別理你爹了，來，和謹哥哥玩！」

……霍中溪的輩分，又往上邁了個臺階。

安修謹其實是個很好相處的人，雖然他生活能力低下，偶爾還會使喚人，但總體來說，他的到來，並沒有給沈曦添多少麻煩。

而據沈曦觀察，霍中溪可能因為把安修謹趕下了皇位，所以一直對他心懷歉意，也一直很有耐心地包容著安修謹的所作所為，哪怕安修謹有時故意挑釁，霍中溪也是一笑置之。

沈曦猜出了霍中溪的心理，自然不會為難安修謹，反正她除了一天三頓飯要忙，也沒什麼事，就乾脆把安修謹當成了弟弟來照顧，偶爾客串一下宮女，伺候伺候這位上任皇帝。

安修謹來後七天，遲遲未到的安慶波終於來了，而讓沈曦出乎意料的是，與安慶波一起來的，竟然還有一個八、九歲的小男孩。

沈曦驚訝地問道：「你兒子？」

安慶波似乎有些詫異，反問：「師娘，妳不認識他？」

自己認識的人？

沈曦狐疑地盯著那個小男孩，還真是越看越面熟。

倒是那個小男孩一點也不認生，給沈曦行了一禮，正正經經地道：「前坎村鄭家清見過師娘。」

他一說前坎村，沈曦就立刻想起來他是誰了！她上前拉住鄭家清，急切地問道：「你是小清，是小清對不對？」

鄭家清抿嘴一笑。「我小名是叫小清。」

面對這個在那苦難的日子裡唯一給過自己溫暖的孩子，沈曦的心情激蕩得厲害，她眼角都有淚流出來了。她摟著鄭家清，聲音有些發顫地說：「那你還記得，三年多前，你給過一個討飯婆半個包子和一個梨子嗎？」

鄭家清靦覥地搖了搖頭。「不記得。」

沈曦摸了摸鄭家清清秀的小臉，一個勁兒地道：「不記得也沒關係，我記得就行、我記得就行……」

安慶波在旁邊說道：「師娘，師父早就吩咐我找他了，說要親自收他當徒弟。師娘，我師父呢？」

沈曦站起身來，擦掉臉上的淚道：「帶著小霍俠出去了。」

安慶波又問道：「修謹來了沒？」

沈曦指指客房。「睡覺呢。」

安慶波道：「師娘，煩請妳先給小師弟一點東西吃吧，我去看看修謹。」說罷，抬腳就向安修謹的房間走去。

沈曦看了看已經快到中天的太陽，覺得安修謹大概吃不到什麼好果子。不過她還沒那閒心去管閒事，她低下頭，拉著鄭家清道：「小清，走，跟師娘吃飯去！你是想吃炸肉排還是牙籤肉？」

鄭家清懂事地回答：「什麼都行，我不挑食。」

沈曦是真心喜歡這個對她有一飯之恩的孩子，因此拿出了自家所有好吃的招待這個小傢伙，而沈曦的熱情很快就打消了鄭家清的忐忑，才一頓飯的工夫，兩人就親如母子了。

正當沈曦坐在桌子邊看鄭家清吃飯的時候，蔫頭蔫腦（注）的安修謹過來了，後面跟著一臉嚴肅的安慶波。

一見沈曦旁邊坐了個陌生的小男孩，安修謹驚訝極了，他扭頭就向安慶波道：「你兒子？哪來的？私生子？」沒等安慶波回答他，他就低頭傻笑道：「我就說嘛，都這麼大歲數了還不成親，肯定憋不住！看，被我說中了吧？孩子都出來了！我說什麼來著？你這傢伙就是假正——」「經」字還沒說完呢，啪一聲，就被安慶波從後面搧了一巴掌。

安修謹也不惱，他摸著後腦勺，傻笑著走到鄭家清面前，指著自己道：「小傢伙，你叫

注：蔫頭蔫腦，指精神萎靡不振、無精打采的樣子。

什麼？我是你謹哥哥。」

鄭家清不知他是什麼人，但仍乖乖地站起身來叫道：「謹哥哥好，我叫鄭家清。」

鄭家清都說出來他姓鄭了，安修謹竟然還沒有聽出什麼來？

安修謹挑釁似地看了安慶波一眼，假裝和藹地撫摸著鄭家清的小腦袋道：「乖。你娘呢？怎麼沒和你一起來呀？」

鄭家清乖巧地答道：「我娘在家裡照看弟弟和妹妹，來不了。」

「不會吧？還有弟弟和妹妹？」安修謹自以為聰明地繼續套話。「你有幾個弟弟妹妹呀？」

「四個，兩個弟弟、兩個妹妹。」

安修謹轉回身，鄙夷地看了安慶波一眼，低聲道：「都給你生五個孩子了，你還不給那女人一個名分？禽獸不如呀，禽獸不如……」

見他說得太過了，安慶波拎起他的衣領，就將他拽屋外去了，然後，又是一陣慘叫。

屋內，已經漸漸習慣了的沈曦拿來一瓶秋天醃製的小蜜珠，放到鄭家清面前。「快嚐嚐這個，用蜂蜜醃的，可好吃了！」

霍中溪回來後，正式收了鄭家清為徒弟，鄭家清還像模像樣地給霍中溪和沈曦敬了茶。

直到現在沈曦才知道，雖然劍神山上有不少根骨好的少年在練武，可那些只能算是劍神山的門下弟子，根本不是霍中溪的徒弟，而霍中溪唯一正式收的徒弟就是安慶波，據說還是老皇帝硬塞的。所以，鄭家清很榮幸地排名為第二，而小霍俠也被排了名，排在第三，要稱呼鄭家清為二師兄。

小霍俠在這裡一個小夥伴也沒有，現在看到小小少年鄭家清，可高興壞了，和鄭家清格外的親近，就連晚上睡覺的時候，也非要拉鄭家清和他一起睡。這麼點小要求，沈曦自然是同意了。

鄭家清來的第二天，霍中溪就開始教他練武，安慶波也自覺地加入了練武的行列，一向愛睡懶覺的安修謹在被安慶波修理了一番之後，也乖乖的來練武了。看了安修謹練武，沈曦才明白安修謹還當真是有武功的，難怪他敢獨自在森林裡闖蕩呢！

安慶波在休息了兩天後，就被想吃糧想瘋了的沈曦差去買糧、買布了。

七天後，當看到扛了兩口大布袋的安慶波回來時，沈曦激動壞了！來森林這麼久了，咱終於能有口正經飯吃了！

沈曦把安慶波帶來的東西打開來，發現這兩袋東西主要是棉花、棉衣、布匹，還有一些沈曦特意要的糖和調料等等，這些東西就占去了一個半布袋，剩下的半個布袋，才是糧食。

也不管糧食多不多少不少了，沈曦當天晚上就煮了一鍋米飯，結果自然是不用說，已經吃了這麼多日子魚肉的同志們，把整整一鍋的米飯全部嗑掉了！

有了棉花和布，沈曦也就天天有活幹了，她先給兩個孩子一人做了一身棉衣，剩下的棉花就做了幾床棉被，家裡新添了三口人，被子已經不夠蓋了。布挺多的，沈曦挑著軟乎的做了裡衣，一人一身，那面料硬實厚重的，就全都做了外衣。

沈曦把棉花和布都用完了，家中總算也像點樣子，不再是野人窩了。

安慶波回來大概半個多月以後，一頂華麗的轎子來到了沈曦家的院子裡。

淺紫色的轎子，鵝黃色的流蘇上面還綴著明珠，精美華麗，一看就不是出自平常之家，而且保護這頂轎子而來的，是整整一隊的侍衛。沈曦沒接觸過古代的軍隊，自然也看不出這些人屬於什麼性質的部隊。

來了這麼多人，弄出了這麼大動靜，院子裡的人自然都知道了，但霍中溪眼皮都沒往這邊撩一眼，仍逕自教鄭家清和小霍俠練武。安慶波看見霍中溪沒動，只得自己迎了上去。

轎子下壓，有宮女打起轎簾，緩緩露出了轎內人的樣子。

這是一個六、七歲的小姑娘，端端正正地坐在轎裡。那漂亮的小臉上，沒有孩子該有的天真爛漫、靈動活潑，第一眼從她身上感覺到的，就是規矩，就是禮儀。

旁邊的宮女把小姑娘抱了下來，小姑娘恭恭敬敬地向安慶波和沈曦行禮。「靜萱見過三叔公，靜萱見過沈伯母。」

沈曦看著這個行止有度的小淑女，覺得自己熱情也不是，冷淡也不是，只得笑道：「萱兒長得可真漂亮。」

倒是安慶波，一把抱起小靜萱，哈哈笑道：「萱兒，想三叔公沒？」

小靜萱大概和安慶波很熟悉，在他懷裡才終於露出了笑容，脆生生地回道：「想！」

一聽到女兒的聲音，安修謹兔子一般地跳了出來，從安慶波懷中搶過女兒，叭唧一聲先在女兒臉上親了一下，興高采烈地問道：「乖女兒，想爹了沒？」

安靜萱也在安修謹臉上親了一下，紅著小臉道：「想了。」

「妳怎麼自己來了呀？妳娘和妳哥哥呢？」

「娘說她和哥哥有事要做，讓我以後跟著爹爹。」

「好，那爹爹帶妳去遊山玩水，好不好？」

正當那父女倆沈浸在相逢的喜悅中，忽聽得霍中溪一聲暴喝——

「誰?!」

然後，霍中溪就人如流星一般地掠過木牆，飛了出去。

眼前一花，沈曦懷中多了一個軟綿綿的東西，然後有一道黑影飛速轉身，躍到半空，迎上追趕而來的霍中溪一劍。

噹！空中發出尖銳刺耳的金屬撞擊聲，一串火花從兩人兵器相碰的地方迸發出來。半空中的兩個人行動極快，沈曦根本就沒看清來人是誰，眨眼間就連哪個是霍中溪都看不清了。

沈曦正緊張地注意著空中交戰的兩人時，忽聽得懷中一個軟軟甜甜的聲音喊道——

「嬸嬸！」

沈曦這才想起自己懷中被塞了個東西，連忙低頭一看，卻是嚇了一大跳！

「青芙?!妳怎麼來了？」

既然青芙出現了，那麼不用想，半空中那個和霍中溪鬥得眼花撩亂的人肯定是歸海墨了！

歸海墨怎麼會出現在這裡呢？

歸海墨曾經說過要等她的回覆，雖然自己和他並沒什麼感情，但好歹也算是談過婚嫁的人，現在要當著現任丈夫的面相見了，沈曦忽然覺得有點心虛。

抱著青芙，沈曦看向空中打得正激烈的兩個人。沈曦雖然不懂武，但長時間在旁看霍中溪帶著孩子練武，也能看得出一點點的門道，很顯然，空中那兩個人並沒有拚命，看來是友好切磋的成分比較大。

懶得看那沒有特技的武打現場，沈曦將注意力轉到小青芙身上。

這個年紀的孩子，長得特別快，只幾個月沒見，小青芙就長高了很多，纖細的小身板像抽條的柳枝一樣，柔軟細長。漂亮的小臉蛋上，褪去了孩童的幼稚，換上了少女的羞澀。

沈曦抱著青芙問道：「青芙，你們怎麼來森林了？」

青芙噘著小嘴道：「嬸嬸，妳搬家了怎麼不告訴青芙呀？我和爹爹找妳去了，他們說小俠的爹爹找來了，你們就走了！」

沈曦訕訕地笑道：「是呀，小俠的爹爹找來了，我們就跟他來這裡了。妳和妳爹爹怎麼找到這兒的呀？」

青芙指了指安靜萱的轎子道：「跟著他們來的。」

不會吧？

歸海墨和安靜萱認識？還一路同行？還是說……那些侍衛並不知道歸海墨跟在後面，歸海墨是打聽到安靜萱要來森林，才跟蹤過來的？

小青芙這個「跟」字，涵義太多呀！

沈曦還想再問問，可當她一摸到小青芙那冰涼的小手時，頓時母愛升騰。對這個一直和她很親近的女孩，沈曦可真是當女兒疼的。

「青芙，快跟嬸嬸進屋，先喝點熱水，看這小手涼的！」沈曦拉著小青芙的手，就往自己住的房間走，走到安慶波身邊時，只見小靜萱正靜靜地站在安修謹身邊，小臉上雖然沒有顯出不耐煩，但也看得出很沒意思。

沈曦用另一隻手拉住了小靜萱的手，那柔軟的小手，也是冰涼涼的。

「靜萱也來，和伯母進屋玩去。」

小靜萱看了已經沈浸在看武神過招中的安慶波一眼，又看了看明顯沒心思管自己的爹爹，便乖巧地任由沈曦牽著她的手，跟著沈曦走了。

沈曦領著兩個小姑娘來到屋裡，先一人給沏了一大碗的蜂蜜水，小青芙毫不猶豫地端起碗來就喝了一大口，小靜萱卻是先看了看那粗糙的大碗，然後才慢慢端起了碗，輕輕地啜了一小口。

只這一個動作，就讓沈曦看出了兩個女孩的性格。

小青芙是由歸海墨這個男人帶大的，而且歸海墨還經常帶她四處遊蕩，離家在外的生活自然不可能十分舒適，所以小青芙並不太在意事物的外表，只要能用就行。總結來說，她是屬於那種大刺刺、很好相處的類型。

而小靜萱從小在皇家長大，哪怕在安修謹丟掉皇位後，和安修謹關係並不差的安修慎也並未苛待過他們一家人，一食一飯、一絲一縷，都是精緻又高貴的，小靜萱受的又是上流社會的貴族教育，她對食物、對器具，應該都會有自己的挑剔。不過她受的教育，也讓她不會隨便給人難堪，即使沈曦家的大碗再粗糙，看起來再不華美，她也會捏著鼻子喝下去，這就是所謂的教養。

沈曦雖說當了幾年的村婦漁婦了，但上輩子的見識還在，自然把小姑娘的心態琢磨得透透的，不過不管是小靜萱還是小青芙，都有自己的親人在，還輪不到她這個外人來插手，她只做好自己應做的就行了。

兩個小姑娘各喝了一碗熱蜂蜜水後，凍得發白的小臉上才上來了血色，紅撲撲的小臉蛋格外招人喜歡。沈曦本就喜歡孩子，對這兩個漂亮粉嫩的小女孩，更是喜歡得眼睛都移不開了。

沈曦殷勤地將家裡能拿的吃食全都拿出來了，秋天曬的各種果乾、肉乾肉脯、松子榛子山核桃等堅果、自己醃的小蜜果……

兩個小姑娘很快就熟識了起來，一邊吃著零食，一邊嘰嘰喳喳地說話。小靜萱剛開始還有點放不開，不過到底是沒長大的孩子，一會兒工夫就忘了禮儀約束，和小青芙玩到了一起。

安頓好了兩個小姑娘後，沈曦站在門口向外看了看，半空中那兩個打架的已經打到院子外面去了。安慶波和安修謹正站在院門口往外張望；小霍俠和鄭家清也站在安慶波旁邊，昂著頭往上看；安靜萱帶來的那幫子侍衛，更是全聚在門口觀望著這難得一見的武神過招。

沈曦看了看天上的太陽，這都快中午了，若在平時她早就該做飯了，可現在，這飯應該怎麼做呀？

別說米不多，就算是米夠了，這麼多人的飯，她也做不來呀！

沈曦想了想後，決定安靜萱帶來的人，就讓他們自己想辦法去吧，自己還是先顧自家人好了！

做完飯後，沈曦擺好桌子，去院子裡看了看，打架的兩位已經休戰了，站在牆邊不知在說什麼。

沈曦喊道：「相公，帶孩子們來吃飯！」

霍中溪和歸海墨立刻停止了談話，兩人不約而同地向這邊走了過來。

吃完飯後，沈曦正在收拾廚房，就見歸海墨一個人來到了廚房。

「想喝水，還是找什麼？」沈曦不想和他尷尬相對，只得隨便問了句話。

歸海墨沒有回答她，只是看著沈曦忙碌。

沈曦心道，這要再不說點什麼，一會兒要是讓霍中溪抓個現行，自己即便渾身都是嘴也要說不清了。想到這兒，她輕輕嘆了口氣，開口道：「那件事，對不起了。咱們就當沒說過吧，你也見到了，我相公還活著。」

「不用對不起。」歸海墨又沈默了一會兒後，才又吐出了一句話。「我早認出妳來了。」

什麼？他早就認出自己了？認出自己什麼？自己是霍中溪的妻子嗎？

沈曦有點不太相信，他又沒見過自己，怎麼可能認得出自己是霍中溪的娘子？

還有，既然知道了自己是霍中溪的娘子，為什麼不告訴自己，也不告訴霍中溪？

枉自己還以為他就像個沒有長大的孩子一樣，卻不知道，他原來是這樣的心機深沈！

沈曦憤怒地瞪著他，卻仍理智地壓下了怒火，放低了聲音問道：「那你為什麼還說要娶我？」

沈曦的憤怒，歸海墨根本沒看到眼裡去，他雲淡風輕地說道：「我要給霍中溪找一個理由。」

「什麼理由？」什麼理由值得他拿自己的婚姻大事來開玩笑？

歸海墨轉身離開，只留給了沈曦五個字——

「開戰的理由。」

對於歸海墨，沈曦一直是心懷愧疚的，雖然她和他並沒有什麼感情糾葛，但好歹他當初求婚了，自己也沒乾脆的拒絕，而是一直在考慮。還在考慮期呢，霍中溪一出現，自己也沒給他留個信就隨霍中溪走了，每每想起這些，沈曦心內總有些不安。

可現在，歸海墨卻面對面地告訴她，他對她只是利用，就連向她求婚，也並不是她想的那樣，是為了照顧青芙，而是為了逼迫霍中溪！

自己對青芙的感情是真的，對一個沒有娘的孩子，自己是發自內心地去照顧、去憐惜的。上輩子沒有孩子的痛，讓她對每個孩子都充滿了愛憐與喜歡，可這種喜歡、這種憐惜，給自己換來的竟然是難堪嗎？

一想到自己的好心竟成為歸海墨利用的籌碼，沈曦不由得怒火中燒！

第十六章

沈曦挾著那股怒火衝出了廚房，左右張望了一下，歸海墨卻是已經走得沒影了，只有青芙和靜萱兩個女孩子在雪地上踩腳印玩。

一看見沈曦，青芙大老遠地就笑著招呼她。「嬸嬸，妳忙完了嗎？來和我們玩呀！」可能是玩熱了，青芙小臉紅撲撲的，微微有些氣喘，光潔的額頭上滲著薄薄的汗珠，看上去可愛極了。

雖然歸海墨很可惡，可沈曦還不至於拿孩子出氣，於是她按下心頭的怒火，勉強擠出一個笑容。「妳們玩吧，廚房還沒收拾完呢！」

兩個女孩扭過頭去，又爭著去踩沒有人踏足過的潔白雪地了。

看著天真無邪的孩子們，沈曦的怒氣稍稍按捺了下來。

她深吸了一口氣，走到雪堆前，抓了一把雪揉成雪球，然後用那冰涼的雪球在臉上冰了冰。冰涼的觸感瞬間驅走心火，沈曦激靈靈地打了個冷顫，情緒終於平靜下來。

在靜下心來後，沈曦仔細想想前因後果，覺得是自己太天真了。

自己不是什麼出類拔萃的人物，也沒有傾國傾城的容貌，更不是什麼天之驕女，當時她就是一個帶著兒子的寡婦，堂堂武神怎麼可能會看得上自己呢？和霍中溪能在一起，是因為當時的情況很不同，而歸海墨則不一樣，他沒病又沒傷的，若他想娶妻，什麼樣的女人都娶得到的，何必要娶自己這個寡婦？可笑的是她還以為自己的運氣好到逆天，能遇到兩個武神，卻不知有一個是懷著目的故意接近的。

這當真是有史以來最大的笑話！

有了委屈，第一個反應就是想找自己心愛的人傾訴一下。

沈曦在收拾完廚房後，想去找霍中溪，可找來找去也沒找到，不光是他不在，就連歸海墨、安慶波和兩個男孩也不在，肯定是又出去了。

沈曦無奈，只得悻悻地回房間了。

家裡來了這麼多人，房子不夠，棉被不夠，什麼都不夠！一想到這些，本就心情很差的沈曦更加煩躁，她把找出來的被子往旁邊一扔，什麼也不想管了，誰愛凍死就凍死，誰愛餓死就餓死，關她什麼事！

在炕上呆坐了小半天後，沈曦忽聽得外面叮叮咣咣的，像是有人在砸東西，她正好坐得煩了，就下炕穿鞋，打算去看看。

出了門往西看去，卻是安靜萱帶來的那隊侍衛在光禿禿的菜地上支帳篷，正拿著槌子咣咣地往地裡砸鐵樁子呢！

看來人家真是有備而來呀，還真用不著自己操心。

等霍中溪他們回來的時候，天已經有點晚了。沈曦想抓個空檔和霍中溪說幾句話，可他一直和安慶波、安修謹、歸海墨他們在一起，她連和他單獨相處的機會都沒有。

好不容易吃罷了晚飯，沈曦特意翻箱倒櫃的找棉被，示意閒雜人等可以走了，可惜沒人理會她，幾個男人仍在高談闊論。說是高談闊論，其實是安修謹話最多，安慶波其次，霍中溪偶爾插嘴，歸海墨一律嗯嗯嗯。

趁著安修謹喝水的空檔，沈曦趕緊說道：「今天人這麼多，房子不夠住，你們說怎麼住呀？」

安修謹率先發言。「能怎麼著？以前該怎麼住，現在就還怎麼住唄！後面不還有一間房子嗎？收拾收拾，歸海兄住了不就行了？」

他說的那間房，就是沈曦他們剛來時搭的那間簡易木屋，沈曦想都沒想就反駁了。「那屋子四處漏風，夏天還能湊合著，現在住非得凍出病來不可。」

歸海墨也蹦出來一句話。「青芙大了。」

安慶波便說道：「那咱倆去睡木屋吧，讓青芙住客房。」

歸海墨用眼皮掠了一眼安修謹，冷冷道：「風太大，睡不著。」

安修謹調侃道：「身邊睡的不是美人，是個大老粗，晚上當然要睡不著了！」

歸海墨看了看霍中溪，淡淡地道：「差點就有了。」

霍中溪二話不說，抬腿就踹。

歸海墨坐在椅子上，用力往後一退，椅腳擦在地上，發出了刺耳的聲音。

霍中溪一個箭步跟上，兩人又打在了一起，桌子、椅子乒乒乓乓亂成一團。

沈曦是真怒了，今天歸海墨先惹毛了她，再加上想和霍中溪說說話，連個機會都找不著，現在他們竟然還在屋裡打架！這種種原因加在一起，讓沈曦再也不想給這幫人好言好語了！

她退出房間，去小溪邊舀了一盆帶著冰碴(注)的涼水，端到房間裡，嘩的一下就衝著正在打架的兩個人潑了過去。

那兩個人不愧是武神，反應相當快，霍中溪拎了把椅子掄了個圈，一下子就把涼水都反激了回來，而歸海墨則在霍中溪拎椅子的一剎那就閃身轉到了霍中溪身後，兩人身上愣是一滴水也沒沾著。

坐在炕沿上的安修謹和安慶波則沒這麼好運了，霍中溪反激回來的水，有一部分落到了他們身上，兩個人的衣服頓時濕成一片。而大多數的水都潑往了站在門口的沈曦的方向，沈曦頓時被寒冬臘月的冰水澆成了落湯雞！

沈曦抹了一下臉上的冰水，憤怒的眼光落在呆立在屋裡的兩個武神身上！

還是安慶波反應快，一見沈曦發怒了，立即拽了拽呆愣的安修謹，從沈曦旁邊輕手輕腳地擠了過去，叔姪倆迅速逃離了案發現場。

霍中溪一看清沈曦那滿頭冰水的樣子，就知道要壞事了！自家娘子雖然平時很隨和，但發起火來，那可也是很厲害的。他趕緊拽來布巾，上前給沈曦擦頭上、臉上的水。

歸海墨對沈曦生氣的原因心知肚明，見安慶波和安修謹溜走了，只剩自己和這對夫妻共處一室，也覺得自己有點礙眼，趁霍中溪給沈曦擦臉的時候，也想從沈曦身邊擠過去。

沈曦今天憋了一天的火了，怎麼可能輕易放走他？她伸出胳膊往門框上一橫，也不看他，也不說話。

歸海墨不可能從沈曦的腋下鑽過去，只得用求救的眼光看向霍中溪。

霍中溪緩緩地笑了，笑得那個開心、那個幸災樂禍呀！

歸海墨看著霍中溪那副小人得志的樣子，恨恨地磨了磨牙，不甘不願地道：「以後不打你主意，行吧？」

霍中溪坐地起價。「這哪夠呀？對付南邊那傻子、東邊那瘋子，我還指望著你呢！」

歸海墨沈思了一會兒後，果斷地拒絕。「不行，你要求多了！」

霍中溪繼續給沈曦擦頭髮，頗為遺憾地說道：「那沒辦法了，你自己惹的事，自己搞定吧！」

歸海墨看看披著一頭濕淋淋亂髮的沈曦那明顯還沒消氣的「火辣辣」的眼神，又看了看那既堅定又執著地橫在門口的胳膊，不禁長長地嘆了一口氣，向霍中溪道：「同意。你解釋。」

霍中溪拉著沈曦的手，柔聲道：「娘子，先讓他走吧，我給妳說說這瘋子的事。」

沈曦雖然生氣，但不會在外人面前給自家相公難堪，於是就收回胳膊，把門口讓了出來。

歸海墨趕緊走了出去，不過臨走前，他看向霍中溪的眼神，卻是有點不懷好意。

霍中溪沒空理他，趕緊給沈曦找衣服，讓她把濕衣服換下來。

注：冰碴，指開始結冰時所形成的薄而脆的碎冰。

那一盆子冰碴水實在是太涼了，何況還是澆在了沈曦頭上，讓她更是冷得直哆嗦。霍中溪半抱著她，給她換上乾衣服，然後將手貼在了沈曦的頭頂，囑咐沈曦道：「妳別動，我運內力幫妳把頭髮弄乾了，不然妳非得生病不可。」

沈曦聽話地偎在他懷裡，一動也不動，沒過一會兒，感覺頭皮上熱了起來，暖洋洋的，好像放了一個熱水袋在頭上一樣。

霍中溪小心地控制著內力，不一會兒就幫沈曦把頭髮烘乾了，怕妻子體內積了寒氣，還用內力在她體內迴圈了兩圈。

有了相公大人出手，沈曦身上一點也不冷了，鼻尖上還冒出了星星點點的汗珠。

「這個內力還真好用！」沈曦羨慕極了，有了內力，那就是擁有了烘乾機呀！沈曦決定從明天起，洗過的衣服不曬了，反正也曬不乾，就讓這人體烘乾機用內力烘了！

霍中溪還不知道妻子已經把算盤打到他頭上了，他現在一心只想著怎麼讓自家娘子把剛才這事給揭過去。剛才抵著妻子的肌膚輸內力，一摸到妻子柔滑的肌膚時，他就有主意了。每次和自己親熱的時候，妻子總是熱情又投入，什麼事都不會去想，於是打了歪主意的劍神大人便把手伸進了妻子的衣服裡，對著妻子敏感的胸部撫摸挑逗。

沈曦自然也覺出了霍中溪的手不太老實，若是平時她也就半推半就了，可今天嘛，一來家裡有那麼多人，大家也都還沒睡呢，行房事多有不便；二來她心中的疑問實在是太多了，急於讓霍中溪給她解惑。所以她果斷地按住霍中溪的手，追問道：「歸海墨到底是怎麼回事？趕緊從實招來！」

霍中溪的手仍是鍥而不捨地在沈曦身上遊走，慢慢說道：「這傢伙的事說起來很長，妳只記住一條就夠了。他雖然是西嶽的武神，可他無時無刻不想著滅掉西嶽，礙於誓言，他不得對西嶽正面出手，所以這幾年，他一直想盡各種方法讓我先出手進攻西嶽。」

這個理由……還真是讓沈曦大出意外！

「相公，說詳細點。」

「他是西嶽先皇的私生子，皇后打著賢慧的幌子把他們母子接進了宮，後來把他娘害死了，他那個皇帝爹一句話也沒說。他總想為母報仇，可偏偏他娘怕他們父子相殘，臨死前讓他發下誓言，不得對歸海一族出手。」

身為一個國家的守護神，卻總想著要滅了這個國家……歸海墨，可真是好矛盾的一個人！

沈曦剛要再問歸海墨的事情，霍中溪卻又轉了話題。

「妳要小心點，別感冒了——」剛說到這裡，忽然聽到外面一個脆生生的聲音響起。

「嬸嬸，妳睡了嗎？」

沈曦趕緊推開霍中溪，整了整衣服，答應道：「還沒呢！是青芙吧，有事嗎？」

小青芙推門而入，後面緊跟著歸海墨。

沈曦只瞟了歸海墨一眼，就覺得他似乎和平時不太一樣，眼中似乎多了一點笑意。

剛才還在霍中溪這裡吃了個大虧，他有什麼可高興的呀？

莫不是燈下看人，看得不太真切，自己看錯了？

沈曦懶得理那個矛盾綜合體，把精力全放在了青芙身上，柔聲問道：「青芙，這麼晚找嬸嬸有什麼事呀？」

青芙有些不好意思地說道：「嬸嬸，我能和妳一起睡嗎？我已經大了，不能和爹爹在一個房間裡睡了。爹爹說，可以讓霍叔叔和他一起湊合幾天。」

啊？沈曦這才明白，為什麼歸海墨剛才吃了虧，現在還會笑了，原來這傢伙還有這損招等著呢！

沈曦下意識地抬頭去看霍中溪，果然就見霍中溪黑了一張臉，看起來若不是礙於小青芙在場，肯定又要和歸海墨打起來了。

沈曦還不知道該如何回答，忽聽得門外又有腳步聲傳來，然後安修謹那大嗓門已在外面喊道——

「霍中溪、嫂子，你們還沒睡吧？我進來了啊！」話音未完，人已經進屋了，他的後面，竟然還跟著抱著小枕頭的安靜萱。

霍中溪冷冷地看著他，一言不發。

安修謹也不管他答不答話，逕自扭過頭去和小靜萱道：「閨女，今晚妳就和青芙還有妳伯母在這個房間睡了，晚上要聽話，不許搗亂，聽到沒？」

小靜萱乖巧地點頭。

安修謹囑咐完了女兒後，便向沈曦道：「一聽說青芙要來和妳睡，她也非得要來。嫂子，孩子就麻煩妳了！」說完後，他瀟灑地轉身就走了。

沈曦……無語了。

霍中溪冷著一張臉，拎起歸海墨的衣領，把他拽出去了。

沈曦追到門邊喊：「你去哪兒睡呀？不拿床被子呀？」

「不用。」

兩個字剛落，那兩人已經打起來了，叮叮噹噹的武器碰撞聲，像炒豆子一樣密集。

沈曦見狀，又喊了一聲。「別用武器了，還讓不讓人睡覺了！」

聲音馬上消失，戰鬥由兵器戰改為肉搏戰。

沈曦懶得理他們倆，縮頭關門。

回到房間裡，青芙正給小靜萱摘頭上的首飾呢，沈曦拿出新被子，趕緊給兩個小姑娘鋪床。鋪完床後，又去廚房舀來熱水，讓姑娘們洗臉、洗腳。等都弄完了，沈曦出去潑水的時候又看了一眼外面，院中已經沒有那兩人的影子，想來是打到別處去了。

兩個武神在一起，肯定出不了什麼危險。沈曦又去看了一眼小霍俠和鄭家清，這才放心地關門睡覺去了。

兩個小姑娘白天都趕路來的，自然是累了，只說了一會兒話，就都睡著了。

第二天清早，沈曦起床做飯，剛推開房間的門，就見霍中溪木頭樁子似地正杵在門口，緊緊地抿著嘴唇，一臉的不悅。

沈曦見侍衛那邊也有人起來了，不想讓人說閒話，就將他扯進了廚房。

剛一進入廚房，霍中溪就將她狠狠地摟進了懷裡，力道大得讓沈曦呼吸都有點困難了。

沈曦伸手去摸霍中溪那張冷臉，柔聲問道：「怎麼一大早就在門外站著？昨晚你在哪兒睡的？」

霍中溪把頭埋在沈曦的肩膀上，低低說道：「我討厭他們住在這裡！」

沈曦笑道：「忍耐幾天吧，他們總會走的。」

霍中溪一臉的不耐煩。「尤其討厭歸海墨！」

看來歸海墨昨晚那損招，確實惹怒了他。沈曦雖說也想和霍中溪睡在一個房間裡，可她總不能將兩個小姑娘趕走吧？因此只得安撫他道：「以後你別理他，晚上和兒子睡去吧。」

霍中溪不再出聲，只是摟著沈曦仍不放手。

沈曦道：「你去看看兒子和小清起床了沒，練武的時間該到啦！我現在就做飯，你想吃什麼？」

霍中溪只得放開沈曦，看沈曦點柴燒水。

沈曦一邊往灶膛裡添柴，一邊嘮叨道：「這麼多人吃飯，米肯定不夠。要不，讓慶波再跑一趟吧？你和歸海墨也去，還能多弄幾袋米回來。」

霍中溪道：「安靜萱那幫子侍衛去。」

沈曦眼睛一亮。「對呀，我怎麼沒想到呢？那麼多人，運的糧食肯定也多呀！相公，還是你腦子轉得快！」

沈曦的恭維讓霍中溪很受用，他的臉色終於緩和了一點。

一想到能使喚侍衛去買東西，沈曦腦中就開始琢磨著要買什麼，想著想著，她忽然就想起當初來森林的初衷了，趕緊向霍中溪道：「哎，你不是說要帶我和兒子去祭拜你師父嗎？這幾個月淨瞎忙，我竟然把這事給忘了！」

霍中溪道：「我沒忘。我覺得我的劍意還沒徹底圓滿，等我全然悟透了，咱們再去。」

「上墳和你劍意不劍意的有什麼關係？我讓他們幫我買點黃紙什麼的，咱們去燒燒就行了。」

「燒黃紙幹麼？」霍中溪一臉的不解。

沈曦橫了他一眼。「上墳不燒紙，那還叫上墳哪？這黃紙一燒，在那邊就變成錢了，你師父就有錢花了！」

霍中溪對此行為頗為不屑。「師父武功那麼高，到哪兒都缺不了錢。我把悟到的劍意在他墳前演練一下，他肯定更高興。」

不是一個境界的人，說話根本兜不到一塊兒，因此沈曦決定結束這雞同鴨講的談話。

「你悟你的劍意，我燒我的黃紙，誰也別管誰！」

霍中溪見妻子決定了，也就沒再吭聲。

水燒熱了，沈曦舀了一盆洗臉水，向霍中溪道：「來，先洗臉。」

霍中溪往洗臉盆前一站，向沈曦道：「妳給我洗。」

沈曦噗哧一聲就笑了，這傢伙，這是在向自己撒嬌嗎？

「兒子都不用我給他洗臉了，你還要？」沈曦一邊笑著，一邊挽起袖子，幫相公大人洗臉。

既然相公大人撒嬌了，沈曦自然得配合，給他洗臉的動作是無比的輕柔。洗完了臉，拽過布巾幫他擦乾淨後，她又主動去幫他洗手。

在妻子的溫柔服侍中，霍中溪那一肚子氣總算是消下去了。看著妻子正在認真幫他洗手，他不由得低下頭去，在妻子的頭髮上輕輕吻了一下。

沈曦抬起頭，給了他一個燦爛的笑容。

幫他洗完手、臉後，沈曦又拿來自製的牙刷和牙粉，讓霍中溪刷牙。

說是牙刷，其實是用動物的鬃毛做的；牙粉則是用鹽和秋天採的薄荷等藥材磨成的粉混合在一起的，肯定不如後世的牙膏好用，但也能湊合著用。

霍中溪刷完了牙，沈曦從懷中拿出一柄梳子幫他梳頭髮，一邊梳，一邊和霍中溪說閒話。「頭髮有點髒了，今天晚上得洗洗了。以後少往樹林子裡鑽，那樣頭髮髒得快……」

做完飯後，趁著人還沒齊呢，沈曦就拿了一身乾淨衣服，帶霍中溪去兒子的房間給他換上了。換完後，又仔細察看了一番，見都打理整齊乾淨了，兩人這才去吃飯。

霍中溪剛坐下，歸海墨就來了，他二話不說就坐到霍中溪身邊，兩人目光一對，又開始用眼光殺來殺去。

吃完飯後，霍中溪、歸海墨和安慶波帶著小霍俠和鄭家清不知去哪兒了。

沈曦琢磨了一大堆要買的東西後，就去找安靜萱，讓她的侍衛回去小鎮買東西。對於這點小要求，安靜萱自然沒有拒絕，在沈曦交代清買什麼後，就讓那隊侍衛出發了。而讓沈曦感到奇怪的是，她連那四個宮女都一併打發走了。

大隊的侍衛走了，家裡還剩下沈曦一家四口、安修謹父女倆、歸海墨父女倆和孤家寡人的安慶波。

下午，大家商量著對房子重新分配了一下。

沈曦一家四口人仍是照舊，沈曦和霍中溪一個房間，小霍俠和鄭家清一個房間。安修謹一個房間，在他們隔壁是兩個小姑娘的閨房。

而歸海墨和安慶波這兩個大人，被分配到去住破木屋，有鑑於那個房子漏風，沈曦讓男人們下午停止練武，砍了不少木頭回來，在木屋外面又加了兩層木板，這個破木屋就勉強能住人了。

過了兩天，歸海墨前來告辭了。

臨走前，他特意找了沈曦，要和她好好聊聊。

沈曦其實並不是太怨恨歸海墨，因為她並沒有對歸海墨付出感情，所以歸海墨對她的傷害是微乎其微，可以忽略不計的。

不過，當歸海墨真誠地說出「對不起」這三個字時，沈曦覺得自己心裡還是舒服了很多，就好像堵了好久的水渠忽然變通暢了一樣。

面對即將離去的歸海墨，她問出了困擾她好幾天的問題。「你是怎麼認出我的？」

歸海墨的回答只有兩句話——

「第一次，偶遇。」

「妳送青芙東西，青芙要去趕海，我派人查了妳。」

這一查不要緊，卻查出來了一個不為人知的劍神娘子。

為了他滅掉西嶽的計劃，他決定娶霍中溪的妻子，逼霍中溪對西嶽出手。

被無辜利用的沈曦只覺得滿腦門黑線，不過她仍是饒有趣味地問道：「若我真答應嫁給你，你怎麼辦？」

歸海墨不假思索地道：「娶了。妳對青芙很好。」

沈曦像看外星人一樣地看著眼前這個總是冷傲話少的男子，覺得他的神經似乎有點不正常。「我看你對這事也沒太積極啊，若只想逼我相公出手，你直接帶走我就是了，何必總辛苦地往上漁村跑呢？」有什麼能比強取豪奪更直接、更有效呢？

歸海墨許久未言，過了好一會兒，那幾乎沒笑過的臉忽然如解凍的冰河一樣，露出了一個淡淡的微笑。他輕聲說道：「妳對青芙很好，對我很好，我們都喜歡那樣的生活。」

留下了一個完美的笑容，歸海墨就在這個寒風刺骨的深冬裡，離開了沈曦的家，離開了森林。

對於爹爹的離去，青芙始終保持著沈默，歸海墨臨走前，應該是和她溝通過了，小姑娘很堅強地看著爹爹走了，在爹爹的背影消失在林海後，淚水才潸然滑落。

青芙對歸海墨的不捨，讓沈曦想到了同樣是離家的鄭家清。雖然說鄭家清是自願來給劍神當徒弟的，不知是他沒有當沈曦的面哭過，還是他適應良好，沈曦覺得他似乎從沒有讓自己為他操過心，自己也沒有給過他太多的關心和照顧。自己給予他的，就是讓他吃飽，讓他穿暖，在感情方面，自己還從未去瞭解過這個十歲男孩的心理。

有了青芙這個警示，沈曦這以後對孩子更加親熱了，不管是自己生的霍俠、收來的徒弟鄭家清，還是寄居在這裡的青芙，沈曦都給予了他們最大的照顧，一個獨屬於母親的真正的照顧。

原本以為日子就這樣平靜下來了，可沒想到，一個多月後的一個清晨，安修謹穿著他來時的那身破衣服，來向沈曦辭行了。

「嫂子，我要走啦！聽說大青山的風景很美，我想去看看！」他一臉的熱切和嚮往，彷彿遊山玩水是天下最美的事情一般。

「你不帶靜萱嗎？」沈曦乾巴巴地問道，心裡十分替那個敏感又堅強的女孩擔心。

安修謹笑道：「不帶了，餐風露宿的，她還太小，不帶她吃那個苦了。」

沈曦將安修謹送到院門外，安修謹留戀地看了一眼女兒的房間，然後又換上那副滿不在乎的樣子，向沈曦道：「告訴霍中溪那孫子，好好待老子的女兒，不許欺負她，老子總有一天會殺回來的！」

在沈曦的注視中，這位前皇帝穿著一身破衣服，走進了冬日清晨的薄霧中，再也沒有回頭。

在知道父親離開後，安靜萱只是靜默了一會兒，就轉身向青芙道：「咱們去餵兔子吧！等改天再讓霍伯父抓幾隻，我最喜歡小白兔了！」

然後同病相憐的兩個女孩子就牽著手出去了，風中隱隱傳來青芙的話——

「他們大人都這樣，從來不管咱們……」

晚上，沈曦問霍中溪，安修謹為什麼要把靜萱留在森林裡？霍中溪說，安修謹的妻子野心很大，總想著要東山再起，她把安靜萱送到森林裡來，大概是怕日後行動失敗，想給女兒留條活路。安靜萱若留在他身邊，安修慎是絕對不會將這個姪女怎麼樣的。

沈曦一聽事關宮廷鬥爭，對這件事立刻就沒興趣了。夫妻倆說了些別的閒話後，也就早早休息了。

在安修謹走後的第三天，安慶波也離開了，他說他要回京城看看，畢竟這個天下，和他是一個姓，他總不能不管的。

就這樣，這些人來的時候熱熱鬧鬧，走的時候，卻將清冷和離別留給了沈曦。

沈曦的日子，是真正的平靜了下來，沒有了外來的紛擾，她的生活很快就回復到了正常的軌道上來。

她整天忙碌地圍著鍋臺打轉，想要餵飽這一大家子人，並不是件輕鬆的事。

霍中溪教鄭家清和小霍俠練武的時候，剛開始青芙和靜萱還會迴避，習慣了後就視若無睹了，後來她們也慢慢加入進去，雖沒有正式拜師，但霍中溪還是一起教了起來，對他來說，教兩個和教四個，分別不太大。

孩子們都和霍中溪學武去了，沈曦就開始清點家中的現存物資。

安靜萱的侍衛們買來了不少東西，全都是糧食、菜籽、布匹、棉花、油、調料等這些基本生活物資和沈曦特意交代的農具和種子。沈曦把這些東西分門別類地放好後，才發現其實糧食並沒有她想像的多。

想想原因很簡單，這一大隊侍衛每天光吃就得吃掉不少糧食，在這森林裡一來一回也有二十多天的時間，這二十多天吃下去，糧食還能剩多少呀？

再除去當作種子的，再加上家裡多了幾個孩子，這糧食還是緊得很啊！

可再緊也不能緊孩子，沈曦仍是每天費盡了心思，給孩子做各式各樣好吃的東西，生怕讓孩子們營養缺失了。

日子就這樣慢慢流走，彷彿一夜之間，小溪中浮冰融化，樹枝上添了新綠，森林裡長出了大片大片的野菜。

沈曦很喜歡挖野菜，那種身心都在自然界中放鬆的感覺，讓她迷戀不已。可惜野菜在飯桌上並不受歡迎，除了沈曦和霍中溪吃以外，孩子們很少下箸。

霍中溪怕沈曦再遇到蟲蛇，採來很多驅蟲蛇的藥草，讓她帶在身上。沈曦受到啟發，做了好幾個香囊，讓孩子們也帶在身上。

青芙和靜萱雀躍著來湊熱鬧，兩個女孩子做了好幾個香包。兩個小姑娘明顯學過刺繡，那繡出來的香包，讓沈曦羞愧得無地自容。而最讓沈曦受打擊的是，除了自家相公仍在支持自己外，小霍俠和鄭家清都十分沒義氣地換上了青芙和靜萱做的香包，自己做的粗糙香包，被遠遠地扔到一邊去了，這讓沈曦的玻璃心十分受傷啊！

春天也是萬物生長的季節，沈曦準備開始種地。

沈曦自詡自己是半個農民，在西谷鎮的時候就看見過種地的，特別是種菜，她還在自家院子裡種過了。

可沈曦還是小看了勞動的辛苦，她只用鋤頭鋤了半天地，就累得腰痠腿疼胳膊腫。後來還是霍中溪看不慣妻子如此勞累，用劍在地上劈了許多淺溝，讓沈曦將種子撒進溝裡去就行了。

沈曦看了看那個足有一胳膊深的「淺溝」，只得默默地將那「淺溝」又埋上了點土，變成了真正的淺溝，適合種莊稼的淺溝。

對莊稼的種植沈曦其實並不熟悉，前世的時候一直生活在城市裡，親自種地可是連想都沒想過。自從來到這裡以後，家中沒有半畝田，自然仍是不懂農事，現在要種地，只能琢磨著瞎來了。

種下了玉米、高粱和穀子，栽下了土豆芽和番薯芽，不知道水稻要怎麼種，就在小溪旁邊平了一塊沙灘地，蓄了點水，把稻種直接撒下去了，水稻是種在水裡的，這點她還是知道的。沈曦沒有種小麥，她記得春天和翠姑去挖野菜時，小麥的麥苗青青的，她還特意問過翠姑，翠姑說是在秋天種小麥。沈曦只能看著那幾袋麥種嘆氣，看來今年是吃不上新麥子了。

菜就好種了，沈曦是輕車熟路，豆角、黃瓜、南瓜、葫蘆、絲瓜、韭菜什麼的，全都種進了菜畦裡。

種完了地，沈曦抓緊時間拿出布匹來，開始做新夾衣。今年家裡人多，做衣服的任務很繁重。

青芙和靜萱見沈曦天天勞累，體貼地幫沈曦裁裁剪剪，也開始學著做衣服。見青芙和靜萱這麼懂事貼心，沈曦才真正體會到了有女兒的好處。還是女兒好呀，知道心疼娘親，能幫娘親分擔繁重的家務，還能當娘親的解語花，穿得又漂漂亮亮的，看著都養眼啊！

看著兩個漂亮乖巧的女孩子，沈曦真的很羨慕歸海墨和安修謹，他們呀，真是身在福中不知福，總以為自己有天大的事情要做，又豈會知道看著孩子一天天懂事、一天天成長，那才是真正的幸福啊！

在下過一場春雨之後，森林中立刻變得生機盎然，樹林徹底綠了起來，小花小草一夜之間瘋長，已經有零零星星的野花開始吐露芬芳。當然，森林中的蟲兒、鳥兒和野獸也多了起來，沈曦不得不把窗子全糊上窗紗，以防有小蟲子飛進來叮人。

而霍中溪每次帶孩子們出去，都會活捉幾隻小野兔、小野雞什麼的活物，讓青芙和靜萱養了起來。

在森林中，沒有日曆之類能記日子的東西，過得都不知今夕是何年，春節就因為這個原因錯過了。

沈曦想著過年沒去祭拜霍中溪的師父，那麼清明不應該再錯過了，就大致估了個時間，揀了一個風和日麗的好日子，讓霍中溪帶她和小霍俠去上墳。

家裡大人走了，只剩三個孩子不安全，只得將小傢伙們都帶上了，一家六口權當是春遊了。

走了有幾里地後，在一塊沒有高樹、雜草叢生的地方，霍中溪忽然道：「到了，前面就是師父的埋骨之地。」

沈曦看了看，全部是雜草野菜，根本就連個墳堆都沒有啊！

霍中溪走過去，沒有用劍，而是用手去拔地上的野草、野菜、藤蔓之類的東西，沈曦心道，若論起輩分來，自己少不得也要叫他老人家一聲師父，還看著幹什麼呀？跟著拔吧！

沈曦這一動手，孩子們也就上手了，一會兒工夫，就將這裡清理出來了。

「還記得埋在哪裡了嗎？確切的地方？」沈曦看了看這平平的地面，實在是連個標誌物都沒看見。

霍中溪倒是瀟灑，向沈曦說道：「沒有確切的地方。既然都死了，還在乎這些做什麼？」

沈曦懶得理他，找了個地方，將元寶和紙錢點上了，跪在地上，雙手合十喃喃低語：

「師父呀師父，我是您徒弟霍中溪的妻子，一向不知道您老人家的埋骨之所，也沒早來燒紙錢，您莫怪莫怪。知道您愛喝酒，我還特意給您帶了一瓶酒來孝敬您老人家，您老人家可以一醉方休了。」

小霍俠見娘親跪了，也撲通一聲跪倒在地，小手也雙手合十，像模像樣地嘀咕道：「師父呀師父……」

話才開始說呢，就被沈曦一巴掌拍在小腦袋瓜上！「叫什麼師父呀？你得叫師爺——」

霍中溪把手按在了她的肩膀上，向小霍俠和鄭家清道：「小俠，還有家清，你們要叫師祖。」

「……」由於無知而犯了錯誤的沈曦為掩飾自己的尷尬，立即向鄭家清招手道：「來，家清，給你師祖磕頭！」

鄭家清乖乖地走到沈曦身邊，也聽話地跪下了，向著那塊空地規規矩矩地磕了三個頭。拜完後，沈曦站起身來，把一瓶酒澆在了地上，祭拜儀式就宣告結束了。

沈曦知道霍中溪這麼多年沒回來，對於把自己養育大的師父，肯定會有許多話要說，因此她體貼地帶走了孩子們，給霍中溪留下了一個私密的空間。

他們走出了好遠後，忽聽得墳前傳來一聲長嘯，然後群鳥飛起，劍光直衝雲霄。

沈曦知道，這是霍中溪在用自己的方式，來悼念他的師父。

時間很快就進入夏天，夏天真是一個有活力的季節，不管是動物還是植物，都在熱熱鬧鬧地生長著。就連孩子們，也都長高了不少，這讓沈曦不得不重新為他們準備衣服。

沈曦手頭上有不少布匹，她挑了輕薄的，給孩子們做夏季的衣服。她給小霍俠和鄭家清做了短褲、小褂，小霍俠穿上後感覺很涼快，就不願再脫下來了；倒是鄭家清，十一歲的男孩知道害羞了，說什麼也不穿短褲，沈曦只得又給他做了條燈籠褲，涼快又寬鬆，練武的時候也很方便。

霍中溪嘛，沈曦就給他做了兩身白色的功夫服，白衣飄飄，頗有幾分高人的風範。

而女孩子的衣服，沈曦其實很想給她們做各式各樣的裙子。夏天太熱，沒有必要裹那麼嚴實。可當沈曦做了一套公主裙讓她們試穿後，兩個女孩喜歡是喜歡，就是不敢穿出去見人。沈曦雖然一再說這森林裡又沒別人，不礙事，可兩個女孩仍是不願穿出去。特別是當鄭家清從窗前走過時，雖然拉了窗簾，但兩個女孩還是緊張地直往被子裡躲。沈曦心道，這個社會果真封建得可以，害人不淺，於是她只得改弦易轍，一人做了兩身長身長袖的裙子。

倒是她自己，做了一套背心熱褲，可惜只在房間裡穿了一次，就讓霍中溪給強行沒收了。

漫長的夏天，燠熱難當，沈曦閒著無事，也不知幹什麼好，後來青芙說她會淘胭脂，於是大家又開始在森林中尋找能做胭脂的花朵。採集了不少花瓣後，又將花瓣搗得稀碎稀碎的，淘去黃色等雜色，剩下的紅色就是胭脂了，做法相當的簡單。

有了胭脂，沈曦忽然想到自己久未化妝了，因此又從廚房揀來個炭塊，削成了小條，把兩個小姑娘都喊了過來，索性教她們化妝玩。

這個時代姑娘們的化妝術，自然比不過後代，但後代是建立在眾多化妝品的基礎上的。現在這裡硬體條件不行，沈曦只得將就將就，給小姑娘講什麼叫淡妝、什麼樣的妝容最吸引人、怎麼用胭脂使人的臉更有立體感、怎麼遮蓋臉形的缺陷……反正是想到哪兒教到哪兒，把兩個小姑娘訓練得早早就會化妝了。不過怕化妝影響皮膚，沈曦還特意交代她們，年輕的時候儘量少化妝，等成親後再化妝也不遲。

沈曦還做了內衣、內褲，可惜兩個小姑娘胸部還沒怎麼發育，胸罩還用不上，內褲倒是都穿習慣了。

沈曦天天倒騰胭脂，弄得身上香香的。

晚上的時候，正當她朦朦朧朧欲睡去時，忽然覺得霍中溪靠了過來，俯身在她的唇上親了一下。

「不來了，天太熱，弄一身汗還得洗澡。」沈曦以為霍中溪是想做了。這大熱天的，不動都一身汗了，再運動一次，立刻就得出全身的汗。

霍中溪仍是抱住了沈曦，輕輕在她耳邊道：「娘子，這些日子，辛苦妳了。」

「怎麼，今天是感恩節嗎？你這麼鄭重地感謝我。」沈曦也不睡了，張開眼睛取笑身邊的男人。

霍中溪看著黑暗中模模糊糊的妻子，她那兩隻笑意盎然的眼睛卻是亮得很。他嘆了口氣道：「這裡缺衣少食的，過得很苦，我執意要住在這裡，卻是害妳受累了。」

沈曦疑惑道：「今天怎麼想起說這些來了？我倒覺得沒什麼，在哪兒都一樣，只要咱們一家在一起就好。」

霍中溪攥住了沈曦的手，像撫摸劍鞘一樣，溫柔地在沈曦的手背上輕輕撫著。「謝謝妳，娘子。」他躺到沈曦身邊，和沈曦並肩而臥，低聲道：「妳的辛苦我都知道，只是我實在沒有時間幫妳分擔那些雜事。娘子，對不起。」

這傢伙似乎有點不對勁呀……一般來說，男人要是能說出這種話，那就是出軌的前兆啊！沈曦一骨碌地爬起來，撲到霍中溪身上，將他狠狠壓到身下，恨恨地道：「今天你淨說我好話，我怎麼覺得這不像你呀？說，是不是這幾天你偶遇了哪位貌美小娘子，想弄個第二春什麼的？怪不得你天天不在家呢，原來是想甩了老娘呀！」

霍中溪任憑沈曦壓在他身上，伸出手去撫摸她只穿了胸罩和內褲的身體，低低笑道：「妳穿的這個倒挺方便的，也挺好看。」說罷，手就開始將沈曦的內褲往下褪。

沈曦按住他的手，冷笑道：「好看怎麼樣？你要是表現不好，以後再好看的也輪不到你看了！」

霍中溪安撫地親了親發怒的妻子，然後說道：「這大森林裡，哪來的小娘子呀？我這些日子冷落了妳，還不許我說幾句好話嗎？」

「沒有就好！哼，正式警告你，你要是敢在外面找別的女人，別怪老娘甩了你！等等，我天天做飯、帶孩子的，沒幾天就熬成黃臉婆了，你要是看不上我了，再找個年輕貌美的，那我不是虧死了？」沈曦忽然想到自己天天瞎忙，於保養一道實在有虧呀！從明天起，要來做面膜、做化妝品，保養皮膚，保持年輕！

霍中溪沒想到自己一時的歉疚，竟然引來了妻子的懷疑，只得慢慢給妻子解釋道：「娘子，我們四個武神，再加上北嶽死掉的那兩個，妳知道有幾個成親的嗎？」

沈曦不知道他為什麼突然這樣問，不過仍是仔細地想了想，然後回道：「你們幾個活著的除了你，另外那三個都沒成親，死掉的我不知道。」

霍中溪道：「洪峰和蘇烈，也未曾娶妻。」

六大武神竟然有五個都沒成親？沈曦的好奇心一下子就被吊了起來，她趕緊問道：「為什麼呀？」

霍中溪道：「武學一道，若想精進，必須摒棄雜念，全神貫注。兒女私情是最容易讓人產生妄念的，能在武學上有所成就的人，也沒有幾個是有家庭和妻兒的負累。」

沈曦在霍中溪的胳膊上擰了一把，不滿地問道：「我是你的負累？」

霍中溪根本沒把妻子製造的這點小疼小痛看在眼裡，連眼皮都沒眨，繼續說道：「妳和別的女人不一樣。要是一般的女人，根本不可能來森林裡和我受這個罪，即使是來了，也會抱怨個不停，若真是碰到那樣的女人，我肯定是要分心的。娘子，娶到妳是我的幸運，所以我也是六個武神中唯一成親的一位。」

沈曦受了誇獎，頓時就笑了，心滿意足地又擰了霍中溪一把，得意得小尾巴都要翹到天上去了。「相公，再繼續誇，我發現你今晚特別的帥！」

今晚特別帥的霍中溪只得又道：「以後妳不用想我會看上別的女人的問題，當站在我們這個位置的時候，女人漂不漂亮、年不年輕，我們根本就不在乎了。說句無情的話，其實有沒有女人，我們也不在乎。」

沈曦忽然把手伸下去，將他那垂垂軟軟的分身握在手裡，笑嘻嘻地道：「真不在乎嗎？要是你們想了，就全靠自己解決嗎？」

霍中溪在沈曦的手中聳動了幾下，那軟軟的分身就慢慢變大起來，沈曦不懷好意地鬆開了手，壞笑道：「啊呀，武神大人是不在乎女人的，來，讓娘子看看，你硬了的時候是怎麼解決的？麻煩你的左右手嗎？」

霍中溪在沈曦的屁股上打了兩巴掌，低聲道：「妳就會折磨人！」然後將沈曦抱在懷裡，問沈曦道：「妳知道什麼是精氣嗎？」

這個詞，沈曦自然是聽過的，但要解釋，就有點說不太準了。

見沈曦搖頭，霍中溪道：「男有陽精，女有陰精。練武之人都會化精為氣，所以不存在……」他一把撈起沈曦，將她按到了自己身上，那硬得發脹的分身自然也進入了沈曦的體內，在沈曦的驚叫聲中，才說完了這句話。「……麻煩左右手的問題。」

一番激烈的雲雨之後，沈曦軟軟地躺在褥子上，連動都懶得動。過了好一會兒，就在霍中溪以為她已經睡著了的時候，她忽然噌的一下坐起來，把霍中溪嚇了一大跳。

「有個問題！化精為氣的話，你體內精液少了，那不成了少精？那是不孕不育的症狀啊！怪不得我總懷不上第二胎呢，原來是你這傢伙不行！」

被說「不行」的男人咬牙切齒地又把她按倒了，馬上證明自己的能耐，一邊行動還一邊向不懂武功的女人解釋。「這個精，不是單指妳說的精液，是全身的精氣……」

事後，此事的受害者沈曦說了一句非常經典的總結語——

沒文化，真可怕；沒常識，就閉緊嘴！

第十七章

當天氣慢慢褪去酷熱，地裡的穀子也慢慢變成了黃色。

那金燦燦的顏色，讓沈曦看了就心生歡喜。

沈曦心道，這難道就是咱老祖宗說的「手中有糧，心中不慌」嗎？過了半年沒糧食的日子，讓沈曦格外的喜歡豐收。

沈曦每天都興高采烈地去田裡查看穀子的成熟情況。她本以為她很勤快了，可沒想到森林裡的鳥兒比她還勤快，每天光顧田地的次數比她是只多不少。

沈曦這個心疼呀！本來種得就不多了，再加上這穀子長得也不太好，根本不像後世在電視上看到的那樣，長得那麼茂密，穀穗還那麼大。如今再讓鳥兒們這樣一吃，等到穀子成熟的時候，怕就只剩下秸稈和葉子了。

沈曦做了幾個稻草人豎在田裡，可一點也不管用，森林裡的鳥兒實在太多了，總會有不少膽大的來偷吃。

看著穀穗一天天輕起來，沈曦狠下心，沒等穀穗完全成熟，就開始動員全家割穀子了。說是全家割，其實霍中溪一個人就夠了，寶劍一揮就倒下一大片，當真是比收割機還好用。沈曦和孩子們就跟在他後面，把割倒的穀子都抱回到房屋前的空地上。

穀子很快就割完了，也很快地抱回了家，沈曦又開始發愁了，這要怎麼把小米從穀殼裡脫出來呀？怪不得以前霍中溪任由那些糧食爛在地裡呢，實在是這活兒既麻煩又不好幹啊！

沈曦想來想去也沒想到什麼好辦法，最後就想了個最笨的辦法：摔！

她將穀穗用力地往石頭上摔，希望能將穀粒摔下來，可她忽略了一個問題——她的穀穗沒有完全成熟，想要將仍有生命力的穀粒摔下來，有點費勁。

這個辦法行不通，沈曦就想起來不知在哪部電視劇中看到過，女主角就是用一個大碌碡（注）壓糧食的。沈曦有樣學樣，就叫霍中溪弄來一塊大石頭，製成碌碡樣，然後把穀子擺在地上，讓霍中溪轉動那碌碡，看能不能把穀粒壓出來。

這個辦法還算可以，穀粒能壓出來，但也有不足的地方，就是地太軟了，穀粒和穀穗很容易就壓進土裡去了。

沈曦只得又想辦法，將霍中溪和孩子們的練武場用碌碡壓了個結結實實，然後在上面壓穀子。

看著霍中溪拉著碌碡在練武場上飛奔，沈曦忽然間明白武神為什麼不成親的原因了，實在是，這些家庭瑣事太浪費時間了！若天天幹這些事，他根本連練武的時間都沒有了！

從明白這事以後，沈曦就儘量不支使霍中溪幹活了，自己能幹的事情，寧可累點、苦點，也不再讓霍中溪沾手了。

霍中溪知道妻子體貼自己，也儘量回報了妻子的好意，不僅沒有撒手不管，反而是加快了幹活的速度，儘量縮短了幹活的時間。

穀粒收上來以後，沈曦又讓霍中溪做了一個石碾，用來從穀粒中碾出小米來。霍中溪自然是做這活兒的不二人選，以前當瞎子的時候，他可沒少磨過豆子。

穀子收上來了，變成小米了，沈曦的高興勁兒還沒過去呢，玉米和高粱成熟的時候也到來了。

莊稼的豐收固然讓沈曦高興，可在高粱和玉米還沒成熟之前，歸海墨的到來卻更讓沈曦歡喜。

這傢伙消失了大半年，也不知道去幹麼了，但沈曦對這傢伙的事沒興趣，她現在對歸海墨唯一的興趣就是：又多了個壯勞力！

青芙對歸海墨的到來，自然是歡喜無比，「爹爹」前「爹爹」後的，一個勁兒地圍著歸海墨打轉。

歸海墨顯然也想念青芙了，不僅給了青芙一個大大的擁抱，就連看青芙的眼睛裡都是帶著笑的。

父女二人說了一會兒話，歸海墨滿意地發現女兒變得更懂事了，身量也長高了，小臉蛋上有著健康的光澤，看來在這裡並沒受什麼委屈，吃什麼苦。

為了此事，歸海墨特意向沈曦道了謝。

沈曦嘴上說「沒事沒事」，心裡卻道：哼，現在沒事，等你住兩天就有事了！我家那高粱、玉米的，還等著你收割哪！

注：碌碡，音ㄌㄨˋ ㄌㄨˋ，是用石頭做成的圓筒形農具。以石為圓筒形，中貫以軸，外施以木框，曳行而轉壓之，用以碾平場地或碾壓穀類。

沈曦歡迎歸海墨到來的方式，就是做了一頓豐盛的飯菜。

而霍中溪歡迎歸海墨的方式，自然仍是一場激烈的比鬥。這一次，兩人拚得尤其厲害，特別是霍中溪，劍劍鋒利，毫不留情地壓著歸海墨打。後來歸海墨也打上興頭來了，索性棄了扇子，也抽出一把劍來，兩人又打在一起。

過了幾招後，霍中溪驚奇地道：「左手劍術？」

歸海墨道：「我左手比右手強。」

霍中溪眼中精光大盛，躍躍欲試地道：「好，咱們痛快來一場！」

兩個人又戰到了一起。

這一次，兩人用了九成九的勁，直打到天地失色、日月無光，拚盡了最後一點力氣，才累得躺在地上，呼呼地直喘粗氣。

沈曦看了看那兩個明顯脫力的人，意味深長地向在一旁看熱鬧的孩子們道：「你們一定要好好練武，爭取練到天下第一，並列第一都不行。看見沒，不是第一的後果，就是像死魚一樣躺在這兒，任人宰割！」

像死魚一樣還任人宰割的武神們滿頭黑線，互相看了看，頓覺身價驟降。

兩個女孩捂著嘴直笑，鄭家清也聽出了沈曦的調侃，只有年紀最小的小霍俠沒有聽懂沈曦是在拐著彎貶低那兩人，認真地攥著小拳頭，很用力地點點頭道：「我不當死魚，我要當第一！」

地上姓霍的死魚聞言，氣得差點吐血。這個傻兒子，實在是太不給你老子面子了！

沈曦嫌他們倆又是汗又是土的太髒，在他們恢復了一點力氣後，就趕緊讓他倆洗澡去了。

由於今年人多了，還有兩個小姑娘，洗澡多有不便，沈曦就讓霍中溪建了一個「豪華」浴室，裡面的東西雖說不名貴，但勝在簡單方便。地面是用大塊石板鋪成的，一點也濺不起泥土來；牆壁上掛著沈曦自己釘的木勾，用來掛衣服和布巾；浴室內放了一個用整塊大石頭挖成的大浴桶。

沈曦本來想在房頂上放兩個大木桶，弄成淋浴的，可惜森林中沒有可以刷在木桶上的清油，如果直接使用沒漆過油的木桶，一是時間長了會滲水，二是木桶容易爛，所以無奈的沈曦只得放棄了淋浴。

歸海墨的到來，讓霍中溪十分高興，棋逢對手又有點惺惺相惜，讓兩個武神的關係也迅速好轉起來。兩人經常在一起嘀嘀咕咕，不知在密謀什麼。

在閒聊的時候，沈曦就問歸海墨，中嶽國可有發生什麼大事？

歸海墨搖搖頭，說這四國都沒發生什麼大事，平靜得很。若真要硬說，那就是南嶽武神本我初心失蹤了，確切地說，他已經失蹤兩年多了。而東嶽的風纏月，現在正像瘋子一樣地到處找他呢！

一提起那兩個人，沈曦就想到當年海上的那一幕。本我初心很明顯是在追求風纏月，而風纏月顯然沒將他放在眼裡，現在這一失蹤、一找人的，又是怎麼一回事？

沈曦向霍中溪和歸海墨問了問本我初心和風纏月的事，兩位武神倒是知無不言，言無不盡了。沈曦將他們的話歸納了一下後，梳理出了一個有點狗血的愛情故事——

大概三十年前，剛滿十五歲的風纏月出師了，她腰纏軟鞭，開始闖蕩江湖，到處遊歷。有一次在來中嶽國遊玩時，她遇到了一個俊逸非凡的書生，她對那書生一見鍾情，在幾次「偶遇」，幾次相約遊玩後，兩人相愛了，約定非卿不娶、非君不嫁。兩人恩愛正濃的時候，風纏月的師門遇到了麻煩，她無奈地告別情郎，回師門處理事情去了。剛開始，兩人還有消息傳遞，可後來風纏月在一次意外中遭人暗算，受了重傷，就連師門也和她失去了聯繫，大家都以為她已經死了。

情郎癡等了她三年，見她仍是沒有出現，只得含淚接受了她已經喪命的事實。這情郎出身於一個書香世家，身後還有一個大家族，見他歲數已大仍不娶妻，家人就開始施加各種壓力，情郎頂不住了，娶了一個門當戶對的大家閨秀為妻。

誰也沒想到，在他們的兒子都已經出生後，風纏月竟又出現了。

見情郎既有了嬌妻，又有了幼子，風纏月傷心欲絕之下，一口氣滅了情郎滿門，就連那不滿一歲的孩子也沒放過！

風纏月經此大變，人從此變得喜怒無常了，興致好時，隨便誰有困難都會伸手幫一把，興致不好時，隨手殺幾十個人那都是常有的事。

在風纏月二十三歲時，她遊歷到了南嶽，在一次夜宿深山時，她救下了一個無意中發現師兄和師母有姦情而差點被師兄滅口的年輕男子。

風纏月長得不錯，雖談不上是傾國傾城，但也是中上之姿，再加上長年練武，身段格外的窈窕，特別是她從天而降救了那年輕男子的性命，所以在他眼中，她就像是下凡的天仙一樣，這讓他毫不意外地迷戀上了她。

那個年輕男子，就是十九歲的本我初心。

本我初心追求風纏月二十多年，風纏月一直沒答應他，但也沒說拒絕他，就這樣和本我初心牽扯個不清。

現在本我初心不見了，風纏月卻開始著急了。

聽完這個故事，沈曦不禁替風纏月的智商著急。

這女人得要多傻呀？有那麼愛她的男人她不珍惜，非得等人家不理她了，她才上趕著去追去找，她這是生怕被男人看得起是吧？

想起當年風纏月的狠辣無情，聽到這個消息後的沈曦實在是暗爽到不行。

不過這事情她聽完了也就拋到腦後去了，畢竟她和風纏月離了十萬八千里，是怎麼也扯不到一起去的。

歸海墨來了後沒幾天，地裡的高粱就紅了臉，沈曦高興地支使著歸海墨和霍中溪去收高粱。

歸海墨站在地頭上，向沈曦問道：「刀呢？」

沈曦疑惑地回問：「什麼刀？」

歸海墨用下巴朝高粱地揚了揚。「砍它的。」

「沒有。再說你不是有那玩意兒嗎？用它就行了！」沈曦指了指他腰間的劍。

歸海墨吃了一驚，有點不敢置信地問道：「用它？這是劍！」

沈曦又用手指向他旁邊指了指，他隨著沈曦的手看去，只見他旁邊的霍中溪一道劍氣發出，一片高粱就齊唰唰地倒下了。

歸海墨震驚不已，喃喃道：「青凝劍……那是青凝劍……」

沈曦在旁邊搭言道：「原來他的劍叫青凝劍呀？名字挺好聽的呢！唉，我以前用它來割豬肉、削豬皮，還真是大殺風景啊！」

歸海墨聽沈曦說完後，臉都黑了。大概是怕他的劍被沈曦拿去割豬肉、削豬皮，他立刻舉劍，直奔高粱地。

兩大武神「熱情」參與，一片高粱地只一會兒工夫就割完了。沈曦又讓他們把高粱抱回到院子中，然後拿了霍中溪的青凝劍去切高粱穗。

歸海墨摸了摸自己腰間的劍，趕緊從沈曦旁邊繞了過去，走得都看不見沈曦的影了，他才長長地出了一口氣。此時此刻，他非常慶幸自己沒娶這個暴殄天物的傻女人！

高粱怎麼弄成高粱米，沈曦還真知道。

以前在西谷鎮，她有一次去郭嬸家串門時，就看見郭嬸在弄高粱。

郭嬸是把鍘草用的鍘刀豎了起來，然後固定好，將高粱穗在鍘刀刃上刮呀刮的，這高粱米帶著殼，就一起刮下來了。而且這高粱穗把米殼刮淨後，還可以綁在一起當掃帚用，掃地、掃炕都可以。

沈曦本想用霍中溪的劍豎起刮，可惜他的劍太鋒利了，高粱穗往上一放就被切斷了，沒有辦法，她只得把劍扔一邊去了，從廚房摸出那把爛掉了一半的菜刀，將就著用了。

歸海墨本以為也就這麼點活了，幫次忙就幫次忙，誰讓自家女兒住人家的、吃人家的呢？誰知剛逍遙了沒兩天，又輪到收玉米了！

歸海墨看了一眼埋頭幹活的霍中溪，只得無奈下場。曾經橫掃千軍的武神，如今變成了橫掃玉米田，這箇中滋味，只有武神大人心底自知。

在收完玉米後，歸海墨匆匆向沈曦一家告了辭，然後逃也似地離開了森林。這一次，他仍沒有帶走青芙。

青芙好不容易盼來了爹爹，誰知爹爹還是沒帶她走，仍是把她一個人留在了森林裡，小姑娘委屈極了，哭得肝腸寸斷的。

沈曦很想問問歸海墨不帶青芙的原因，可又怕被歸海墨誤會自己是想趕青芙走，因此只能將這個疑問壓了下來。

晚上的時候，沈曦就向霍中溪提出了這個問題，霍中溪的回答是：歸海墨要有大動作了，怕照顧不到青芙。

沈曦雖然不知道歸海墨到底想要做什麼，但毫無疑問，應該是極為危險的，不然不會連女兒都不敢帶在身邊了。

沈曦本就喜歡孩子，青芙又是個省心的，所以沈曦很歡迎小姑娘繼續居住。而青芙也就只哭了那一場，在靜萱和鄭家清的勸解下，沒半天也就好了。

歸海墨的到來，除了幫沈曦家幹了點活、讓青芙空歡喜一場以外，就再也沒造成什麼影響，沈曦家的平靜生活，依然在繼續著。

收割完莊稼後，沈曦又開始忙碌地種小麥、種白菜、種蘿蔔。等這些種完以後，沈曦又想起自己那長得稀稀疏疏的水稻來了。也不知為什麼，水稻的長勢非常差，不僅缺苗缺得厲害，就連稻穗也沒有什麼成熟的。這一次根本就不用霍中溪幫忙，沈曦自己一個人提著劍就割回來了，打出來的稻米少得可憐，連三袋都沒有。沒有水稻種植經驗的沈曦，在種水稻上面，以完敗收場。

沈曦在忙完了農活後，開始去森林裡挖些野菜，摘點木耳，採點蘑菇什麼的。今年冬天有糧食，不用像去年那樣，什麼都儲藏了。

沈曦主要採集的，還是一些野果，這東西冬天裡可是一點也沒有，多儲存些給孩子們補充維生素也是好的。她採來的野果大部分曬成了果乾，而利於儲存的就挖了個菜窖扔了進去。去年用蜂蜜醃的小蜜珠得到了孩子的一致好評，沈曦這回把極多酒瓶子都裝滿了小蜜珠，既有放蜂蜜的，也有不放蜂蜜的。她想試驗一下，不放蜂蜜的小蜜珠會不會變成果酒？

不過饒是手中有這麼多糧食，沈曦還是讓霍中溪獵了不少動物回來，做了不少臘腸、臘肉、燻肉什麼的，準備冬天食用。冬天動物會冬眠，在外面活動的動物並不多，萬一到時候缺肉了怎麼辦呢？

孩子們都喜歡沒事的時候嗑堅果，森林裡有不少的堅果樹，沈曦讓霍中溪搖了好多下來，自己帶著孩子們在下面撿，各式各樣的堅果足足裝了好幾袋，才算是饒過了那些樹。

至於藥材，森林中就更不缺了，經過一年的森林生活，就連沈曦都認識了不少常用藥材，也採了不少回來，預防著孩子們有個頭疼腦熱的。

秋天就在沈曦的忙碌中，再一次悄然離開，寒冷的冬季，也再一次降臨人間。

沈曦陪伴著霍中溪，帶著孩子們，在這個遠離人間的世外桃源，過得自在又快樂。

當看著孩子們健康又快樂的時候，當晚上安靜地躺在霍中溪懷中的時候，沈曦覺得，此間的幸福，真是無法言說的美好。

時間在森林裡緩緩滑過，一年的時間很快就過去了。

這一年，沈曦家一個訪客也沒有，過得十分的安寧。就連歸海墨，也一年多沒有來看青芙了。

青芙盼呀盼的，直到冬天再次來臨，歸海墨仍是沒有來，這讓小姑娘相當的失望。

長時間沒有爹娘的消息，青芙和靜萱早已習慣了和沈曦在一起生活。

沈曦對她們和對小霍俠沒有什麼區別，甚至有時候她會更心疼嬌弱的女孩子一點。

在生活方面，她對她們照顧得周周到到，就連青芙的初次月經，也是沈曦親手做的衛生棉，並告訴了她不少的衛生知識。

夏季日長，沈曦每天吃完午飯後，都會去睡會兒午覺，也不知是不是年紀漸長了的原因，沈曦覺得自己的精力大不如前了。人都說孩子是父母的催老藥，果然真是這樣，看著孩子們一天天長大，真的很容易讓當父母的感覺自己在一天天老去。

晚上睡覺的時候，沈曦躺在床上，一個勁兒地唉聲嘆氣。

剛洗完澡的霍中溪躺到她身邊，關切地問道：「怎麼了？小俠又淘氣，惹妳生氣了？」

「這倒沒有，只是看見青芙都長成大姑娘了，感覺我都老了。」

霍中溪伸出手在她身上摸了摸，俯到她耳邊道：「摸起來還是那麼滑，一點也不老。」

沈曦白了他一眼道：「你正經點！沒見我這兒正憂鬱著嗎？」

「妳連三十都不到呢，老什麼呀？天天淨瞎想！」霍中溪皺眉，難以理解女人的複雜心理。

沈曦看著從認識起就沒怎麼變化的霍中溪，又開始羨慕了。「還是練武好，你看你，我第一次看見你時，以為你是二十七、八，現在咱倆都在一起好幾年了，你一點都不顯老，看起來仍像二十七、八。不會等我都三十多了，你還像二十七、八吧？別人要是看見咱倆在一起，肯定說我是老牛吃嫩草！」

「嫩草」看著不停嘆氣的妻子，實在想不通這有什麼可擔心的？又不是神仙，誰不會變老呀？女人就是奇怪，有這時間不好好休息，淨想些沒用的。

沈曦一邊用手撫摸著霍中溪平滑的小腹，一邊無情無緒地道：「看你保持得多好，看來練武還是有用的……要不明天我也練吧！你不是說我有底子嗎？我就不信了我一招也記不住！」

「好。」霍中溪簡短地回答了沈曦一個字，就攥著沈曦的手往下伸。

沈曦今天心情不佳，沒有心情做那事，她煩亂地掙脫開來，用手往外推霍中溪道：「別搗亂，我正想事呢！明天早起，你先教我練輕功！哎，哪種花呀藥呀的能美白緊膚呀？我天天泡藥浴、花浴，肯定也管用……」

霍中溪見妻子有點走火入魔了，手一勾便將她扶到自己身上，讓她騎坐在自己腰間，兩隻手掂了掂她那柔軟的乳，很真誠地說道：「娘子，妳一點也不老，看，這裡還和以前一樣，翹得很可愛。」

這個流氓！沈曦趴在他身上，吭一下就給了他一口！

霍中溪悶悶地抽了口氣，手上的動作卻是越發用勁了。

一會兒之後，房間中響起了沈曦的低喘嬌吟……

經過了相公大人的愛情療法和肉體滋潤，第二天沈曦的心情大好，不再感嘆流年，也不再感覺青春易逝了。

恰巧青芙來找布頭要繡荷包，沈曦摸著青芙亮澤的長髮，笑道：「青芙真是長大了，成大姑娘了，不再是小時候那個非得吵著要趕海的小丫頭了。」

聽沈曦一說，青芙也想起了當年自己非得要去趕海，纏得爹爹沒辦法了，只得將她帶去嬸嬸家趕海的事來了。

想起爹爹對她的疼愛，她眼圈一紅，淚就掉下來了。「嬸嬸，我想我爹爹了，他怎麼還不來呀？」

沈曦後悔逗小青芙了，要不是她胡說八道，小姑娘也不會哭得這麼傷心了。

她一邊給青芙擦淚，一邊安慰她道：「妳爹爹那麼疼妳，大概是實在沒空，要是有空了，肯定第一時間跑來見妳，沒準兒呀，明兒個他就到了！妳就好好繡荷包吧，等妳爹爹來了，妳就送給他，他肯定高興！」

青芙聞言，馬上挑了一塊青色的布說道：「我一定要給爹爹繡個好看的荷包！」

傍晚的時候，去捉魚的小霍俠、安靜萱和鄭家清回來了，每個人手裡都用細樹枝拎了一串魚。

還離大老遠呢，小霍俠就向沈曦喊道：「娘！今晚吃魚，我要吃糖醋魚～～」

「好。」沈曦笑咪咪地迎上去，接過孩子們手中的魚，誇獎他們道：「你們三個也太能幹了吧，怎麼捉了這麼多魚呀？」

鄭家清先偷偷地瞟了沈曦身後的青芙一眼，才和沈曦說道：「師娘，師父不愛吃甜的，咱們糖醋幾條，我再去烤幾條吧。」

青芙笑道：「正好我也想吃烤的，咱們多烤幾條。」

沈曦看著互動曖昧的兩個小傢伙，哈哈笑道：「好，你們去架好架子，準備好烤魚的調料，我去收拾魚。」

幾個孩子一起跑去廚房了，沈曦將魚泡進盆裡，拿著刀去鱗開膛。

去完了魚鱗，沈曦用刀將魚腹剖開，當那軟乎乎的魚內臟伴隨著一股難聞的血腥味飄散而出，沈曦覺得胃裡忽然一陣翻騰，她頭一歪，哇的一聲就吐了出來。

今天這是怎麼啦，剖個魚竟然噁心吐了？

沈曦覺得不太對勁，這活計自己雖不是天天做，但也是經常做，以前可一回也沒吐過呀！

是吃壞東西了嗎？

不會吧，今天自己可什麼亂七八糟的東西也沒吃呀！

百思不得其解的沈曦站起身來，把吐出的穢物清理掉，漱乾淨了口，刷了一次牙後，又到盆子前去收拾魚。

剛蹲下，一看見盆裡那魚流出來的血水，沈曦又控制不住，哇的一聲又吐了。

這一吐，讓沈曦有點明白了。

她應該是……再次懷孕了！

她趕緊算了一下來月經的日子，然後有些遲鈍地發現，自己好像有兩個多月沒來月經了。

一想到懷孕的可能，沈曦先是呆愣了一下，然後心內一陣狂喜。
啊，真的呀，自己又懷孕了？
四年多沒有動靜，現在真的懷上了？
這一次，但願是個女兒。青芙和靜萱那樣乖巧可愛又貼心，沈曦早就萌死她們了。
對對，要女兒，要是個女兒就好了，兒女雙全，自己這一生就再也沒有遺憾了。
沈曦第一個反應就想將這個好消息告訴霍中溪，可這個衰人一大早又不知道去哪兒了，讓沈曦想告訴也找不到人。
看著孩子們雀躍地搬出燒烤架，抱柴的抱柴，拿調料的拿調料，沈曦不忍孩子們失望，只得強忍著噁心，把那些魚收拾乾淨了。
見霍俠不嚷著吃糖醋魚了，沈曦就將魚全交給了青芙和靜萱，讓她們先醃漬上，等著過一會兒再烤。
回到屋裡，沈曦坐在椅子上，忍不住偷偷的傻笑。
懷霍俠的時候，自己根本就不知道，再加上肚子裡的小霍俠又格外的讓人省心，沈曦基本上沒吃過懷孕的苦，但同樣的，沒有孕吐，也就少了一項懷孕的過程體驗。
就如同剖腹產，雖然也是生了孩子，但有時候總會讓人覺得少了什麼一樣。
晚上霍中溪回來的時候，就敏銳地發現妻子和平時不一樣了，一直在對著他傻笑，這種傻笑，只有當初她抱著那三千萬兩的銀票時，他才看見過一次。

怎麼，她又將銀票翻出來看了嗎？

霍中溪帶著疑問，一邊觀察著妻子，一邊吃完了晚飯。

吃罷晚飯，一家人坐在院子裡乘了會兒涼，待孩子們都各自回房後，沈曦才美滋滋地拉著霍中溪回屋了。

一進屋，霍中溪就問道：「今天怎麼了？總看著我傻笑什麼？」

沈曦調皮地眨眨眼。「你猜。」

霍中溪拉著沈曦的手，語重心長地對她道：「縱慾傷身，妳身體本就弱，節制一點才好。」

沈曦滿臉黑線，她平時表現出來的有這麼飢渴嗎？自己那明明是喜悅的笑容好不好？

沈曦眼珠一轉，壞心眼又上來了，她笑咪咪地靠到霍中溪身邊，將霍中溪壓倒在炕上，撲過去就是一頓激吻，一邊吻著，一邊用手在他胸前輕輕撫摸。

為了讓劍神大人更激動一點，沈曦趴在他的肚子上，用舌尖輕輕地舔著他那漂亮又結實的小腹。

面對妻子熱情的挑逗，劍神大人也管不得什麼縱慾傷不傷身的問題了，他一翻身，就要將妻子壓到身下，正在這時，忽聽得妻子叫道——

「等會兒！」

霍中溪停止動作，疑惑地看向妻子，只見妻子一臉的羞怯。

沈曦輕聲道：「我想告訴你一個好消息。」

關鍵時候，哪來這麼多廢話？霍中溪一邊繼續動作，一邊漫不經心地道：「什麼好消息？」

沈曦任由他動作，在他將要提槍入陣的時候，慢悠悠地吐出了一句。「我好像懷孕了。」

霍中溪的動作再次停下來了，他擰著眉，很嚴肅地對沈曦道：「別逗了，正事要緊。」

沈曦嘿嘿嘿嘿笑個不停，且笑且說：「我沒逗你，我可能真懷孕了，今天剖魚的時候吐了好幾次呢！」

霍中溪聽沈曦說得有根有影的，一個翻身，火速從沈曦身上撤了下來，伸出手去摸她的小腹，喃喃道：「不會吧……」

沈曦看見霍中溪那一臉不敢置信的表情，也不由得有點心虛，萬一自己感覺錯了呢？於是她說道：「你會診脈嗎？你幫我看看，是不是喜脈？」

「懷孕了妳還逗我！」霍中溪一邊控訴著，一邊伸手按住了沈曦的脈門，然後凝著眉，一臉的鄭重。

過了好長的時間，他一句話也沒說，沈曦不由得有些著急了。不會是沒懷孕，空歡喜一場吧？她趕緊問道：「不是喜脈嗎？我沒懷孕嗎？」

霍中溪抬起頭，向沈曦道：「其實脈象吧，我就診得出兩種。」

沈曦連忙追問道：「哪兩種？有喜脈嗎？」

霍中溪把手從沈曦的手腕上拿開，若無其事地淡淡道：「跳和不跳。」

沈曦嗷的一聲撲到霍中溪身上，一頓狂啃濫咬！這個衰人，這是在報復她的故意挑逗嗎？

如果說這一晚沈曦還有點懷疑的話，那接下來的幾天，一聞到葷腥味就會吐的反應，就明確地讓她得出自己肯定懷孕了這一結論。

對於懷孕的沈曦，霍中溪格外的緊張，他倒不是擔心孩子，他是擔心沈曦。沈曦的身體以前虧得厲害，雖說用藥調理過了，但調理得怎麼樣他心裡可沒底。

在這森林深處，沒有穩婆也沒有大夫，妻子要生孩子，連個接生的人都沒有，萬一有什麼差錯……霍中溪不敢去想這個嚴重的後果。

在經過了幾天的考慮後，霍中溪和沈曦商量搬家一事，他們搬到劍神山去住，那裡不僅住得舒適些，也有許多人服侍，不用沈曦再操勞受累了。而且那裡離京城也近，大夫、穩婆可以隨時待命。

說實在的，沈曦並不想離開森林。

劍神山的日子雖然過得舒適，但人多了，應酬就會多，麻煩更不會少。

劍神夫人懷孕了，肯定有不少人打著慰問的旗號來拉關係。有的人沈曦可以不見，但像皇后娘娘或後宮哪位嬪妃來，沈曦如果也不見，那就有點太托大了。

要見吧，這後宮女人都一個樣，勾心鬥角是家常便飯，和她們說話沈曦都得加倍小心。像自己這種政治小白，被人利用了可能都不知道，萬一被有心人套進去，怕是連霍中溪都會牽連進去，她不喜歡那樣的日子。

沈曦有沈曦的想法，霍中溪也有霍中溪的堅持，兩個人意見暫時無法統一。好在前三個月是危險期，不宜長途奔波，兩人就決定還是暫時居住在森林裡，等三個月後再做打算。

為了照顧懷孕的沈曦，霍中溪不再經常外出了，而是天天在家裡陪著她，他還曾親自下廚做飯，可惜那手藝實在不怎麼樣，孩子們都很不給面子。最後還是沈曦主灶，青芙和靜萱幫忙打下手。

很快地，沈曦懷孕就過了三個月，面對霍中溪的堅持，沈曦讓步了，同意和霍中溪回劍神山，因為她知道，霍中溪太過緊張她了，不願看到她出一點事。

就在他們準備收拾行李的時候，久違的歸海墨竟忽然出現了。而且他還不是一個人來的，他的身後，跟著白衣飄飄的南嶽武神本我初心，還有一個抱著孩子的女人。

霍中溪瞥了歸海墨一眼，問道：「他怎麼來了？」

歸海墨還未回答，本我初心已經哼一聲道：「怎麼，不歡迎我嗎？」

霍中溪也回以冷哼，看了看緊跟在他後面的女人及孩子。「眼病治好了？心病也沒了？」

本我初心沒理他的諷刺，一甩衣袖，不冷不熱地道：「連你這個沒開化的野人都娶妻生子了，我哪能落後了呀？聽說你一直在教你兒子習武，我來看看，你教得有我教得好嗎？」

霍中溪瞅了一眼那才三、四歲的孩子，譏笑道：「好不好不知道，反正我兒子要打你兒子，比喝水還容易。」

本我初心反譏道：「看你那點出息，也就是仗著你兒子比我兒子歲數大點唄！等過幾年再看，還不一定怎麼樣呢！」

霍中溪倒是贊同了他的觀點，難得地點頭道：「嗯，這還真說不定。你比我大，不是就打不過我嗎？」

本我初心唰一下就長刀出鞘，向霍中溪道：「說有什麼用，手底下見真章吧！」

「怕你嗎？」霍中溪也抽出寶劍，兩人一躍就上了木牆，刀來劍去地打成了一團。

歸海墨藉這機會走到青芙面前，向青芙伸出了胳膊，青芙歡喜地叫著「爹爹」，就投進了歸海墨的懷抱。

「爹爹，你怎麼才來呀？我都想死你了！」青芙撒嬌著抱怨，語氣中的喜悅怎麼也掩不住。

歸海墨看著已經亭亭玉立，長成了小姑娘的女兒，眼裡滿是柔情。「乖，爹爹也想妳。」

然後青芙把他拉到了一邊，嘰嘰喳喳地說個沒完。

沈曦看了眼比武的，覺得沒什麼意思，就將目光放到了本我初心帶來的那名女子身上。

這個女子比沈曦要年輕，個頭比較高，身材特別窈窕，模樣不錯，也是個美人。不過這女子美是美，就是眉目間流露著一股冷清清的氣質，讓人望而生畏，不敢靠近。

沈曦大人物也見過幾個了，自然不會打怵，她走過去笑著說道：「這位妹子，我叫沈曦，妳怎麼稱呼呀？」

那女子淡淡道：「沈姊姊好，我叫唐詩。」

唐詩？

沈曦對這個名字可是無比的熟悉，中華民族五千年燦爛輝煌的文化長河中，唐詩可是那最美麗的浪花之一呢！

不過在這個社會嘛，這個名字就沒有那麼風光了。

沈曦見她一直抱著那個大概有三歲多的小男孩，不由得說道：「放他下來玩吧，總抱著怪累的。」

唐詩還沒說話，就聽見她懷裡那個小男孩脆生生地喊道：「嬸嬸、嬸嬸，我叫本我迎！」

本我迎？這個名字怎麼感覺比本我初心還怪呀？不過這小傢伙倒是挺可愛的，不但不怕生，還有點自來熟。

沈曦見他伸著兩條小胳膊，像是讓自己抱的意思，就伸出手去，將他從唐詩懷裡抱了過來。小傢伙進到沈曦的懷裡後，揚起小腦袋，噘起小嘴，叭唧一聲就在沈曦的臉上親了一口，然後眉飛色舞地道：「嬸嬸，妳長得真好看！」

這句出自小孩的恭維話，讓沈曦心花怒放，她也在小傢伙的額頭上輕輕親了一下，和藹可親地笑道：「乖，小迎是嬸嬸見過最可愛的小朋友啦！」

本我迎笑得眼睛都彎了，可愛極了。

正當沈曦還打算和小傢伙相互吹捧幾句時，只見他一眼看見沈曦身後的安靜萱，立刻就揚起一個甜蜜的笑容，小胳膊衝著安靜萱一伸。

「姊姊，我要姊姊抱！」

小傢伙從沈曦身上掙下去，逕自撲進了安靜萱的懷裡，然後「木哇」、「木哇」，在安靜萱漂亮的小臉蛋上狠狠地親了兩口。

被遺棄的沈曦轉過身去，向唐詩笑道：「小迎可真活潑，一點都不認生。」

「嗯，性子像他爹。」唐詩臉上仍是冷清清的，也沒笑容也沒什麼表情，不過說話倒是挺流利的，不像歸海墨，總幾個字幾個字地往外蹦。

兩人這邊正說話，那邊歸海墨見霍中溪兩人打得熱鬧，也忍不住手癢了，和青芙敘完舊後，也加入了戰團，戰鬥很快就由兩人對打轉變為三人混戰。

他們的速度極快，肉眼根本就看不清他們的動作，只能從偶爾有人被擊飛出來，才能看得出是哪兩個人聯手了，又是哪個人被揍了。

沈曦對這些「體育運動」不感興趣，看了一會兒後就興致缺缺了。倒是旁邊的唐詩，似乎能看懂一樣，看得津津有味。

沈曦和她打完招呼後，也就沒什麼話說了，見她在看打架的，也就沒再打擾她，自己去廚房琢磨著午飯要做什麼。

先蒸上一大鍋的米飯，沈曦又忙著擇菜、洗菜，洗著洗著，忽然想起家裡來了這麼多人，房子好像不夠住。

家中只有青芙她們隔壁那一間客房是空的了，可以讓歸海墨住，北邊的木屋已堆滿了糧食雜物，那本我初心三口子要住哪兒呀？

想到這兒，沈曦走到廚房門口，向著在空中打成一團的三個人大喊道：「別打了，都下來商量事兒！」

霍中溪率先撤了出來，幾步跨到沈曦面前，緊張地問道：「怎麼了？是不是哪兒不舒服了？」

見霍中溪不打了，歸海墨和本我初心也就住了手，隨之落到了院中，也是帶著疑問地看向沈曦。

沈曦說道：「既然你們三個閒著沒事，就趕緊去蓋間木屋，不然他們一家三口晚上就沒地方睡了！」沈曦伸手指了指本我初心。

霍中溪走出廚房，向本我初心道：「走吧，先給你們蓋間房。」

本我初心找了塊空地，隨便劃拉了一個地方後，三個男人就忙活開了，木板、木頭滿天飛。

小迎早就和霍俠、青芙他們混熟了，追在大孩子後面，「哥哥」、「姊姊」叫得甜著呢！

沒什麼事幹的唐詩來到廚房，對著忙碌的沈曦道：「我做什麼？」

沈曦正切菜呢，隨手指了指盆子裡泡著的魚。「那妳就收拾收拾魚吧。」她正犯孕吐呢，一聞到魚味就噁心，所以這魚一直沒收拾。

唐詩拿起刀走到了魚盆前，開始拾掇那幾條魚，廚房裡頓時飄起了股魚腥味和血腥味。
沈曦最受不了這個味道了，立即飛奔出廚房，扶著牆「哇哇」一頓乾嘔。
唐詩跟著出來，一見沈曦這副樣子，就問道：「幾個月了？」
沈曦拍了拍胸口，壓下胃裡的噁心，回答道：「應該有三個多月了。」
唐詩道：「回頭我幫妳看看脈。」
沈曦驚訝道：「妳是大夫？」
唐詩點點頭。「嗯。」
見沈曦還要去廚房，她體貼地說道：「妳去歇著吧，我來做就行了。」
沈曦心想，還真沒看出來，這個唐詩原來是個面冷心善的人啊！

第十八章

由於唐詩的堅持，沈曦就從廚房退了出來。

擺放好桌椅碗筷後，沈曦看看沒什麼事，就去看蓋房子的。

蓋房子這事霍中溪早就駕輕就熟了，再加上有兩個武神幫忙，這房子蓋起來的速度那是相當的快。等沈曦出來的時候，木板都削好了，木頭牆也豎起一大半了。

由於是暫時居住，這房子就是用的純木頭，反正現在天氣還不冷，住著應該沒問題，但如果他們打算在這裡過冬的話，這房子還是不行的，一是漏風，二是不隔冷。

沈曦過來沒有多久，唐詩就來招呼大家吃飯了。沈曦還挺奇怪的，自己做飯也算利索了，但要做這一大桌子菜，恐怕也得很長的時間，這唐詩怎麼才這麼一會兒工夫就做好啦？

帶著疑惑，沈曦也和大家一起回去吃飯。

當看到桌子上擺的菜時，沈曦就明白是怎麼回事了。肉炒蘑菇、肉炒木耳、肉炒豆角、肉炒土豆……唯一沒用肉炒的，就是那一盆子清蒸魚。

沈曦喜歡做飯做菜，特別是做給霍中溪和孩子們吃，當看到他們吃得飽飽的、吃得開開心心的時候，她自己也會很開心。在她不懈的努力下，孩子們和霍中溪的胃口都被她養刁了。

唐詩的廚藝顯然不怎麼樣，肉炒系列那肉是硬的硬、鹹的鹹，那盆清蒸魚就更悲慘了，竟然忘了放鹽。所以，不但孩子們都沒有吃飽，就連霍中溪也沒吃多少。

本我初心和小迎顯然是習慣了，小迎吃得挺多的，本我初心不過是每樣菜都嚐了嚐，就算是吃了這頓飯。

沈曦看了看本我初心，難怪他比霍中溪、歸海墨要瘦呢，原來是餓的。

唐詩還是比較勤快的，收拾碗筷什麼的根本不用沈曦動手，全都手腳麻利地拾掇好了。

只一下午，男人們就將房子蓋好了，桌椅、板凳、床櫃也各做了一套。沈曦拿來油紙，蒙在了窗戶上，將白天曬上的被褥拿過來鋪上，一個簡陋的家就可以入住了。

男人們累壞了，孩子們一個勁兒地喊餓，沈曦只得讓唐詩給她打下手，仍是自己主廚，做了滿滿一大桌子的菜。

孩子們有愛吃的拔絲水果、紅燜雞子、魚香肉絲和糖醋排骨，個個都吃得很歡，特別是小迎，好像沒吃過這麼好吃的菜一般，小嘴裡塞得滿滿的。

本我初心只挾了一口菜，就不由得瞇起了眼睛，然後筷落如風雨，大有要把一桌子菜都幹掉的趨勢。待吃了半飽後，他滿意地對霍中溪道：「弟妹這手藝，便宜你小子了！」

霍中溪同情地看了他一眼道：「你看女人，眼光就沒好過。」

本我初心同情地看了一眼歸海墨，道：「比他還強，管她什麼樣的女人呢，反正我還有一個。」

歸海墨本不想理這個找心理平衡的傢伙，不過實在看不慣他那囂張的樣子，因此看了眼兒子才三歲的本我初心明顯有點氣弱了，他挾了一箸菜，轉移話題道：「可惜沒酒，要不然可以痛快地喝一場了。」

正說著話呢，已經吃完飯的青芙蹭到了歸海墨旁邊，撒嬌般地膩著，將一個精緻漂亮的香包遞給歸海墨。「爹爹，我送你的禮物，好看不？」

歸海墨接過那個香包仔細端詳，見那香包確實是花了功夫的，不論是做工還是顏色的搭配，都符合他這個年齡，上面繡的那叢萱草，水靈靈的，和真的一樣。

「好看。」歸海墨一邊誇獎女兒，臉上不自覺地就流露出了笑意。

本我初心扭過頭去，用後腦勺對著歸海墨，酸溜溜地向霍中溪道：「太礙眼，懶得看！」

本來他是想取得同樣沒女兒的霍中溪的共鳴，卻沒想到霍中溪將手伸進懷裡，也掏出來了一個香包，對他揚了揚眉。

「我也有，我娘子做的。」他這個香包，做得雖不如歸海墨那個精緻，但上面那對鴛鴦卻更是刺眼。

本我初心鬱悶了。

歸海墨和霍中溪很不厚道地對他進行了無言的嘲笑。

見歸海墨和霍中溪得意的樣子，本我初心就憋不住了，他抬起頭偷偷地看了看正在餵兒子吃飯的唐詩，然後小心翼翼地從腰帶裡拽出一樣東西，也沒全拿出來，只露了一半，看得出是一個小巧的粉紅色荷包。

霍中溪和歸海墨齊齊探過頭去圍觀，又不解地齊齊抬起頭來看著他，只聽他小聲地道——

「我也有，月兒給我做的。」

本我初心嘴裡的「月兒」，自然非風纏月莫屬。

霍中溪和歸海墨認識他們很多年了，對他們那點恩怨早就爛熟於心了。

本以為這本我初心娶妻生子後，就不再想著風纏月了，沒想到，他竟然還留著風纏月送給他的荷包！

留著就留著唄，現在竟然還敢拿出來顯擺？於是歸海墨和霍中溪對視一眼後，兩人對著唐詩的方向，異口同聲地喊道：「嫂子——」

唐詩一抬頭，把本我初心嚇得臉都有些發白了，他手忙腳亂地把荷包塞進了腰帶裡，慌裡慌張地道：「沒、沒事，酒灑衣服上了！」

唐詩看了看他們根本沒有擺酒的桌子，沒有吭聲，又低下頭去餵孩子。

歸海墨和霍中溪看見本我初心這狼狽樣，兩人不由得都暗爽得不得了。

本我初心可氣壞了，他氣急敗壞地瞪著霍中溪和歸海墨，恨不得用眼刀立刻就將他倆大卸八塊，若不是礙於有別人在場，估計這會兒桌子都掀了！

吃過晚飯後，本我初心提議三人出去走走消消食，不過眼中那挑釁的火花滋啦滋啦的，顯然這個「走走」的內容不簡單。

歸海墨見青芙在向他招手，走過本我初心身邊時，幸災樂禍地道：「酒，你喝了？」

霍中溪跟著歸海墨走了出去，經過他身邊時，也火上澆油道：「我家沒酒。」

本我初心猛地回頭看看桌子上，再看了看唐詩沈靜的臉，頓覺烏雲蓋頂……

唐詩餵完孩子，就和沈曦一起收拾桌子，洗盆、刷碗。

做完這些後，見孩子們都去小霍俠他們屋裡鬧去了，那三個無聊的男人又在外面動起手來，就坐在炕上和沈曦說道：「我來幫妳診診脈吧。」

沈曦將胳膊伸出去。「有勞了。」

唐詩用手指按上沈曦的脈門，認真地替沈曦把著脈，過了好大一會兒，她才將手縮了回來，緩緩說道：「孩子好得很，沒有事兒。只是妳的身體早年虧狠了，後來雖然進補了一陣子，但方子太過於溫和，效果並不是太好。我再給妳重新開個方子，明天我去採點藥，保妳沒事。」

沈曦心中大喜，連聲道謝。「幸好妳來了，妳要是不來，我們就得回劍神山了。妳會醫術，那我們就不用回去了。」

唐詩沈默了一會兒，才緩緩道：「我也不願意和他回武神殿去。」

南嶽武神殿，估計和中嶽的劍神山是一樣的地方。

沈曦本以為自己是奇葩了，放著福不享，非愛待在這森林裡，沒想到唐詩竟然也是此道中人呀！

「我是不想對著那些勾心鬥角的人，妳是因為什麼呀？」沈曦很好奇唐詩不想回去的原因。

唐詩斂下眼簾，仍是那冷清清的聲音，道：「我不想和別的女人分享丈夫。」

啊？風纏月的事情，她知道？

「妳知道……」沈曦試探了半句，沒敢往下說。萬一她不知道呢，自己這不是成心給她添堵嗎？

「那個女武神風纏月，我知道。」唐詩靜靜地說著，似乎是在說別人的事一樣。「認識他的時候，不知道他是武神，成親以後才知道的。」

沈曦安慰她道：「他們都這樣，我相公也是，當初小心得很，生怕惹上什麼麻煩女人。」

唐詩輕嘆一聲。「他和霍劍神不一樣。」

本我初心和風纏月糾纏了二十多年，其中的感情究竟有多深，他們這些外人不可能知道。本我初心究竟有多愛風纏月，除了他自己，依舊誰也不知道。

面對如此複雜的感情糾葛，別說沈曦是局外人了，就算她是當事人，恐怕都理不太清楚，所以她只能安慰唐詩道：「沒事，他既然娶了妳，肯定會對妳好的。還有，他那麼喜歡小迎，怎麼可能捨得他受到傷害呢？」

唐詩不甚樂觀地道：「但願吧……」

和唐詩聊天，算不上太愉快，一是她話少，從來不會主動挑起話題；二是她表情少，不管妳說得多好笑，她只會抬頭看妳一眼，不管妳說得多憂鬱，她也只是淡淡地瞥妳一眼。這讓和她聊天的人，感覺十分沈悶。兩個人待了一會兒，就連沈曦這種愛嘮叨的家庭婦女都找不到話題了。

兩人大眼瞪小眼地瞪了好一會兒後，還是沈曦主動道：「咱們去看看孩子們吧，我家小俠淘得要命，別欺負了小迎。」

後來看著孩子們打鬧，才算沒有冷場。

吃完飯後，三個武神閒不住，在外面打了整整半宿，等沈曦都睡了一覺以後，霍中溪才摸黑回來了。

沈曦迷迷糊糊地問道：「怎麼還老打呀？不累嗎？」

霍中溪上炕來，將沈曦攬入懷中，輕輕在她的額頭上親吻了一下，才說道：「不累。妳怎麼還沒睡沈？是不是我回來吵到妳了？」

「沒有。」沈曦在他懷裡翻了個身，側著身面對著他，將手搭在他腰間，又朦朦朧朧欲睡去。

霍中溪在她耳邊輕聲道：「上次在海邊的事，今天本我初心和我道歉了。」

沈曦一聽到這話，就勉強睜開了眼睛，向霍中溪問：「你原諒他了？」

霍中溪嘆道：「歸海墨當了和事老，我若再追著不放，就太不給歸海墨面子了。」

對於海邊的那件事，其實沈曦不太恨本我初心，雖然當初他也助紂為虐了。沈曦最討厭的還是那個風纏月，動不動就殺人，也太心狠手辣了。

見沈曦沒出聲，霍中溪又道：「其實他主動來森林，就有要與我和解的意思。畢竟這世上一共四個武神，說句自傲的話，能平起平坐的也就我們這幾人，能真正開懷說笑的也就這幾人，有的時候，頗有點……」

沈曦補充道：「頗有點高手寂寞如雪的感覺，你們幾個勢均力敵，還有點惺惺相惜，對吧？」

霍中溪低笑道：「對，就是這感覺。」

沈曦大度地說道：「好吧，我原諒他了。不過風纏月我是絕對不會原諒的，那個女人太狠了。」

見妻子說得斬釘截鐵的，霍中溪趕緊附和道：「嗯，我也不會原諒她。臨來森林的時候我就想去滅了東嶽，可安修慎說時機不對，沒讓我出手。」

沈曦奇怪地問：「什麼時機不對？」

「那時候剛接手了北嶽，安修慎說他把官員都放到以前的北嶽去做官了，朝中已經沒有閒散官員了，若我再滅了東嶽，他就派不出官員去接收政務了，他讓我再等幾年，等他再培養一些官員。還有，國家剛經過動亂，也要休養生息一下。」

聽到這裡，沈曦才知道為何安修謹說安修慎是個好皇帝了。

只從這一件事上就可以看得出，安修慎是一個思維嚴謹、進退有度、條理分明的人，而且還是一個能為百姓著想的好皇帝，比那不靠譜的安修謹強的不是一點半點而已啊！

第二天吃罷早飯，霍中溪就鄭重地拜託歸海墨和本我初心照顧妻子和孩子們，然後又叮囑了沈曦一番，才動身離開了森林，去莫老伯那裡找人給安修慎送信。

從重逢以後，這還是夫妻第一次分離，讓沈曦有點不太適應。

總感覺霍中溪一走，她的主心骨就沒有了，做什麼事都提不起精神來，就連做飯都失了水準。

吃著鹹的鹹、淡的淡、焦的焦、糊的糊的飯菜，本我初心對歸海墨感嘆道：「咱怎麼就沒碰到對咱用情這麼深的女人呢？這才走了一會兒，就茶不思、飯不想了，我還真羨慕霍中溪了！」

歸海墨頗有些遺憾地說道：「都怪當時，下手晚。」

沈曦把端來的盤子往桌子上重重一放，白了歸海墨一眼。「吃飯也堵不上你們的嘴！」

歸海墨立即往嘴裡扒了一口飯。

本我初心卻頗有興趣地湊到歸海墨耳邊問道：「聽這話是有故事呀？說來聽聽！」

他這聲音不算小，沈曦自然也聽到了，她對著本我初心笑了笑，然後朝著廚房大喊：「唐詩，本我初心想要妳繡的荷包了！」

本我初心立即端正坐好，一本正經地指責歸海墨。「朋友妻，不可欺，歸海墨，你這個衣冠禽獸！」

衣冠禽獸一挑眉，只吐出了四個字就秒殺了本我初心。「粉色荷包。」

此時唐詩一挑門簾進來了，冷冷地說道：「粉色荷包？大男人要什麼粉色荷包呀？娘裡娘氣的！」

本我初心心裡有事，自然不敢和唐詩分辯，只得訕訕笑道：「我是不是娘裡娘氣，妳還不知道呀？」

可能他說的時候沒覺出什麼來，可在這一干聽眾耳中，這話可是有些不太正經了。

沈曦率先笑了，然後歸海墨也破功了。

唐詩臉色微紅，狠狠地剜了本我初心一眼，轉身走了。

本我初心長籲了一口氣，對歸海墨道：「你不成親，真是個明智的選擇。」

歸海墨看了他一眼，一字一句地道：「管她什麼樣的女人呢，你好歹還有一個。」

沈曦笑得前仰後合的，這句話，不是昨天本我初心對歸海墨顯擺的時候說的嗎？沒想到歸海墨這麼有意思，只隔了一晚就還給本我初心了！

本我初心鬱悶地扒飯，不再理會這些幸災樂禍的人們了。

沈曦見無熱鬧可看，就去招呼孩子們吃午飯。

沈曦發現，這些武神們，本我初心她還不太瞭解，但不管是歸海墨也好，還是霍中溪也好，在和別人相處時，似乎都不太愛說話，只有他們幾個湊在一起，不僅話多，還經常互相開玩笑，就好像損友一樣。

就拿霍中溪來說，和自己在一起時話最多，基本上是有問必答；和歸海墨在一起時，話也不少；和本我初心還會連嘲帶諷地開玩笑。但和別人說話時，他卻總是愛搭不理的，就連在他徒弟安慶波面前，也是話少得很。這大概真是那句話吧，高手寂寞，和同一個境界的人，才有共同話題。

這天吃罷早飯，唐詩洗刷完畢後，就提了個籃子上山採藥去了，沈曦閒著沒事，走到田邊看穀子。

快到收穫的季節了，穀子已經開始變黃了。

沈曦揪了一個穀穗，在手裡搓了搓，露出了裡面微黃的小米。

她拿了一個小玉粒放進嘴裡，用牙齒輕輕嗑了一下，一丁點甜漿就迸到了舌尖，看來小米粒還嫩了一些，得再長幾天。

「好吃嗎？」

身後忽然傳來一個聲音，嚇了沈曦一大跳。

歸海墨從沈曦手中拿走那個穀穗，自己也搓了一粒小米放進了嘴裡，有些疑惑地說：「沒有味道。」

沈曦笑道：「我是用牙嗑的，看看這米粒硬不硬，你吃肯定是沒味了。」

歸海墨將那穀穗揉碎，將米粒和穀殼都撒回了穀子地裡，向沈曦道：「莊稼要熟了，我帶了本我初心來。」

「謝謝你想得這麼周到！」看來上次指使他收莊稼的事情，讓他記憶深刻呀！

歸海墨也似乎是想起了從前，有些感慨。「我沒種過莊稼。」

田畔吹來的風，帶著一點燠熱，還混合著泥土的芬芳和莊稼青草的汁液香，讓沈曦覺得相當的適意，她微瞇著眼睛，滿足地喟嘆道：「我以前也沒種過，現在年年種，感覺還不錯。」

歸海墨微微偏了偏頭，看著旁邊這個差點成為他妻子的女人。

纖細的身材，略顯單薄，一身淡綠紗衣，更是增添了她的柔美。秀麗的容貌，不豔麗，卻也不平庸，那雙靈氣十足的眼睛裡，一直含著淡淡的微笑，看起來，讓人覺得很舒服、很溫暖。

當她溫溫柔柔地和自己說話時，當她用那溫柔如波的目光看自己時，歸海墨就會湧起一股悔意。當初，若自己再主動一點，自己行動再迅速一點，這個女人，就會是自己的妻子了。

那時候，只顧著報仇，想顛覆西嶽，沒有把女人看在眼裡，現在……每當看到她和霍中溪甜甜蜜蜜、恩恩愛愛時，他都會覺得，自己似乎錯過一生中很重要的人和很精彩的生活。

雖然有如此感覺，可歸海墨並不是那卑鄙小人，既然她已經是別人的人了，那自己就不再想這件事了。武學之路博大精深，非一朝一夕可以成功，也非三心二意可以到達終點，所以，別人的幸福，就由他們自己去感覺吧，而自己的路，還得自己走下去。

中午的時候，唐詩採藥回來，枝葉根莖放了滿滿一籃子，回到家都沒顧得上喝水，就開始洗晾曬，動作相當熟稔，看起來以前是常幹這活兒的。而且沈曦發現，人一旦沈浸在自己喜歡的領域時，那種專注的神采，似乎有一種特別的吸引力，讓人忍不住駐足停留，既心生羨慕，又恨不得能取而代之。

本我初心站在門口，看著忙碌的唐詩，眼光是那樣的柔和沈醉。

沈曦在旁邊看到了這一幕，心中暗道：其實本我初心，也是喜歡唐詩的吧？

晚上，沈曦一個人在炕上，翻來覆去地睡不著覺。已經習慣了天天和霍中溪同床共枕，現在只剩下自己了，就覺得房間空蕩蕩的，身邊空蕩蕩的，心裡也空蕩蕩的……

好不容易折騰睡去了，午夜夢迴時，手往旁邊一搭，沒有熟悉的身體，就忽然驚醒，然後再也睡不著了，不停地想著霍中溪到哪兒了？在哪兒睡呢？會不會冷？會不會碰到毒蛇猛獸？雖然知道以霍中溪的功夫，很難遇到什麼危險，但她就是會止不住地胡思亂想。

沈曦覺得自己是中了一種叫「霍中溪」的毒，而且是無藥可解、無藥可醫的那種劇毒。

最後實在睡不著覺的沈曦就將霍中溪的枕頭抱在懷裡，權當是抱了他在睡覺，才在那熟悉的味道中，慢慢睡去了……

夜裡沒睡好，早晨自然就起得晚了，也沒能趕得上做飯。好在還有勤快的唐詩，早早地就做好了早飯，只是手藝嘛，一如既往的差。

本我初心見沈曦一臉的倦容，還有兩個淡淡的黑眼圈，不由得調侃道：「呀，弟妹怎麼這麼憔悴啊？娘子，趕緊給弟妹熬點補藥，還有那個治相思病的藥，多熬點！」

沈曦懶得理他，沒什麼心情地喝著粥。

倒是歸海墨還算厚道，將放在本我初心前面的鹹菜、涼菜都拽了過來，放到沈曦面前，輕聲道：「多吃點。」

本我初心看著自己面前光禿禿的桌面，冷哼一聲。「無事獻殷勤！」

見他還沒完了，沈曦忽然向歸海墨問道：「青芙繡的荷包好看吧？」

歸海墨點頭。「好看。」

沈曦又道：「這幾天我看她又要繡荷包了，找了塊粉紅的緞子，也不知道是繡給誰的。」

一聽「粉紅」兩個字，歸海墨就明白沈曦的意思了。他假裝思考了一下後，反問道：「粉紅荷包？」

本我初心瞟向唐詩，有些心虛地瞪了二人一眼，然後輕咳一聲，假裝和二人聊天道：「肯定是自己用的唄，這還有什麼可說的？吃飯吃飯！」

吃完飯，沈曦去廚房裡收拾的時候，發現本我初心正在灶膛裡燒東西，一見沈曦進來了，他立刻若無其事地閃出去了。

沈曦湊近一看，灶膛裡面燒著的，正是那個粉紅色的荷包。

由於天氣好，唐詩的藥材很快曬乾了，沒過幾天，沈曦就喝到了唐詩特製的安胎補身藥。雖然藥汁很苦，沈曦還是一天三頓的堅持著喝，就算不為別的，為了自己的孩子、為了霍中溪，她也要健健康康地活著。

霍中溪在第六天時回來，當看到他風塵僕僕地站在自己面前，沈曦覺得一直空著的心一下子就被填滿了，四肢百骸裡積壓的鬱氣一下子散發出去，笑容忍不住地綻放，心情莫名地就愉悅了。

霍中溪似乎也是想念沈曦了，把手裡的東西一扔，就將沈曦擁入了懷裡。

在他溫暖熟悉的懷抱裡，沈曦埋頭在他的胸前，喃喃道：「想死我了……」

霍中溪的回答，是將她摟得更緊了。

好在兩人還知道這是院子裡，沒敢再進一步，只是抱了抱就分開了，不過霍中溪進院子的動靜，還是驚動了歸海墨和本我初心，那夫妻二人之間匆忙的擁抱，還是被他們看在了眼裡。

本我初心瞟了一眼歸海墨。「你完全沒戲，他們中間根本容不下別人。」

歸海墨低下頭，不再看院子裡那兩個眼神都飄著甜味的人，輕輕吐出了三個字。「我知道。」

霍中溪的回來，彷彿給沈曦注入了活力一樣，讓沈曦幹起活來又勁頭十足了。

為了迎接親愛的相公大人歸來，沈曦整治了滿滿一桌的好菜。

剛一上飯桌的時候，本我初心就打趣道：「霍中溪，你不知道，我們可想死你了，我這輩子都沒這麼想過你！」

霍中溪瞥了他一眼。「想我做什麼？」

本我初心指了指桌子上的菜，誇張地道：「看見沒？滿滿一桌子菜，色香味俱佳！從你走後，你娘子就得了相思病，連飯都不會做了，你走了幾天，我們就被我娘子荼毒了幾天！」

霍中溪微微一笑，眼中的欣慰與甜蜜顯而易見。

三個武神是一見面就打，吃完晚飯後，在外面又打了半宿架。由於懷孕的原因，沈曦格外嗜睡，在霍中溪回來之前，早就睡下了，不過心中惦記著霍中溪，並沒有睡沈，所以霍中溪一回來她就醒過來了。

霍中溪躺到沈曦身邊，將沈曦緊緊地抱在懷裡，火熱的吻落在沈曦的唇上。

沈曦反摟住霍中溪緊窄的腰身，與他纏綿激吻。

「娘子……行不行？」霍中溪的身體，忠實地表達了對妻子的思念和愛意，不過都到了此時，他依然沒有忘記妻子還在懷著孕。

本來就有段時間沒有親密了，現在又是久別重逢，沈曦也是忍不住了，她一邊撫摸著霍中溪那讓她著迷的身體，一邊喘著氣道：「已經過了三個月，可以了，你輕一點……」

話音未落，霍中溪已經試探著進入了她的身體。

沈曦的嬌喘低吟，頓時迴盪在這個小小的房間內……

第二天一大早，沈曦就神清氣爽地起來做早飯。得到滋潤的女人就是不一樣，那滿面的春光和那柔如春波的目光，讓沈曦看起來格外的有女人韻味。

歸海墨從房間裡出來，剛好看到了沈曦笑盈盈地進了廚房，他的目光在沈曦身上停留了一下，然後快步走出院子，飛身上樹，不知去哪兒了。

坐著等吃早飯的時候，本我初心賊笑著碰了碰霍中溪，小聲地問：「昨夜怎麼一次就收兵了？你不行了嗎？」

「我娘子懷著身孕呢。」學武之人耳聰目明是肯定的，到了武神這個級別後，方圓幾里內有個風吹草動都會聽得到，何況他們的房間隔得都不遠，昨晚的動靜，霍中溪知道肯定瞞不過本我初心和歸海墨。就如以前，他也曾聽到過本我初心夫妻的動靜一樣。

本我初心偷偷看了正上菜的沈曦一眼，搖頭晃腦地嘆道：「這才是女人呀！」

霍中溪不想和他討論自己的妻子，遂轉移話題，低聲說道：「告訴你一個消息，風纏月已經揚言，你再不出現，就要滅了南嶽。」

一提起風纏月，本我初心就收起了臉上的笑意。他沈默了良久，才輕飄飄地甩出了一句話。「還找我做什麼？找到又如何呢？我也不過是個普通人，追著她跑了二十多年，我也會累。」

「你不回南嶽去看看嗎？」對於風纏月的心狠手辣，霍中溪還是十分的瞭解。

本我初心拂了拂衣袖，渾不在意地道：「不用。她不會那樣做的。」

不清楚本我初心和風纏月出了什麼問題，但霍中溪還是提醒了他一句。「逃避不是辦法，她終歸會找到你的，你還是提前想想辦法吧。」

見沈曦和唐詩招呼孩子們來吃飯了，霍中溪和本我初心不再說話，拿起筷子準備吃飯。

沈曦一見少了歸海墨，不由得問道：「歸海墨呢？」

本我初心回了一句。「練功去了。」

知道這幾人天天神龍見首不見尾的，因此沈曦也就沒再追問了。

過沒幾天，地裡的莊稼就成熟了。

往年沈曦還得自己動動手，今年算是享福了，由於有孕在身的原因，連手都沒伸，莊稼就收到家裡來了。三個武神齊動手，自然是效率高高。

今年莊稼長勢特別好，收的糧食特別多，家裡都沒地方放了。沈曦特意向本我初心問了問，知道他們暫時沒有想走的打算，就讓男人們蓋間結實的房子，給本我初心和唐詩住。

等新房子晾乾了，本我初心一家搬進去後，沈曦就讓他們將糧食搬進了那個四處漏風的木屋。

三個武神在一起時，日子過得很和諧，他們每天做得最多的事，就是打、打、打，打完後還會總結一下，說說心得體會什麼的，據霍中溪說，這種做法對他們十分有利，因為短短的時間內，他們都有了很大的進步，畢竟能天天與同境界的人交手的機會，實在是不多。

而沈曦的日子，過得就很美好了。在她的肚子大起來以後，唐詩包攬了家中所有的活兒，就連做飯，也和沈曦學了幾手，已經能做出幾道像模像樣的菜來了。不知為什麼，沈曦總覺得唐詩似乎有了很大的改變，她很用心地學習做飯、做菜，學著打理家務，甚至有的時候，還會拿一些夫妻間的事情來和沈曦探討。看得出，她似乎在努力地做一個像沈曦那樣的賢妻良母。沈曦很喜歡唐詩，知道這個女人雖然不愛說話、不愛笑，但她其實是一個心地善良的好女人，所以沈曦對她很好，不管她想學什麼，只要是自己會的，就不遺餘力地教給她，希望這個面冷心善的女人，能夠和本我初心兩夫妻恩愛到白頭。

在深秋之時，歸海墨告辭了大家，帶著青芙離開了森林。

到了此時，沈曦才知道，西嶽已經不復存在了。歸海墨終於大仇得報，將那個和他同一血脈的王朝給顛覆了，西嶽改名叫西桓，名字是歸海墨定的，以紀念他那個冤死在皇宮內的娘親。

青芙在森林中已經住了好幾年了，對沈曦早就已經情同母女了，和安靜萱也是親如姊妹，而最主要的是，在這裡，還有鄭家清。青芙很不願意離開森林，哭得眼睛通紅，如同一隻小兔子。

沈曦自然也是捨不得青芙走，不過青芙終歸是歸海墨的女兒，她總是要回到他身邊去的。她會有自己的家，有自己的生活，森林太寂寞了，不適合年輕人。

青芙走後，安靜萱又消沈了一段時間。她生命中的人，一個個逐漸離開了她，饒是這個小姑娘再堅強，也有點挺不住了。沈曦知道她心裡難受，天天和她作伴，帶著她一起做女紅、做玩具，不過沒有同齡人的陪伴，安靜萱還是如她的名字一樣，安靜了許多。

秋天過去了，冬天很快就來到了，森林裡又一次地下起了皚皚白雪。

冬季到來的時候，沈曦的肚子已經很大了。

夜裡臨睡時，霍中溪把手貼在沈曦的肚子上，似乎在感受裡面的動靜。「今天他踢妳了嗎？」

說起肚子裡的孩子，沈曦溫柔地笑了。「有。這個小傢伙不如小俠那時候安靜，長大了肯定是個調皮的傢伙。」

霍中溪在沈曦的臉上輕輕吻了一下。「懷小俠那時候我沒陪著妳，這個孩子我肯定不會錯過了。娘子，辛苦妳了。」

沈曦望著燭光中霍中溪那張朦朧的臉龐，不由得笑道：「今天怎麼這麼煽情呀？我的劍神大人。」

霍中溪將手挪到沈曦的屁股上，輕輕擰了一把。「妳就會取笑我！我就不能說幾句心疼妳的話嗎？還有……」他忽然湊到沈曦耳邊，極輕地說道：「妳別這樣叫我劍神大人，別人叫我還沒事，妳一叫，我就……」他將沈曦的手帶到下邊，那兒已是堅硬如鐵。

「呵呵呵……」沈曦忍不住悶笑出聲，這個傢伙，也太好玩了吧？調戲點太低，只一句話就能發情呀！

摸了摸妻子的大肚子，霍中溪沒再繼續進行這個話題，轉而說道：「妳說這胎是男孩還是女孩？」

沈曦戲謔道：「你自己撒的種子，自己不知道收什麼呀？」

霍中溪被這話給噎得差點沒背過氣去，他抱住沈曦，在她的脖子上輕輕咬了一口，恨恨地道：「妳這個女人，就知道氣我！從咱倆認識的時候就開始欺負我！」

沈曦想起以前的瞎子，不由得揶揄道：「我什麼時候欺負過你呀？你武力值這麼高，小女子可打不過你！當初在小鎮上，只能說咱倆是『勾搭成姦』，我一勾搭，你就——」後面的字還沒說出口，就被霍中溪的吻給堵回了嘴裡。

在長長的一吻後，霍中溪輕聲道：「正經點，不許瞎說！」

沈曦用膝蓋輕輕頂了頂霍中溪那硬硬的傢伙，吃吃笑道：「我是嘴上不正經，有人是心裡不正經。當你假裝正經的時候，娘子我只能假裝不正經來襯托你了呀！」

霍中溪徹底無語，他現在終於明白了一件事，那就是：和妻子說閨房話，他永遠不可能占上風！

早晨大家聚在一起吃飯的時候，本我初心一看見霍中溪就不懷好意的笑，趁著沒人時，他湊到霍中溪跟前，笑嘻嘻地問：「我也想知道，你到底撒的什麼種子呀？」

霍中溪瞥了一眼這個不正經的人，鄙夷道：「堂堂武神，竟然愛聽牆腳！」

本我初心嘆了口氣道：「自家沒得說，只好聽聽別人家的過過乾癮了。」

霍中溪搬著椅子離他遠了點，嫌棄地說道：「你趕緊回南嶽吧！你在這兒，我都不敢和我娘子說親密話了。」

本我初心也跟著挪了挪椅子，又湊到霍中溪跟前，輕聲道：「你娘子真是妙人，你能不能和她說說，讓她教教我娘子，也熱情一點呀？」

霍中溪只回了他一個字——

「滾！」

時間不會因為任何人的憂傷或歡樂而停留，寒冷的冬季也不會永遠停留在森林，很快地，春風又一次吹過了森林，小溪中的堅冰日益融化，森林中的野草也開始冒芽，溫暖的春天，再次降臨。

隨著這春天一起來的，是霍中溪讓安修慎派來的一大隊人馬。裡面有侍女、有穩婆、有大夫還有一整隊的士兵。

在見過霍中溪後，霍中溪讓他們去稍遠一點的地方伐木蓋房去了。

沈曦站在大門口，看著一根根參天大樹撲倒，激起塵埃，回過身問霍中溪。「他們是打算在這裡長住了？」

「大概會待到妳生完孩子。」霍中溪並不在乎這些人要在這裡待多長時間，他在乎的，是讓妻子的日子好過一點，生孩子的時候安全一點。

沈曦看著這千八百人，發愁地說道：「不知道他們帶的糧食夠不夠吃？咱們家的那點糧食可架不住這麼多人吃啊！」

霍中溪牽著沈曦的手往回走，向妻子說道：「不用管他們，安修慎會有安排。我已經告訴他們了，不要來打擾咱們，妳天天該幹麼還幹麼。對了，以後不用妳們做飯了，那邊會有御廚過來做。」

兩人一邊說著，一邊往回走，剛走到練武場，只見本我初心和唐詩正從房間裡出來。

本我初心取笑道：「你小子還真是大手筆呀，為了生個孩子，竟然派了個軍隊來壓陣！」

霍中溪懶得理他，倒是沈曦開口道：「那邊會有御廚過來做飯，這倒省了我和唐詩的事了。」

本我初心看了唐詩一眼，誇張地哈哈笑道：「那正好讓我娘子歇幾天，這些日子，可把我娘子累壞了，也把我心疼壞了！」

唐詩聽了他這話，頓時臉色一白，然後「哇」的一聲就吐了出來。

霍中溪驚詫道：「他說的這話是噁心了點，但也不至於吐吧？」

本我初心一邊拍著唐詩的後背，一邊小心地說道：「我沒想噁心妳，我這不是有感而發嘛……」

沈曦白了這兩個傻瓜一眼，涼涼地道：「笨蛋，她這是有了！」

霍中溪先反應過來，立即向本我初心道：「恭喜本我兄，又要當爹了。」

本我初心笑呵呵地道：「同喜同喜！我就琢磨著我天天這麼用功播種，不可能不收穫嘛！」

唐詩臉上一紅，趕緊用胳膊拐了本我初心一下。

霍中溪一挑眉，向本我初心道：「我也想知道，本我兄撒的是什麼種子呀？」

沈曦臉上一紅，也用胳膊拐了霍中溪一下。

兩個受到了同樣待遇的武神沒敢再說話，只是對望了一眼，又趕緊各自低頭去看各自的娘子。

沈曦笑咪咪地說道：「安修慎這個御廚派得正好，要不然還得我和唐詩兩個孕婦做飯。」

本我初心伸出胳膊摟住唐詩，含情脈脈地道：「可不來得正好嗎？我可捨不得讓我娘子天天做飯那麼辛苦。娘子，以後妳儘管好好養著，什麼也不要做，要不萬一有個好歹，會把相公我心疼死的！」

唐詩還未接話，忽聽得院外一個嬌滴滴的聲音響起——

「我為了找你，費盡了千辛萬苦，你就不心疼心疼我嗎？」

一聽到這聲音，院內的人都怔住了，不約而同地看向了門口。

只一眨眼工夫，一個身著紅衣的嬌俏女子就出現在院子的大門口。她看起來才大約二十五、六歲的樣子，長得嬌小可愛，身段勻稱纖細，行動間婀娜風流，容貌雖不是一等一的美，但那雙細長的丹鳳眼，似嬌似嗔，生生地給她多出了一股我見猶憐的風情。

她剛往門口一站，霍中溪就忽地向前一步，擋在了沈曦的前面，而本我初心也一樣，一拽唐詩，就將唐詩掩在了身後。

兩個男人的動作，紅衣女子看在眼中，卻並沒在意，眼波流轉間，一串嬌笑聲逸出。

「哎喲，初郎，你讓我找得好辛苦，原來是躲在了霍哥哥這裡，難怪我找不到呢！」

初郎？

沈曦還是第一次聽到別人叫什麼「郎」的，這個彆扭啊……她現在只替本我初心慶幸，好在他的名字裡沒有「牛」字，要知道，「牛郎」什麼的，可不是啥好稱呼啊！

霍中溪和本我初心卻沒有沈曦這麼輕鬆，兩人全身繃緊，看起來防備十足。

霍中溪沒有出聲，本我初心則看著風纏月，苦笑道：「妳找我做什麼？還有什麼好找的？」

「初郎，你說我找你做什麼呢？那日你向我求親，我還沒回答你呢，你怎麼就走了呢？我找你，當然是要給你答覆啦！」風纏月一邊說著，一邊走進了院子，不過在離他們大約有十來步的地方就停住了腳步，沒再前進。

本我初心護著唐詩往後退了兩步，勉強笑道：「妳的沈默不就是答案嗎？這麼多年來，妳這樣拒絕了我無數次，我已經習慣了。」

聽本我初心提起以前，風纏月沈默了片刻，不過隨即又巧笑倩兮。「初郎此話好沒道理，我是沒說話，可也沒說不願意呀！若我心中沒你，這麼多年來也不會天天陪在你左右了。」

她說得雖好聽，本我初心卻沒有被她這話打動，只是淡淡地說道：「現在說這些還有什麼意思？我已經娶妻生子了，往事過去就算了，我不想再提。」

風纏月抬手抿了抿頭髮，抬手間，腕間戴著的兩只玉鐲碰在一起，叮叮作響。

本我初心的目光盯在那對鐲子上，眼神複雜得很。

風纏月伸出那隻玉臂，腕間一對青煙朧朧的玉鐲在她白皙肌膚的映襯下，格外的顯眼。風纏月伸出另一隻手，輕輕地撫摸著那對玉鐲，笑盈盈地向本我初心道：「初郎，你可還記得你送我這對玉鐲時說的話？」

本我初心看著那對玉鐲，長長地嘆了口氣，然後無奈地說道：「我沒忘。只是我真想不到，在我有生之年，竟然能看到妳戴上它們。」

風纏月低頭一笑，脖頸間優美的曲線令她看來好似一隻驕傲的天鵝。「我戴上它們了，就是你本我初心的妻子了，你是不是該帶我去婆母大人墓前祭拜告知？」從始至終，她都沒有看過唐詩一眼，似乎在她眼中，唐詩根本不堪一提。

唐詩站在本我初心後面，一動也沒動，臉上平靜無波，似乎本我初心和風纏月的話與她無關一樣。

本我初心看著風纏月，眼神幾經變幻，他緊緊攥住唐詩的手，向風纏月道：「我已經有妻子了，妳不要再逼我了。這麼多年來，妳跑我追，我太累了。我只是個普通男人，我也嚮往過夫妻和睦、舉案齊眉的平靜日子。」

唐詩任他把自己的手攥得生疼，仍是吭都沒吭一聲，眼睛不看本我初心，也沒看風纏月，不知盯著地面在看什麼。

風纏月聽到了本我初心的拒絕，臉上一點怒色也沒有，仍是嬌笑如舊。「初郎，你說得好絕情喲，可真讓人傷心！乖，不要鬧了，來，和我回去，回去咱們就成親！」說這話時，她的臉上一直帶著笑，宛若一個大度的妻子，在嬌嗔著責備貪玩不歸家的丈夫。

本我初心看著風纏月，不再說話，可握著唐詩的手，卻有些微微顫抖。

別人不知道，唐詩卻感覺到了，她回握住本我初心的手，抬起頭對本我初心道：「相公，咱們去看看兒子吧？他這麼長時間沒見你，怕是要吵著找爹爹了。」說罷，理都沒理風纏月，牽著本我初心的手就往房子走去。

一見兩人緊扣的手，還有本我初心乖乖聽話的樣子，風纏月臉上的笑是再也掛不住了，她手一抬，一道紅光直奔唐詩的後心而去！

霍中溪的手從沈曦頭上一過，沈曦只覺頭上一輕，就見一條黑線「砰」的一下就撞在了那道紅光上，兩件東西都失了準頭，迸落在地。沈曦定睛看去，紅色的是一根針，而那黑線，則是霍中溪給她削的一根烏木簪。

與此同時，本我初心已抱著唐詩一閃，連頭都沒回，就躍回了房間裡，房門隨即砰的一聲就關上了。

風纏月恨恨地看著那間房，冷哼了一聲，然後扭過頭來看霍中溪和沈曦。只這一扭頭的工夫，她的臉上又掛上了甜甜的笑。她向霍中溪拋了個媚眼，嗲聲嗲氣地說道：「霍哥哥，好久不見，你對我還是這樣的不客氣。」

這一叫十八彎的腔調，差點把沈曦的牙給酸到了。這女人的舌頭有毛病嗎？怎麼就伸不直呢？

霍中溪明顯不吃她這一套，冷冷地道：「知道我不客氣就行。大門在妳身後，趕緊滾！」

風纏月的眼珠轉了轉，笑得如風擺楊柳一樣。「霍哥哥，人家好歹遠來是客，你不熱情點也就算了，哪有往外趕人的道理呀！人家趕了好多天的路，又累又渴的，霍哥哥，不請人家進去喝杯水嗎？」

霍中溪冷冷一笑，回頭對沈曦道：「娘子，妳先回屋。」

沈曦知道霍中溪是打算幫自己討回在海邊時的舊債了，趕緊三步併兩步地跑回了房子裡，然後站在門裡邊，從門縫往外張望。

見妻子安全了，霍中溪二話不說，唰地一聲抽出了劍，緩緩對風纏月道：「幾年前妳來中嶽殺人，我阻妳在海上，妳曾想要殺海邊一個揹孩子的漁婦，被我制止了，妳可還記得此事？」

風纏月稍微一想就想起了這件事，不解地問道：「那又如何？」

霍中溪冷冷說道：「那是我的妻子，揹著的是我的兒子。」

「啊？」風纏月有些傻眼了，她怎麼也沒想到，當時的隨手一鞭，竟然差點打死了霍中溪的妻兒。眼見霍中溪已經拔劍了，她也立刻抽出了腰間的鞭，眼睛緊緊地盯著霍中溪，臉上仍是帶笑道：「霍哥哥，人家當時不知道嘛！要不這樣，人家給你賠個不是就是了，咱們剛一見面，沒必要就兵刃相見吧？」

霍中溪的回答，是揮劍而上。

霍中溪的武功，明顯要高出風纏月，任風纏月的鞭子舞得再好，霍中溪的劍卻總能比她快。沈曦雖不懂武，但天天看霍中溪練武，還經常看他和本我初心、歸海墨對打，這點眼力勁還是練出來了。

風纏月大概也知道自己不是霍中溪的對手，在一番打鬥之後，她跳出戰圈，微喘著向霍中溪道：「霍哥哥，你這麼熱情，人家可吃不消！人家遠來疲憊，等我養足了精神，以後再陪你吧！」說罷，她嬌笑著躍上枝頭，消失在了森林中。

霍中溪沒有去追，而是持劍在木牆上站了好一會兒，才收劍回屋。

沈曦趕緊把門打開，將他迎了進來。

霍中溪擰著眉問沈曦。「當著本我初心的面殺她，會不會不妥？」

殺她?!

沈曦被這兩個字嚇了一跳，在她的認知裡，報仇就是打風纏月一頓出出氣罷了，根本扯不到人命上啊！這不能怪沈曦太心慈手軟，畢竟在後世的那個社會，沒有動不動就殺人要人命的。

「打她一頓就算了，還當真殺人啊？」沈曦以前在網上看過幾張行凶殺人的現場圖片，那血淋淋的場景，嚇得她好幾晚都沒敢睡覺。她現在真應該慶幸，剛才霍中溪沒當著她的面殺掉風纏月，要不自己肯定會嚇死的。沈曦是恨風纏月，也曾經咒過她讓她去死，可當著自己的面殺掉她，沈曦覺得自己還做不到這麼殘忍和血腥。

霍中溪一眼就看穿了妻子的膽怯，他不再繼續剛才的話題，而是擁住沈曦，把她帶回房間裡，對她說道：「這幾天妳不要自己出去，我也會在家守著妳。風纏月很難纏的，她肯定還會再來。」

「她對我，應該沒有太大的敵視吧？倒是唐詩要小心了。」沈曦恨風纏月，是因為她曾經差點殺了自己和兒子，但對這一點，風纏月並不知道，即便現在知道了，也應該是有點慶幸當初沒有真殺了他們母子，和霍中溪結下不共戴天的仇恨。看得出，她對霍中溪頗有幾分忌憚。倒是唐詩，肯定是她要除之而後快的眼中釘。

霍中溪淡淡地道：「她自有本我初心照看，不關咱們的事。」

「這下有得瞧了。」不僅是霍中溪，就連沈曦也知道，風纏月還會再來的。

第十九章

霍中溪和沈曦只料到了風纏月還會來，可誰也沒想到，只過了不到一個時辰，她還就真的回來了，而且她不是一個人來的，同她一起來的，還有十來個垂頭喪氣的士兵……喔，不是士兵，是侍衛。沈曦特意問過霍中溪，那些人屬於安修慎的侍衛營，暫時調來送穩婆、大夫們來森林的。

風纏月也沒管霍中溪和沈曦，顧自地向那幾個鼻青臉腫的侍衛嬌喝：「最北邊那間房子應該沒人住，你們去幫我收拾收拾。快一點啊，要是晚上我睡覺的時候還沒收拾好，你們今天就不用回去了，本武神親自送你們回老家！」

那幾個侍衛看了看霍中溪，見霍中溪沒有出聲，也沒有反對，就灰溜溜地跑到北邊去收拾那間破木屋了。

侍那些人都進了木屋後，風纏月才收回了目光，笑嘻嘻地對沈曦道：「霍家弟妹，以前的事兒是我不對啦，妳大人不記小人過，莫要放在心上。妳幫我和霍哥……霍劍神求個情，莫要阻我好事啊！」

差點出了人命的事，這樣一句輕飄飄的道歉就想揭過去了？沈曦覺得這個風纏月似乎是太陽星上來的，連地球都在圍著她轉。

沈曦沒有說話，她旁邊的霍中溪則是鄙夷地看著風纏月，嘲諷道：「咱們四個，武功妳當居末位，可若論臉皮厚嘛，妳當數第一！」

風纏月嬌嗔地跺了跺腳，羞澀地一低頭。「霍哥哥，你可真討厭，人家不理你了！你可不許來壞我好事，咱們說定了啊！」然後她腳步輕盈地向著北邊木屋走去，在經過本我初心的房子時，略一停步，接著就走了過去，並沒進屋。

沈曦見她走到房屋後面去了，就收回視線，問霍中溪。「她腦子沒病吧？」

「從認識她起，就沒見她正常過。」霍中溪牽著沈曦回房，囑咐她道：「沒事妳別搭理她，我去和本我初心說，趕緊讓她走。一聽她叫霍哥哥我就手癢，恨不得上去給她一劍！」

進了房間後，沈曦站到霍中溪前面，用雙手捧住霍中溪的臉，深情地凝望著他，學著風纏月，甜兮兮的叫了一聲。「霍哥哥～～」

霍中溪把頭一偏，皺著眉，厭惡地說道：「趕緊好好說話，我可受不了這個。」

沈曦放開霍中溪，嘟嘟囔囔地道：「本我初心怎麼就喜歡這樣的呢？唐詩和她也太不一樣了吧，本我初心怎麼會娶唐詩呢？」

霍中溪隨口答道：「大概他甜到發膩，想找碟清淡小菜爽爽口了。」

沈曦橫了他一眼，有點不高興地說道：「唐詩多好啊！雖然話少了點，可又能幹、又利索，比那風纏月可好上一千倍、一萬倍呢！」

唐詩如何，霍中溪並不太放在心上，那畢竟和他沒多大關係，他現在唯一覺得頭疼的就是風纏月。霍中溪本就不喜歡風纏月，如果不是本我初心在這裡，單因她曾對妻兒出手一事，他就會毫不猶豫地斬殺了風纏月。可現在，他不得不投鼠忌器。本我初心雖然娶了唐詩，但他心裡是怎麼想的，霍中溪也有點摸不透。

其實不管本我初心對風纏月還有沒有情，只要自己下殺手，他就一定會出頭，畢竟他曾經愛了她二十多年。一對一他能打得過這兩人中的任意一個，可一對二就不行了，兩個武神聯手，他沒有勝算。

若是他單身一人，他肯定會冒這個險，可現在……看了看旁邊笑語盈盈的妻子，霍中溪只得壓下了心中的殺意。

為了妻子，他就先忍風纏月幾天吧……

由於霍中溪的沈默，風纏月成功入住沈曦家。

晚飯不用沈曦動手，是侍衛們帶來的御廚做的。御廚就是大手筆，整整做了一大桌子的菜，噴香撲鼻，色味俱佳，讓沈曦是口水直流。

霍中溪、本我初心兩個大男人帶著鄭家清這個小男人一桌；沈曦和唐詩各帶了孩子，還有安靜萱，就分了一些菜，在炕上放了個小炕桌，算是女人們也在一桌。

大家剛落坐，只見門簾一動，風纏月就進來了，她笑吟吟地說道：「唉呀，今天的飯菜可真香，大老遠的我就聞到了！」

看著這不請自來的傢伙，屋子裡的人面面相覷，誰也沒有說話，也沒有搭理她。

風纏月對這冷落渾然不覺，她在屋裡掃了一眼，就逕自來到男人們那一桌，見沒有多餘的椅子了，就站到了鄭家清旁邊，輕輕在鄭家清肩膀上拍了一下，笑道：「小弟弟，你這座位能不能讓給姊姊呀？你去那桌吃可好？」

鄭家清根本沒有和這種女人接觸過，臉都脹紅了，趕緊站起身來，端著飯碗就跳到炕上去了，把座位讓給了她。

風纏月不客氣地坐到了鄭家清的座位上，然後把那椅子往本我初心那邊蹭啊蹭、蹭啊蹭的，一會兒就和本我初心挨到一起去了。她伸出筷子，挾了一塊鴨肉，放到本我初心碗裡，嗲聲嗲氣地說道：「初郎，你最愛吃的五香醬鴨，嚐嚐好吃不？」

本我初心看著碗中的那塊鴨肉，也沒伸筷子去吃，而是抬頭看了看唐詩。

唐詩和本我初心對視一眼，淡淡道：「相公，我今天手疼，你來餵兒子吃飯吧。」

本我初心如逢大赦一般，立刻扔下碗筷，竄上了炕，來到唐詩身邊，將本我迎抱到了懷裡，然後在本我迎的小臉上親了一口。「兒子，來，爹爹餵你吃飯！」

唐詩把碗筷遞給他，在本我初心接過去後，自己又拿了一雙筷子，挾了一箸菜送到了本我初心的嘴邊，本我初心毫不遲疑地張嘴就吃掉了。

看著唐詩和本我初心那一家和睦、其樂融融的樣子，風纏月臉上的神情幾度變幻，不過很快地，她就嬌聲笑道：「哎呀，怎麼都擠到那張桌子上去了？那桌子上的菜比較好吃嗎？我也來嚐嚐！」說罷，她也上炕了，在本我初心旁邊擠了個縫就坐下了。

所有的人都上炕了，地下那張桌子上只剩下霍中溪一個人，沈曦連忙抱著霍俠下炕，還不忘招呼鄭家清和安靜萱。「家清、靜萱，咱們下去和你們師父一起吃。」鄭家清和安靜萱聽話地端起飯碗，和沈曦一起下炕了。

沈曦在霍中溪旁邊坐好了，鄭家清也回到了原來的位置，下面那桌瞬間坐滿了，而炕上那張桌子，就剩下本我初心一家三口和風纏月了。

沈曦一邊餵霍俠，兩隻眼睛一邊盯著炕上猛瞧。這吃醋撒嬌大戲，可不是經常能看到的呀！

風纏月沒有再給本我初心挾菜，而是眼含春波地盯著本我初心，軟語款款地道：「初郎，我喜歡吃香菇菜心，以前你最愛幫我挾那道菜了。」

本我初心躲過她靠過來的身體，有些尷尬地說道：「是嗎？我都忘了。我家都是我娘子做飯，她不愛吃那菜，我們都沒做過。」

風纏月哀怨地輕嘆了一聲，泫然欲泣。「初心，你真變心了嗎？你心裡真沒我了嗎？」

當著這麼多人的面呢，尤其妻子在側，本我初心又敢說什麼呀？只得唯唯諾諾地哼哼了兩聲。

唐詩驀地起身，下炕穿鞋，對本我初心道：「我肚子疼，你回去幫我揉揉。」

本我初心如得聖旨一般，抱著兒子趕緊下炕，跟在唐詩後面走了。

「哼！」風纏月憤憤地看著門口，一臉的怒氣。

見大家都在看她，她失態地大聲吼道：「吃你們的飯，看我幹麼?!」

霍中溪冷冷地說：「風纏月，妳好像忘了這是誰家了吧？」

風纏月看了霍中溪一眼，怒氣沖沖地從炕上下來，一甩門簾就走了。

沒有了風纏月攪席，大家都吃得很好，御廚的水平那不是吹的，比沈曦做的就是好吃。

不過為了照顧沒吃飯的唐詩一家，炕上那桌子菜，沈曦還是讓人送到了唐詩和本我初心的房子裡。大人還能忍受，可總不能讓孩子餓肚子吧？

唐詩和本我初心一家一直待在屋子裡，直到睡覺的時候也沒有出來。安靜萱早早去睡覺了，小霍俠和沈曦鬧了一會兒，不過也沒待太長時間，沒一會兒就和鄭家清回房睡覺去了。

待大家都走後，沈曦和霍中溪洗了個澡，收拾乾淨後才上炕睡覺。躺進被窩了，沈曦習慣性地去摸霍中溪時，不料想沒摸到他光裸的肌膚，卻摸到了衣服。

沈曦從衣襟裡探進手去，在他小腹上擰了一把。「有毛病啊，睡覺還穿著衣服？」平常的時候，他都是只穿條內褲的，今天竟然穿了衣服睡覺，這不得不讓沈曦感到奇怪。

霍中溪一伸手，把沈曦的衣服從旁邊勾了過來，遞給她道：「妳也穿上，風纏月那瘋子肯定不罷手，今晚怕是要有事。」

一聽霍中溪這樣說，沈曦趕緊爬起來把衣服穿上了。雖然穿著衣服睡覺不習慣，但總好過被圍觀啊！

穿好衣服後，沈曦又躺到了霍中溪旁邊，忽閃著好奇的眼睛問道：「相公，你說本我初心會不會真的接受風纏月啊？」

霍中溪幫沈曦蓋好被子，琢磨了一會兒才開口。「這個可說不準，他喜歡風纏月那麼多年了，現在風纏月反過來這樣纏著他，難保他不動心。」

沈曦嘆了口氣。「要是本我初心真和風纏月和好了，那唐詩帶著孩子可怎麼辦哪？」

霍中溪若無其事地道：「這有什麼怎麼辦的？本我初心還養不起兩個妻子嗎？」

霍中溪這隨口而出的一句話，讓沈曦頓時如被雷劈了一樣，有些懵了。不過這道雷劈得也好，把她給劈醒了。這個社會，不是以前那一夫一妻制的社會，而是萬惡的多妻制，男人們可以娶NNNNN個小妾啊！

自己和霍中溪一夫一妻習慣了，就在不知不覺中忽略了這個問題，用自己的想法去考慮本我初心他們的問題了，這是多麼荒謬的錯誤啊！

不過霍中溪如此輕易地就將「兩個妻子」的話說出了口，讓沈曦立時感覺到了危機，她伸出手去，抱住了霍中溪的腦袋，將他扳向自己，惡狠狠地道：「兩個妻子？親愛的相公大人，你這話說得太快了，是不是你也有這種想法呀？」

霍中溪還真沒想到，自己無心的一句話就遭到了無妄之災，讓妻子將矛頭指向了他。兩人在一起這麼多年了，霍中溪很瞭解妻子，妻子性格隨和、開朗豁達、愛說愛笑，但這些都是表面上的事兒。在內心裡，她其實一直有自己的執著和堅持，就比如，對孩子、對自己。霍中溪可以肯定，如果自己有一天真的要納小妾了，她肯定會帶著孩子遠走高飛，而且她也有那個能力，不依靠自己也能過得很好。妻子離開自己也能過得很好，一想到這裡，劍神大人竟然隱隱有了一點挫敗感。

見霍中溪沈默不語，沈曦是真的急了。不會吧？他還真有這個想法？沈默不就是默認嗎？

沈曦一怒之下，就想扒開霍中溪的衣服，在他身上狠狠咬幾口洩恨。不過她隨即想到，咬人不是解決夫妻問題的最好辦法，懲治丈夫嘛，最好的辦法，還是——調戲！調戲！調戲！調戲後榨乾了他，看他還有精力想別的不？

沈曦不懷好意地笑著，把霍中溪的衣服解開了，然後手向下，口在上，不停地在霍中溪身上點火挑逗，卻遲遲不讓他解決，直到把劍神大人急得眼睛都冒火了、服軟了，沈曦才笑咪咪地幫助硬了半宿的劍神大人攀上了情慾高峰。

輸了一局的霍中溪喘著粗氣，瞇著眼睛看著得意得如同一隻小狐狸的妻子，心裡不知在想什麼。沈曦見他還有點不服氣的樣子，便伸出手去抹了抹他仍往外滲著液體的鈴口，壞壞地笑道：「哎呀呀，劍神大人，我可沒打你也沒罵你，你至於這麼委屈嗎？看，你小兄弟都哭了！」

已經鬱悶了半宿的霍中溪再也繃不住了，粗魯地揉搓著沈曦胸前的柔軟，恨恨地道：「本想體諒妳，妳得勁了是吧？得寸進尺完了，還得寸進丈是吧？」然後對著妻子的身體上下其手，開始進行反調戲。不一會兒，就挑逗得沈曦也受不了了，霍中溪這才慢悠悠地滿足了慾望高漲的妻子，成功扳回一局！

夫妻兩個鬥智、鬥勇、鬥調情手段、鬥自制能力，鬥了半宿，在各有輸贏的情況下，正在親密地互相嘲諷時，忽聽得外面傳來一聲刺耳的尖叫——

「啊——有鬼！」

霍中溪的反應極為迅速，嗖的一下就穿上了衣服，然後拎起沈曦的衣服就幫她往身上套。在這期間，外面的聲音已經到了院子裡，淒厲的喊聲驚醒了滿院的人。

「初心！初心，有鬼！有鬼──」

待霍中溪拎著沈曦跳到房頂上時，只看見一道白影竄向了北方，隨即，本我初心的聲音傳了過來──

「哪兒有鬼？妳一個武神還怕什麼鬼？」

然後是風纏月驚魂未定、哭哭啼啼的聲音──

「初心，那房子有鬼，有鬼……」

本我初心又道：「有鬼妳就給它一鞭，怕它什麼？快別鬧，回去睡覺吧，妳看妳把人都驚醒了。」

風纏月卻順勢倒入了本我初心懷裡，抱著本我初心就不放手。

本我初心推拒了兩下，見推不出去，就直挺挺地站在那裡，任她抱著。

沈曦看著風纏月導演的這場爛戲，心中驚服霍中溪的先見之明。風纏月就這兩把刷子啊？真難為她還是個武神呢！不過話又說回來，武力值高的人，情商或許不高，也不怪她淨想些不入流的餿點子了。

懶得看風纏月這投懷送抱的樣子，沈曦站在房頂上左右張望，然後就看到了在房檐不遠的地方，一襲白色單衣的唐詩正站在黑暗裡，靜靜地看著丈夫和別的女人抱在一起。過了許久許久，見那兩人沒有要鬆開的意思，唐詩沈默未語，悄悄地轉身就往回走。

看著她那孤單又挺直的身影，沈曦忽然感到了一股心酸失望，就好像，她此刻這樣轉身走了後，就再也不會為本我初心再掉一滴淚了的感覺。

不想便宜了風纏月，沈曦忽然張嘴，大聲喊道：「唐詩、本我初心，快出來看熱鬧呀！乾柴烈火偷情真人現場版，比畫的還真實有趣又生動，走過路過千萬別錯過呀！」本我初心的名字是她故意喊的，是為了給唐詩留點顏面，也是為了警告本我初心。

唰的一下，本我初心立刻就推開了風纏月，人一閃就沒影了。

風纏月趕緊跟上，兩人頓時消失無蹤。

見沒熱鬧看了，沈曦和霍中溪也回房了。

沈曦躺在被窩裡也睡不著，就問霍中溪。「哎，本我初心跑出去看風纏月了，唐詩有沒有和他吵架呀？」

霍中溪沈默了一會兒，見沈曦總不消停，不由得說道：「沒有。他們連話都沒講就睡了。」

沈曦一翻身，目光炯炯地盯著霍中溪問道：「你怎麼知道的？」

「聽到的。」

「隔著這麼遠你都能聽得到？不會吧？你那是狗耳朵呀？」他們的房間和唐詩他們的房間有三十來米的距離，中間還隔著霍俠他們的房間，除非是高聲吵架，否則應該是什麼動靜都聽不到的。

霍中溪給好奇心旺盛的妻子解釋道：「到了我們這個境界，百米內花開葉落都聽得清清楚楚，三、五里外的聲音能聽到也不足為奇。」

沈曦忽然有了一種烏雲蓋頂的感覺，她急切地問道：「照你這樣說，咱倆在這邊親熱，本我初心就能聽見？」

霍中溪閉著眼睛打算睡覺，所以沒有看見沈曦變黑的臉色，仍淡淡回道：「嗯，他能聽到咱們的，我也能聽到他們的。」

「你這個衰人！這麼重要的事竟然不早告訴我！」沈曦咬牙切齒地撲到霍中溪身上，去掐他的脖子，打算掐死這個不要臉的。自己那些色色的話，還以為是夫妻間的私密情事，沒想到卻是被共用了的共同資料！怪不得有時候本我初心看著她總怪笑呢！

被掐得直翻白眼的霍中溪就有點不明白了，這事兒有那麼重要嗎？哪對夫妻不是這樣啊？有什麼不可見人的？本我初心那色痞說得比他們還過呢，不照樣出來見人嗎？

然而，被偷聽事件在沈曦心裡留下了難以磨滅的陰影，也給沈曦和霍中溪的夫妻生活帶來了後遺症。從那以後，但凡有人在她家居住，沈曦就拒絕和霍中溪親熱，讓霍中溪大為悔恨自己的多嘴，這可真是搬起石頭砸自己的腳呀！

第二天吃早飯的時候，唐詩和本我初心帶著本我迎按時前來吃飯，而風纏月竟然沒有出現。沒有那個女人的攪席，大家吃得都挺好的。本我初心大概對於昨晚的事有些愧疚，對唐詩十分的殷勤，挾菜、盛飯，還故意沒話找話說，不過唐詩始終是那張淡淡的臉，對本我初心和平時沒有什麼兩樣。

吃完早飯，霍中溪照例帶兒子、徒弟去練武，本我初心也帶著本我迎去了，只剩沈曦和唐詩兩個孕婦在屋子裡。

沈曦拿出一塊布來，打算給鄭家清和霍俠裁剪春衣，這兩個男孩長得太快了，衣服得年年換。

唐詩就坐在旁邊看沈曦剪衣服。

「我給小迎也一起剪兩身衣服吧，我看他的衣服也小了。」沈曦一邊比劃，一邊對唐詩說道。

「妳教我剪吧，我自己給他做。」唐詩今天的心情明顯不太好，說話都有點意興闌珊的樣子。

「好。我再去找點布料，妳挑挑，找塊柔軟舒適的給孩子。」沈曦翻箱倒櫃的，又折騰出不少布料，抱到炕上讓唐詩挑選。

唐詩隨手就抽了兩塊出來，心不在焉地說道：「就這兩塊吧。」

沈曦一看，一塊黑色的，一塊深藍色的，這兩塊很明顯都不適合孩子穿，於是伸手把那兩塊布料拿了回來，自己挑了一塊天青色和一塊淡綠色的。

還有半疋的白綢，沈曦嫌它不耐髒，一直想不出幹麼用，忽然想到本我初心愛穿白衣，就向唐詩道：「這白色的，給本我初心做件衣服吧？我看他喜歡白色。」

「啊？」唐詩似乎是在發呆，被沈曦的話嚇了一跳，回過神來後她略有些倉促地說道：「給小迎做白色的？怕不耐髒。」

啊？這都哪兒跟哪兒啊？沈曦知道，任何女人在丈夫的前任情人找上門來時，心裡都不會好受，哪怕唐詩如此冷清的一個人，怕也是很難接受。

唐詩大概也意識到自己有點牛頭不對馬嘴了，她落寞地垂下頭去，好長時間才飄出來了一句話。「沈姊姊，霍劍神沒有找到妳的時候，妳帶著小霍俠，過得好嗎？」

她這話一問出來，沈曦心裡就咯噔了一下。唐詩問自己沒有相公在身邊的事情，不會是打算甩了本我初心，自己帶著本我迎走了吧？再一琢磨，就算她生出此心來也不為過，畢竟本我初心和風纏月糾纏了二十多年了，這在唐詩心裡，肯定是個大疙瘩。

不過這話不能這樣說，唐詩如果不喜歡本我初心，就不會和他成親生子了，自己這個知心姊姊，只能勸和不勸離，省得讓唐詩抱憾終生。想到此，沈曦笑道：「這怎麼說呢？一個家吧，總得有男人、有女人、有孩子，才算是一個完整的家。這缺了男人吧，總覺得家裡冷清清的，髒活、累活要自己幹，生病了想喝口水還得自己倒，淒涼得很。那樣的日子，不好過啊！」

唐詩聽著，沈默不語。

午飯的時候，霍中溪和兩個孩子沒回來，本我初心一家也沒出來，沈曦讓人將飯菜送到他們屋裡去了，而在沈曦這屋裡吃飯的，只剩沈曦和安靜萱了。

剛拿來碗筷要吃飯，門簾一動，就閃進來了一個人，沈曦一看，頓時吃了一驚，來人不是別人，竟然是風纏月。

「今天他們沒來這裡吃飯。」沈曦告訴她這個很明顯的事實，意思就是：本我初心不在，妳趕緊該去哪兒去哪兒吧！

風纏月笑道：「那我就來陪弟妹一起吃個飯吧，正好我也餓了。」說罷，自己就去廚房拿了副碗筷出來，然後自己盛了飯，就真的坐到了沈曦對面，扒了一口白飯進嘴。

沈曦呆怔地看著她，不明白這女人到底在做什麼，自己和她有這麼熟嗎？熟到可以單獨在一張桌子上吃飯？

見沈曦只看著她，都忘了吃飯，風纏月抬起頭，嚥下口裡的飯，又向沈曦笑道：「看我做什麼？我又不是菜，看了也飽不了。」這個笑容倒是很乾淨，不像她對著男人時笑得那樣媚、那樣嗲。

沈曦放下筷子，嘆了口氣道：「以前在海邊，妳隨手就差點要了我們母子的命，那時候我可真恨妳。沒想到，這才過了沒幾年，妳竟然和我坐到一張桌子上吃飯來了，這可真是世事難料啊！」

風纏月挾了一塊魚肉放到碗裡，沒有吃，而是拿著筷子不停地戳來戳去，有點傷感地說道：「是啊，世事難料。以前本我初心總纏著我，我嫌他煩，千方百計地想著法子躲他。可當他真的不再出現了，我就一下子慌了、亂了……」

沈曦沒有接話，事實上對於他們的事情，她並沒有發言的餘地，她只是一個旁觀者。

風纏月似乎並沒有和人聊過天，這段感情在她心中也壓抑了許久，她仍無意識地戳著那塊魚肉，渾然不知道那塊魚肉已經成了肉泥了。

「妳說男人怎麼這麼容易就變心了呢？他喜歡我這麼長的時間了，怎麼能說變就變了呢？招呼也沒打一聲，人突然一下子就不見了，我著急得連死的心都有了。生怕他出了什麼意外，我一直不停地找、不停地找，南嶽沒有，東嶽沒有，西嶽沒有，中嶽也沒有……聽到哪兒有他的一丁點兒消息，我立刻日夜不休、馬不停蹄地趕去，就怕他出一點意外。呵呵呵……」說到這兒，她眼中竟然有淚流了出來，似乎被這往事觸動了情腸。

不過沒等那淚流下來，她一抬手就將它抹去了，用力眨了眨眼睛，似乎是想將眼淚憋回去，不想讓別人看到她的軟弱。那和眼淚較勁的倔強模樣，卻讓人忍不住的想去憐惜她。

「好不容易打聽到他可能來了森林，我就日夜兼程地趕來，呵……」她不再說下去了，手無意識地戳著那魚肉泥，只是傻笑個不停，似乎直到現在，她仍有些接受不了這個事實。

任她再如何厲害，也不過是個女人，也會為愛情流淚。

沈曦嘆了口氣。「是妳太傻了，一個男人愛了妳二十多年，不早早嫁了還等什麼？」

風纏月淚眼矇矓地道：「是啊，我早就該嫁了，可我總是害怕，怕有一天他會背叛我。妳看現在，他還真的背叛我了……」

這就是傳說中「一朝被蛇咬，十年怕井繩」的典型後遺症呀！只不過這風纏月心太重了，這後遺症也太嚴重了點，二十多年了都沒過期。

看著傷心哭泣的風纏月，沈曦實在不知道要和她說什麼。若鼓勵她「愛拚才會贏」，那唐詩怎麼辦？若讓她放手再找一個，很顯然是不可能的，二十年的情意，不是說斷就能斷的。

左右為難的沈曦想了想，好半天才蹦出來了一句話。「人是鐵，飯是鋼，一頓不吃餓得慌，先吃飯吧！」

剛吃了幾口，窗外忽然傳來本我初心的聲音——

「娘子，妳別走那麼快，等等我啊！」

沈曦趕緊抬頭去看風纏月，果然，風纏月的臉色有些不太好看了。

不是給他們送飯去了嗎？他們怎麼還來了呀？

沈曦剛要開口給本我初心兩口子提個醒，只見唐詩一掀門簾就進來了。

唐詩身後的本我初心正低下頭去拉她的手，嘴裡還嘮叨著。「娘子，我們昨晚真沒事……」不料唐詩突然就停住了腳步，本我初心一頭撞在她的後背上，剛要說什麼，一抬頭卻看見了臉色鐵青的風纏月，再然後，他看見風纏月出手如閃電，那隻纖白玉手掐在了唐詩的脖子上！

來不及想什麼，本我初心急忙伸出手去，拂在風纏月腕間的穴位上，趁風纏月手一僵的工夫，立刻將唐詩拉出來掩在了身後，然後用左臂架住了風纏月甩過來的鞭子。

「月兒！」本我初心大吼一聲，聲音裡，充滿了憤怒與無奈。

風纏月狠狠地瞪著本我初心，厲聲道：「我說過，再讓我看見她碰你，我定會殺了她！」然後又是一鞭，狠狠地向唐詩抽了過去。

本我初心拽過身後揹著的長刀，連刀帶鞘就截住了風纏月的長鞭，大聲喊道：「月兒，妳說過不傷害我娘子的！」

「娘子？」風纏月的眼神裡充滿了憤怒。「你叫得好親熱！她又碰你、又碰你——」

話音未落，風纏月猛一抬手，三道紅光就直奔唐詩而去！

本我初心一刀拍出，將那三道紅光拍飛，氣憤地叫道：「月兒！妳再這樣，休怪我無情！」

風纏月聞言，又一鞭揮向唐詩。

本我初心再也無法忍讓了，長刀出鞘，就與風纏月打在了一起。

怕風纏月揮舞的長鞭傷到了屋裡的孕婦和孩子，本我初心有意地將風纏月引向了門外，兩人打著打著，就躍過牆頭，踩著樹梢，越打越遠了。

見那兩個人沒影了，沈曦這才轉回身來看唐詩，卻見唐詩正輕輕揉著脖子，雪白的肌膚上青痕腫起。

「我去給妳拿點藥。」自從唐詩來了以後，沈曦家可就不缺藥了。勤快的唐詩採了許多草藥，配了不少的成藥，還分門別類放得很清楚。

沈曦拿來了一瓶消腫化瘀的藥水，幫唐詩抹在了脖子上。風纏月用的力道很大，那一圈青色掐痕實在是太深太重了，似乎再差一點，就能把唐詩的脖子掐斷了。

「這個瘋子，也太狠了點！幸虧本我初心的反應快。」沈曦直到現在仍是心有餘悸。

即便是差點死掉了，唐詩仍是那副水平波靜的樣子，不怒不氣地淡淡說道：「他就是不顧我，也得顧肚子裡這個。放心吧，我沒事。」

沈曦倒覺得本我初心並不是一個太渣的人，最起碼面對風纏月的糾纏，他沒有立刻就轉身去吃回頭草，反而是時不時地維護著唐詩，每次面對風纏月時，他也都會將唐詩護在身後。他心中是有唐詩的。

可不管那兩人怎樣，在這種三人追逐的愛情遊戲裡，無辜的唐詩不論如何都是受傷最深的那一個。

沈曦知道這種感情的事，只有當事人才能決定何去何從，她這個旁觀者只有安慰的分，於是她勸唐詩道：「哪有這回事？本我初心的心裡還是有妳的，妳看哪次風纏月要傷害妳，不是他保護妳呀？」

不知道是不相信沈曦這話，還是不想再繼續這個話題，唐詩忽然對沈曦道：「沈姊姊，我再給妳診次脈吧！」

從沈曦懷孕後，就一直是唐詩給診的脈，沈曦雖然覺得在這節骨眼上突然要幫她診脈有些意外，但仍是順從了唐詩的意思，坐到炕沿上，伸出了手。

唐詩把手放到沈曦的腕脈上，認認真真地感覺著沈曦脈間傳來的脈動，過了好一會兒，才收回手去。「沈姊姊，孩子長得很好，胎位也很正，不用再吃什麼藥調理了，這樣就很好。」

沈曦很相信唐詩的醫術，她說沒問題，那自己肯定就是沒問題了。

唐詩看著沈曦，目光清澈又堅定，忽然又說道：「沈姊姊，我要走了。」

「什麼？你們要走?!」沈曦震驚地看向唐詩，她可沒聽本我初心說過他們要走啊！

唐詩將沈曦放在桌子上的藥瓶蓋好，然後將那藥瓶放回到原位，又將沈曦灑在桌上的藥水擦乾淨後，這才若無其事地回答道：「出來太久了，家裡不能一直沒人。」

「在這兒住著不行嗎？反正你們一家人都在這兒啊！」沈曦十分喜歡唐詩，這個女子雖然總是一股清冷的樣子，但心地善良、待人真誠，十分的好相處，沈曦很捨不得她走。

唐詩留戀似地看了這裡一眼，仍是堅決地說道：「家裡還有不少病人等著我看病呢，妳這裡有御醫，我不在也沒問題的。」

沈曦依依不捨地牽起她的手，留她再住幾天，可唐詩是那種一旦下了決心就不再回頭的人，沈曦怎麼也沒能說動她。

沈曦以為唐詩說的離開，是在這一、兩天中的事，畢竟本我初心還沒回來呢，可沒想到，在唐詩回房後不久，就見她挽了一個包袱，用一床薄被包裹著正在睡覺的本我迎揹在後背上，就這樣來向沈曦辭行了！

「不會吧？妳現在要走？本我初心還沒回來呢！」沈曦此時才覺出了事態的嚴重，唐詩這種行為，是屬於標準的離家出走啊！

唐詩臉上難得地露出一絲苦澀。「沈姊姊，不瞞妳說，我自小隨師父生長在山裡，家裡只有師父和我兩個人，清靜慣了。現在他們倆這樣鬧，我討厭得很。本我初心還是喜歡風纏月的，妳看他倆昨晚……天天和人搶男人，這種日子我過不了。沈姊姊，咱們就此別過吧，謝謝妳這些日子的照顧。」說罷，她正正經經地向沈曦行了一個大禮。

沈曦被她說得眼淚都流下來了，她忙扶住唐詩，泣不成聲地說道：「唐詩，有空妳就回來看看我，我捨不得妳走……」

唐詩給了沈曦一個擁抱，然後毅然決然地轉身走出了院門。

沈曦一直追送到森林邊緣，待唐詩揹著本我迎消失在了密林深處，再也看不見影子了，才淚眼婆娑地回了家。

唐詩就是那種表面冷漠、內心真摯的人，她一旦將你放在了心裡，就會給你她全部的熱情，你即便有小小的對不起她，她也不惱不怒，只是淡淡一點頭，這事就過去了。除非遇到觸及她底線的事情，否則她是不會輕易捨棄任何人的。

很明顯，本我初心和風纏月的糾纏不清，不管是那夜那個短暫的擁抱，還是本我初心一口一個的「月兒」，都讓唐詩受到了傷害。

唐詩的離開，讓沈曦很傷心，整整一個下午，她就呆呆地坐在炕上，時不時地抹抹眼淚。

待到華燈初上，霍中溪帶著孩子們回來時，看到坐在黑暗裡哭泣的沈曦，大家都嚇了一大跳。

「娘子，妳怎麼了？誰欺負妳了？」霍中溪一個箭步就上了炕，將沈曦摟在了懷裡。

沈曦沒想到他反應這麼大，一看小霍俠和鄭家清都在看著他倆，趕緊伸手推開了霍中溪，還沒說話呢，只見下面的小霍俠已捂住自己的眼睛，大聲說道——

「師兄！快捂眼、快捂眼！」

已經十來歲的頎長少年鄭家清靦覥一笑，牽著小霍俠的手就往外走，悄聲說道：「這種情況，咱們就應該立刻迴避。」

小霍俠一邊往外走，一邊嚷嚷道：「可娘還沒說她為啥哭呢，我還等著為母報仇呢！」

「這事兒還輪不到你，有師父呢！」

「嗯，等爹老了，就輪到我了，那現在我不和他爭……」

兩人的聲音消失在了門外，腳步噔噔噔地走遠了。

聽了兒子這天真的話，霍中溪和沈曦面面相覷，沈曦眼中還帶著淚呢，就噗哧一聲，破涕為笑了。

而霍中溪則咬牙切齒地道：「毛還沒長齊呢就想著取代我？這就叫教會徒弟餓死師父呢！」

沈曦一邊擦淚一邊道：「沒事，你教會了也餓不死你，那不僅是你徒弟，還是你兒子。」

「那是。這個臭小子別的不說，在練武上還真有那麼一股子勁，以後要說超過我，也不是不可能。」霍中溪也就是佯怒一下，事實上兒子知道要護著娘親，讓他感到很是欣慰。

經過小霍俠這麼一鬧，沈曦的離愁就散去了不少，在霍中溪的追問下，她將唐詩離開的事告訴了霍中溪。

霍中溪拎來了一條濕布巾，用內力一烘，就成熱布巾了，將熱巾子敷在妻子已經哭得微腫的眼睛上後，這才說道：「放心吧，唐詩走不了的。就她那點輕功，本我初心追她連半天都用不了。」

霍中溪一提輕功，沈曦才想起來這幫超人和平常人的差距來了，也明白過來了，本我初心要是不想讓唐詩走，那唐詩是絕對走不了的！

兩人正說話呢，就聽見本我初心在外面喊道——

「娘子，我回來了！」

聲音消失在他們住的那間屋子裡，片刻之後，他的腳步聲又出現在了沈曦他們窗前。

霍中溪隔著窗戶說道：「本我兄，你踩的兩艘船翻了一艘，還附帶著丟了條小魚。」

本我初心愣了片刻，隨即大吼道：「我娘子帶著小迎走了?!」

一陣旋風猛地颳進了屋裡，又颳進了廚房，在確定屋裡果真沒有唐詩母子後，本我初心鐵青著臉站著，那渾身狂躁的氣息就如同黑雲壓城一般。

霍中溪還火上澆油地又說了句。「恭喜本我兄，成了這世上唯一一個被妻子拋棄的武神！就不知道唐詩有沒有寫休書？那樣一來，本我兄就更名正言順地成了『下堂夫』了！」

本我初心拳頭攥得緊緊的，牙齒咬得格格響，怒聲道：「這個女人！都告訴她了我和風纏月沒事，她就是不信！」

沈曦忍不住替唐詩說話。「你說和風纏月沒事，誰信呀？那天晚上她沒抱你呀？唐詩都看見了！你沒一口一個『月兒』的叫呀？唐詩都聽見了！」

本我初心一愣，以前他似乎從沒意識到，自己在無意中竟然傷害到了唐詩。

「我和風纏月真沒事了。小迎都這麼大了，我哪還有那心思呀！唐詩這個女人，什麼話都悶在心裡，這些小事和我說說不就行了，用得著走嗎？」

霍中溪喝了他一聲。「和我們說有什麼用？還不快去追！依唐詩那性子，要真躲到哪個荒山野嶺去，你下半輩子不用幹別的事，光找人就行了！」

本我初心二話不說，拔腿就衝了出去。

等本我初心走了，沈曦忽然想起了風纏月，她用手肘捅了捅霍中溪，問道：「哎，本我初心回來了，你說風纏月回來了嗎？」

霍中溪回答得很快。「沒有，剛才我只聽到了本我初心一個人的腳步聲。」

「不會吧？他真把風纏月打跑了？」沈曦倒有點驚奇了，本我初心和風纏月這一次難道是真打嗎？

「風纏月那女人難纏得很，就算現在走了，也還會再來的。娘子，妳別管這些破事了，傷心費力的，對身體不好。咱們一家過得好好的就行了，別人家就是雞飛狗跳，妳也當熱鬧看，以後可不許哭了……」霍中溪將妻子摟在懷裡，叮囑著最近變得越來越愛湊熱鬧、越來越多愁善感的妻子。

第二十章

晚上的時候，兩人說了一會兒話就睡了，到了下半夜，睡得正香的時候，院子中忽然傳來「砰」的一聲撞門聲，霍中溪倏地睜開了眼睛，仔細傾聽了一下，知道是本我初心回來了，就沒有起床。

沈曦連眼都沒睜，迷迷糊糊地問道：「怎麼了？」

霍中溪輕輕拍著她的後背，柔聲道：「沒事，睡吧。」

沈曦勉強支起眼皮，睡眼惺忪地問道：「是不是本我初心回來了？唐詩回來了嗎？」

霍中溪還沒回答呢，就聽見本我初心痛苦的怒吼聲傳了過來——

「有事可以商量，妳這樣不告而別是什麼意思？」

「說話！說話！妳就是這樣，什麼都悶在心裡，什麼都不和我說，妳拿我當妳男人了嗎？」

「我要是不點妳的穴，妳能跟我回來嗎？我就是用強的把妳扛回來了，我就是不放妳走，妳又能怎樣？」

沈曦的瞌睡蟲頓時就被本我初心給吼飛了，她用手肘捅了捅霍中溪。「你不去看看？」

霍中溪搖頭。「不去。人家兩口子的事，我一個外人插什麼手？」

沈曦一想也是，夫妻都是床頭吵架床尾和，外人一摻和，只能越勸越壞事。

打定了主意不去管閒事，沈曦就把耳朵支愣起來了，打算聽聽牆腳，關注一下事態的發展，誰知本我初心竟然不出聲了，沈曦聽了好久，什麼也沒聽到。

「喂，他們不吵了？怎麼沒聲啦？」

霍中溪瞥了沈曦一眼，輕聲道：「聽人壁腳還傳出去，不是君子所為。」

沈曦主動送上香吻一枚，撒嬌地磨著霍中溪。「相公相公，告訴我嘛！我又不是別人，我保證絕對不會洩漏出去的！」

面對妻子那不達目的不甘休的樣子，霍中溪無奈地將劍神的節操拋棄掉了，只得做了現場轉述。

「唐詩剛才說了一句『你再大聲吵鬧，我馬上就走』，所以本我初心就不再大聲說話了。」

本我初心說：『我把風纏月打跑了，她不會來了，我向妳保證，以後再不搭理她了。』

唐詩沒說話。

本我初心說：『妳還想讓我怎麼樣？妳倒是說話呀！妳可真狠心，兒子還這麼小，妳就忍心讓他沒爹？』

唐詩沒說話。

本我初心說：『娘子，我保證不再和她糾纏不清了，以後肯定對妳好，咱們好好過日子好不好？妳看霍中溪和他娘子過得多好啊，夫妻和和美美的，咱也能做到的，是不是？』

唐詩沒說話。

本我初心說：『娘子，妳想要我怎麼辦，妳倒是出聲啊！咱們是夫妻，有什麼不能說的？』

唐詩沒說話。

本我初心說：『娘子，妳就真忍心拋下我？妳就不想想咱們以前的好？咱們這幾年過得不好嗎？我對妳、對兒子不好嗎？』

唐詩沒說話。

本我初心說：『妳說話呀，說話呀！不說話是吧？那就……』

霍中溪不再轉述了，因為接下來的話不適宜再說。

沈曦還在著急地催促著。「說呀，怎麼停了？」

霍中溪無比鬱悶地看著精神奕奕的妻子。「他們不說話了。」

沈曦意猶未盡地直咋舌。「唐詩這招就是高，以不變應萬變，現在本我初心肯定鬱悶死了！」

「睡吧、睡吧，管人家的閒事幹麼？」霍中溪死也不肯再陪妻子做這種丟人的事了，趕緊勸她繼續睡覺。

話音剛落，就看見妻子鄙夷地盯著他。「你要是去當說書的，肯定得餓死，說得一點也不聲情並茂，就知道『唐詩沒說話』、『本我初心說』，你不會說得精彩點呀？」

費力不討好的劍神大人一口氣沒上來，差點讓自家娘子給氣死了。他在心裡暗暗打定了主意，以後就算妻子一哭二鬧三上吊，他也不再陪她幹這種沒品的事了！

第二天一早，本我初心就牽著唐詩的手來到沈曦他們屋裡吃早飯了。

唐詩幾次想將手從本我初心手中抽回去，可本我初心攥得死死的，唐詩怎麼也掙脫不了，後來見沈曦一直在看他們，唐詩臉色微紅，不再掙扎了，假裝若無其事地向沈曦說道：「沈姊姊，今天怎麼還沒擺飯呀？我可餓了。」

沈曦十分高興唐詩能再回來，笑咪咪地說道：「今天是你們來早了，飯菜還要過一會兒才送來呢！小迎呢？」

本我初心拉著唐詩坐在椅子上，大剌剌地回道：「還在睡呢，昨晚睡得太晚了。」

到了吃飯的時候，本我初心對唐詩是殷勤備至，不斷地給唐詩挾菜，生怕唐詩吃不飽一樣，而唐詩仍是那副淡淡的表情，不親熱，也不刻意推拒，一切就和往常沒有兩樣。若不是大家知道她和本我初心鬧了彆扭，從唐詩的表現上，還真看不出他們之間出了問題。

從那天開始，風纏月還真的就沒再出現過，可能真的被本我初心打跑了。

而本我初心也不再外出，天天在家教兒子練武，眼光就沒離開過唐詩，唐詩若出去肯定要陪她一起，和她是寸步不離，似乎怕她再次離開他。

唐詩卻仍和以前一樣，沒事去採採草藥，回來後就製藥，沒有因為本我初心的相親相近就開心起來，不過也沒有再尋找機會離開這裡。當然了，本我初心盯得緊也是一個很大的原因。

風纏月沒有再出現，唐詩和本我初心一家也就暫時安定了下來，唐詩看起來仍和以前一樣，看不出有絲毫的不滿或憤怒。本我初心也一改以前的油腔滑調，對唐詩是關懷備至，對兒子更是格外的重視與喜歡。從表面上看，這一家三口過得很融洽。

他們家平靜了，可安修謹卻派了人來接安靜萱，說孩子大了，要她回宮去議親。

正當沈曦戀戀不捨的時候，霍中溪又對她說，讓鄭家清也和他們一起走，回家去看看。鄭家清來的時候才是個八、九歲的孩子，現在已經是個十四、五歲的翩翩少年郎了。孩子已經離開家這麼多年，是該讓他回家看看。

雖然很捨不得鄭家清離開，但這個要求，沈曦不能拒絕。她也是一個母親，知道不管孩子在哪兒，做父母的心裡總是會牽掛的，是應該讓人家一家團聚了。

在他們臨走的前一天，沈曦將她那厚厚的一疊銀票拿了出來。三千萬兩劍神專用銀票，一張也沒動過，來時什麼樣，現在還什麼樣。

看著這一張張的銀票，沈曦不住地嘆氣。有這麼多銀票有什麼用啊？在這森林深處，一張也花不出去，這些東西連廢紙都不如，甚至連塊破布頭都比它有用啊！

沈曦抽出了幾張，一萬的、十萬的、五十萬的，一共抽出了二百萬兩，打算一個孩子給一百萬兩。

鄭家清家本就清貧，多給他點錢，把家裡安置好了，也讓孩子能專心學武。

安靜萱將來在宮中少不得要花錢，打點心腹手下、收買個眼線什麼的，還有皇后、太后、寵妃的生日呀，或生病有災的，都得花錢。

這些銀票在這裡放著也是發黴、被蟲蛀掉，還不如讓孩子們過著舒服的日子呢！

拿著沈曦給的銀票，實在的鄭家清跪在地上「咚咚咚」地給沈曦磕了三個頭。而安靜萱的表現則強烈得多，她趴在沈曦懷中，嗚嗚地哭了好長的時間，等她抬起頭來時，兩隻眼睛都哭紅了。在她心裡，沈曦給她的，是她從沒感受過的、最淳樸的母愛，是比她的親生娘親還要細緻、還要溫柔的母愛。她的母后放了太多精力在朝廷政務和宮廷鬥爭上，即便略有閒暇，也是要考校兒子的功課，留給她這個女兒的時間，實在是太少了。現在要離開「母親」，去一個讓她既尷尬又害怕的地方，小姑娘心裡有一千一萬個不願意，可父親已經派人來接了，她只能忍痛離開這裡。

不管沈曦如何的不捨得，安靜萱和鄭家清還是離開了。

在臨行前，安靜萱跪在沈曦面前，恭恭敬敬地給沈曦和霍中溪磕了頭，以謝他們這麼多年來的照顧，然後在她紛飛的淚雨中，終於離開了森林。

在安靜萱和鄭家清離開後，沈曦有很長一段時間都是無精打采的，一點心情也提不起來。這種不斷分離的情況，讓她的心情變得很糟糕。

而和沈曦一樣無精打采的，還有一向頑皮的小霍俠。

從鄭家清來了以後，小霍俠就和鄭家清吃在一張桌、住在一間屋，同時起床，同時練武，兩個人天天同進同出，相處得比親兄弟還親，鄭家清對他的重要性，很顯然比沈曦大多了。現在鄭家清一走，他立刻就如同失去了左膀右臂一樣，覺得渾身都不自在。不過好在還有一個本我迎在，他倒不至於太寂寞。

沈曦家的日子又平靜下來了，霍中溪和本我初心天天教各自的兒子練武，沈曦和唐詩沒事就琢磨著吃或裁剪衣服什麼的，日子過得十分安逸，而在這安逸中，沈曦的預產期也逐漸來到了。

沈曦肚子裡的這個大概是六月底懷上，生產日應該在四、五月間。

在進入四月以後，作為第一次要親眼看著新生命誕生的霍中溪，就變得有點緊張起來了。每當看到沈曦懷揣著那麼大個肚子進進出出的，他就會提心弔膽、膽顫心驚，沈曦有個什麼動靜，就立刻去拉御醫，生怕沈曦有什麼閃失。這種待產父親的心態，和普通男人沒有什麼不同。

在四月二十七這天夜裡，正在睡覺的沈曦忽然覺得肚子有點痛，已經生育過一次的她立即明白了是怎麼回事。雖然現在還沒痛得要死要活的，不過已經有了羊水破了的感覺，因此沈曦趕緊推搡著睡在一個被窩中的霍中溪。「相公，你醒醒，我要生了。」

霍中溪一個激靈就想蹦起來，又想起和妻子是睡在同一個被窩裡，怕動作大了要嚇到她，就又不敢動彈了。他剛要緩緩坐起來，忽然感覺到有股熱呼呼的東西流到了自己腿上。

「娘子，妳流血了?!」霍中溪嚇得連聲音都變了，他伸出手去，忽地一下將被子掀開了，掀開後才後知後覺地發現，這漆黑的屋裡，什麼也看不到，因此趕緊又下去點著了蠟燭。當他看到沈曦下身並沒流血時，又呆呆地愣住了。

看到平時很鎮定的劍神大人這副傻樣兒，沈曦強忍著痛，笑出了聲。「沒事，不是血，是羊水。你把我放在櫃子裡的那條小褥子拿來，幫我墊在下面。」

霍中溪此時已經沒有了主意，妻子說什麼是什麼，趕緊就開櫃拿出了小褥子，幫沈曦墊在了屁股下面，然後扎愣著兩手問道：「還要做什麼？我去叫大夫？叫唐詩？」

沈曦連忙制止了他。「現在還不用，離生還早呢！就算是快的，也得痛上個兩、三個時辰，現在叫他們來了也沒用。你過來陪我說說話，等我疼得緊了你再喊人。」

霍中溪幫沈曦把被子給蓋好，自己穿好衣服，還幫她也穿了件上衣後，這才坐到她旁邊，拉著她的手，傻傻地看著她。每當沈曦疼得皺眉的時候，他攥著她的手就會不由得用力。

「沒事，不用這麼緊張，現在還不算疼。」沈曦安慰著這個比她還要緊張的男人，心中是既覺得好笑，又覺得溫暖。

「什麼？還會更疼？」一聽沈曦這話，霍中溪那手就有點抖了，他有些不知所措地說道：「娘子，要做什麼妳吩咐我。我沒見過女人生孩子，不知道會這麼痛……娘子，妳說，妳讓我幹什麼？」

慢慢地，肚子裡一陣陣疼緊了，沈曦想笑又笑不出來，她緊緊地握住霍中溪的手，狠吸了幾口氣才說道：「你就在這兒坐著，等我疼得快死的時候，我就咬你幾口解解恨，誰讓你讓我這麼疼呢？」

霍中溪立刻就把袖子擼起來，露出了胳膊，送到沈曦嘴邊。「娘子，妳使勁咬，我不怕疼。」

沈曦一把拍掉他的胳膊，齜牙咧嘴地又忍過一波疼痛，然後才繼續剛才的話題。「你讓我咬，我還捨不得呢！」

「娘子！」霍中溪的眼睛裡，逐漸現出了濕意。

兩人就這樣有一句、沒一句地說著話，隨著時間的流逝，沈曦痛得越來越厲害了。又一陣強烈的疼痛襲來，沈曦緊咬著牙關，把牙咬得格格響，臉上立刻疼出了一層冷汗。

霍中溪只覺得心似乎被揪緊了，慌得不知如何是好，只會一個勁兒地說：「娘子，妳是不是很痛？痛了就咬我！」待沈曦的身體放鬆下來以後，他趕緊下床拿來布巾，幫沈曦擦汗。

沈曦享受著丈夫的服務，不由得感嘆道：「還是有你在身邊好，上次生小俠的時候，是芳姊在旁邊，雖然她對我很照顧，可就是覺得心裡空空的，像是缺了點什麼。現在才知道，原來是缺了你。」

「娘子，是我對不起妳！當初我應該帶妳一起走的，省得妳受那麼大的罪……」一聽沈曦提起當年的事，霍中溪心中就充滿了愧疚。他又坐回到沈曦旁邊，拉著她的手，似乎這樣就能分擔妻子當年和現在的痛苦一樣。

沈曦緊皺著眉頭，忍受著又一波的痛苦，她緊緊抓著霍中溪的手，那力道大得讓霍中溪感覺到自己的骨頭都快被捏碎了。

「娘子……」霍中溪的眉頭都沒皺一下，任由沈曦握疼他的手，心中滿滿的全是心疼。看著娘子這麼痛苦，他覺得他應該想辦法幫一幫她……有了！

沈曦這邊疼得正厲害呢，忽然聽到霍中溪驚喜地說道——

「娘子，要不，我用內力幫妳往外推推他，早點把他弄出來，這樣妳就不疼了！」

往外……推推他?!

疼得正厲害的沈曦被他這句話驚著了，頓時覺得腹內的疼痛不算什麼了。

這麼奇葩的想法，他到底是怎麼想出來的呀？

這傢伙不是地球人吧?!

見他正要往自己肚子上伸手，沈曦趕緊連吁帶喘地制止他。「一邊待著去，淨添亂！你還是叫唐詩過來吧，她比較靠譜點！」

霍中溪一邊下炕，一邊仍在低聲問沈曦。「內力不行嗎？我保證輕輕的，不會傷了他的。」

回答他的，是沈曦的一個白眼。

霍中溪只得識趣地出了門，叫唐詩去了。

很快地，唐詩就過來了。在替沈曦檢查了一遍之後，說還早呢，就陪沈曦坐在炕上聊天。

沈曦在痛得不厲害的時候，就將霍中溪剛才的話學給唐詩聽，沒想到唐詩聽完後卻是見怪不怪。

「我生小迎的時候，本我初心也想這麼幹來著。在這幫男人心裡，內力是什麼都能做的，武功是什麼都能解決的。」

沈曦徹底無語了。原來再厲害的男人，第一次遇到女人生孩子，也是會犯白癡呀！

霍中溪不僅把唐詩叫起來，還把侍衛營那邊都折騰起來了。大夫、穩婆全都過來待命，侍女們早早就把接生用的東西都準備齊全，只等著沈曦生產了。

在疼了足足三個時辰後，在四月二十八日的清晨，沈曦家又添了一名新成員。

其間，霍中溪沒有迴避，而是全程陪在沈曦身邊，親眼目睹妻子為生這個孩子所受的疼痛折磨。在下定決心以後要好好對待妻子的同時，霍中溪還為這個新生命取了一個比沈曦的「瞎」更紀實的名字：痛！

霍痛。霍中溪的第二子，頂著這麼一個閃亮的名字，就此誕生。

當穩婆抱著剛出生的孩子遞給霍中溪時，劍神大人登時有些手足無措了。這個軟得好像一灘水一樣的小東西，自己這雙大粗手不用使勁就能捅個窟窿出來，這讓他怎麼抱呀？

霍中溪扎愣著兩手，不敢去接孩子，而是轉身向妻子投去求救的目光，可當他看到疲累的妻子已經合上雙眼，似乎睡去了般，他對妻子的憐惜和愛意，幾乎要衝破胸膛，洶湧而出……

對於這第二個兒子，沈曦和霍中溪都相當的喜歡。這個小傢伙也比較討喜，不僅長得比較漂亮，還特別愛笑，不管是相貌和性格，都看得出和沈曦比較像。只不過，喜歡歸喜歡，對於他的名字，沈曦頗為腹誹了一番。雖然自己起的「俠」也不算太好聽，但這個字的意義還是可以拿得出手的，可以理解為「俠之大者，為國為民」呀！可現在這個「痛」呢，著實不像是人名。霍痛，這個大名還能叫得出口，可小名怎麼叫呀？叫小痛？還小病小災呢……

有了帶霍俠的經驗，小霍痛帶起來是輕車熟路，沈曦覺得並沒有怎麼費勁。倒是霍中溪，第一次體驗帶小奶娃，竟然搞得雞飛狗跳的，特別是他睡覺警醒，小霍痛精力又比較旺盛，一晚上醒七、八次，他一哭一鬧，霍中溪肯定是要醒的，幾天下來，劍神大人是嚴重的睡眠不足，眼眶下一片黑影。不過這樣一來，他更是心疼妻子了，因為妻子醒來的次數，和他是一樣的，甚至每次醒來還要餵孩子吃奶，只會比他睡得少，但她從來沒有抱怨過，白天還是一樣地帶孩子，這讓霍中溪不得不佩服沈曦的堅強和母愛的偉大。

小霍痛出生後，在觀察了十天，見大人和孩子都平安後，侍衛營的人就帶著御醫、穩婆們撤離了森林。森林裡，只剩下霍中溪一家和本我初心一家。

待他們都撤走後，森林裡的兩家人突然就傻眼了。沈曦正在坐月子，唐詩在懷孕，這飯菜誰來做呀？

唐詩堅持著做了幾天，可她的孕吐實在太嚴重了，基本上聞不了一點油腥味，後來甚至連廚房的門都不敢進了，一聞到廚房的味道就會吐。

兩個武神被逼無奈了，只得親自動手下廚。霍中溪以前長年生活在森林裡，還會做點簡單的飯菜，而本我初心是十指從未沾過陽春水，一點也不會做，讓他進廚房那就是一場災難。

於是，兩家的一日三餐，直接從御廚的滿漢全席降到了武神的陽春飯菜，讓坐月子的和正懷孕的兩個女人眼瞅著就消瘦了。兩個武神都心疼自己的女人，索性也不去練武了，見天地窩在廚房裡琢磨菜譜，力爭早日做出一頓可口的飯菜來，讓妻子吃得放心、吃得順口、吃得滿意！

這一天中午，霍中溪打獵未歸，唐詩待在沈曦房中，和沈曦一起照顧小霍痛，只剩下本我初心一個人獨自在廚房中切菜、切肉，準備大展身手。

切菜、切肉這類活兒，還是難不住刀法精妙的本我初心的，但怎麼把這些肉菜做成熟的，是一個問題，而怎麼把它們做成美味可口的食物，則是一個更大的問題。

鼓搗了一會兒後，本我初心才把灶膛裡的火點著了。刷鍋、放油，待油熱了，就把肉扔進去了，拿著鏟子翻炒了幾下，又手忙腳亂地去找醬油，待找到了醬油，回頭一看，鍋裡的肉都冒青煙了！正要搶上前去，忽聽得門口一個溫柔的聲音傳了過來——

「做飯是女人的活兒，我來吧。」

這聲音，本我初心再熟悉不過了。他微微一愣，那個身影已經接過了本我初心手中的醬油，哧啦一聲就倒進了鍋裡，然後鏟子翻炒的聲音嚓嚓傳來。

「妳以後不要來了，我有妻子和孩子了，我們之間已經沒有可能了！」本我初心搶過鏟子，發洩似地，嚓嚓嚓地使勁在鍋裡翻炒，力道大得快要把鍋捅破了。

「初心……」風纏月的眼中湧出了淚水，癡纏地盯著本我初心。

「二十多年，我真的累了，我現在只想平平淡淡地和我娘子過完下半生。我已經不年輕了，過了可以隨意揮霍的年紀了。」本我初心頭都沒有抬，拒絕的意思十分明顯。

風纏月從未受過這樣的冷落，她緩緩舉起手，似乎想要打本我初心，不過最後她還是控制住了自己的情緒，疾步出門，飛身而去。

五月二十八日，是霍痛滿月的日子，也是沈曦月子結束的日子。

晚上，待眾人散去後，霍中溪提來熱水，讓沈曦洗澡。

沈曦泡在暖洋洋的浴桶裡，一邊享受著霍中溪的服務，一邊低聲嘮叨。「我們那裡西方人從來不坐月子，生下孩子就去洗澡，洗完澡了就和平常一樣出去，該幹麼就幹麼，哪像咱們這裡，一個月不讓洗澡。冬天還好點，這大夏天的，身上都餿了，自己聞著都一股子酸味……」

霍中溪給沈曦擦著背，柔聲說道：「妳管別人幹麼？既然御醫說了讓妳一個月別洗澡，妳就別洗。生孩子時那麼疼，休養一下也是應該的。」

沈曦知道霍中溪是心疼自己，也就不再辯論這個問題，而是趴在了桶沿上，方便霍中溪為她搓背。

沈曦這一趴，優美的背部線條便顯露無疑，那纖細白皙的身體，讓霍中溪看得不由得喉頭發緊，下半身的小兄弟立時就有了反應。

「娘子，今天應該可以了吧？」已經憋了好幾個月的霍中溪，俯到了沈曦耳邊，輕輕咬了咬她的耳朵。

幾個月沒有歡愛了，想念著這碼子事的不僅僅是霍中溪。當霍中溪那灼熱的呼吸落在她的脖子上時，沈曦就感覺到自己的身體也在渴盼著眼前這個男人，完全顧不得本我初心會聽見。

得到了沈曦的同意，霍中溪一把將她從水中抱了出來，用布巾草草在她身上抹了兩下，將她帶到了炕上……

已經吃素了幾個月的恩愛夫妻，這一場歡愛是激烈異常。兩個人忘情地擁有著彼此，一次又一次地在對方身上得到滿足和慰藉，雖然中途被小霍痛打斷了幾次，但這無損兩個人的熱情，直直折騰到後半夜，兩個筋疲力盡的男女才相擁著睡去了。

沈曦是真正的睡熟了，可沒過多久，霍中溪卻又睜開了眼睛。

在這寂靜的黑暗中，一點點的動靜聲響都被無限放大了，在霍中溪耳中，本我初心房中的動靜，和在自己房中似的，並沒有太大的差別。

看來，自己剛才和沈曦的歡愛，讓聽了半宿的本我初心也忍不住了。好在唐詩三個月的安全期過了，做起來也應該沒什麼事。

霍中溪還是比較有品的，不願聽人家夫妻的房事，合上眼就想繼續睡去，可就在這一剎那，他聽到森林中傳來了一下壓制不住的重重呼吸聲。

霍中溪剛閉上的眼睛倏地睜開，身體立刻緊繃了起來，全身充滿警戒。

這一聲重重的呼吸，同為武神的本我初心若在平時肯定也會注意到的，可現在，沈浸在男女歡愛中的本我初心，卻很可能沒有聽到。

霍中溪仔細地傾聽著外面的動靜，過沒多久，在草木生長聲、蟲鳴鳥叫聲、樹葉沙沙聲中，又隱約地夾雜了一聲抽泣，還有水珠砸落在地面的聲音。

在本我初心低吼著說要唐詩的最後關頭，霍中溪聽到了一串微不可聞的腳步聲踩過了樹枝，快如疾風地向森林深處去了……

第二天一大早，重掌廚房大權的沈曦去做飯了，霍中溪帶著霍俠正在練武場上練劍，神清氣爽的本我初心也帶著本我迎出來了。

囑咐本我迎和霍俠去旁邊練武後，本我初心就湊到霍中溪面前，賤兮兮地取笑道：「你小子是素狠了吧？這一大晚上折騰的，就連聖人聽了也受不了啊！」

霍中溪瞥了他一眼，懶懶地道：「你也素狠了吧？昨晚你也折騰得不輕，小心點你娘子的身體。」

本我初心嬉皮笑臉地回道：「沒事，都是老江湖了，手下這點準還是有的。」

霍中溪本想和他說說風纏月的事，剛要出聲，就見唐詩手裡端著一盤菜，從廚房出來了，他立刻閉嘴沒提。

本我初心趕緊迎上去，接過唐詩手中的盤子，一臉關切地說道：「妳別動手了，這種事情喊我一聲就行了，妳現在要注意身體。」

唐詩沒有說什麼感謝的話，只是順手把盤子給了本我初心，夫妻兩人就進了屋。

霍中溪回過頭來，繼續監督著兩個孩子學武。

等飯菜都做好後，沈曦招呼他們去吃飯，霍中溪這才帶了孩子們回了屋。

才在椅子上坐穩了，小霍痛竟然醒了，還哭了起來，沈曦只得上炕去給孩子餵奶。霍中溪等人也沒等她，大家就先開動了。

大夥兒剛吃沒幾口，門簾唰地一下被人掀開了，面沈如水的風纏月像一陣風一樣捲了進來。一進屋，她也不說話，兩隻眼睛憤怒地盯著本我初心，那滔天的怒火，就連在炕上的沈曦都感覺到了。

「月兒？」本我初心有些不知所措地站起身來，擋在了唐詩面前。

「你們昨晚……你們昨晚……」風纏月一見到唐詩，臉上怒氣更盛，眼圈都被怒火燒紅了。她二話不說，一腳將飯桌踢飛，飯桌飛去的目標，當然是唐詩了！

本我初心一掌揮出，那桌子「啪」地四分五裂了，杯盤碗盞嘩啦碎了一地，湯湯水水灑得滿地都是，迸地而起的瓷片頓時四散飛濺。

在風纏月出手的一剎那間，霍中溪就擋在了兩個孩子面前，一招掃出，靠近的瓷片就被掄了出去，兩個孩子皆毫髮無傷。

孩子們沒事了，可坐在炕上抱孩子的沈曦就沒有那麼幸運了。饒是霍中溪反應再快，可瓷片的飛射也不過是一瞬間的事，在他保護完孩子後，只能眼睜睜地看著三個碎瓷片扎到了妻子的後背上！

「唐詩，去看我娘子的傷！」愛妻被傷，讓霍中溪怒火中燒，新仇舊怨加在一起，霍中溪再也不想對風纏月手下留情了，長劍出鞘，向著風纏月就刺了過去！

風纏月已經被妒火沖昏了頭，不管是誰來，統統都是一鞭揮出。

霍中溪看來是真想取了風纏月的性命，一劍緊過一劍，劍劍不留情，把風纏月壓得無還手之力，只能不斷倒退著防守。

兩人很快就纏鬥到院子裡去了，本我初心追到門口，緊張地看著兩個人打鬥，幾次三番想衝上去分開兩人，可那兩人拚了命的打法，讓他根本插不上手去。

正在他左右為難、焦慮不安的時候，忽聽得唐詩在屋中叫道——

「相公！你去把我放在櫃子裡的金創藥拿來，快一點！」

本我初心看了一眼打鬥的兩人後，迅速回屋裡拿藥去了。

霍中溪的武功本就比風纏月高，再加上這幾年霍中溪躲在森林裡一心練武，風纏月卻一直東奔西走地找尋本我初心，這一進一退間，原本的差距就拉得更大了。風纏月在霍中溪面前，根本沒有還手的餘地。

苦苦支撐的風纏月見到原本在一旁的本我初心竟然走了，不受重視的感覺讓她不由得更加憤恨，她怒吼一聲。「霍中溪，你竟然多管閒事，別怪我對你中嶽國不客氣！本我初心，你既然如此負我，就等著南嶽滅國吧！」

兩行血淚驀地從她的眼中流出，那淒厲悲慘的樣子讓霍中溪愣了一下，就在這短短一瞬間，風纏月向後一退，躍上了木牆。

「本我初心——」她如瀕死的夜梟一樣，悲嚎了一聲，踏著木梢，如一陣旋風般，向西南而去。

霍中溪沒有追她，而是收劍回屋，去看望被牽連受傷的妻子。

一進屋，霍中溪就感到一陣心酸。

妻子背上的瓷片插得很深，疼得已經是淚眼矇矓了。小兒子在哇哇大哭，才八歲的大兒子正手足無措地抱著他，嘴裡一個勁兒地叫著「弟弟不哭、弟弟不哭」，見弟弟一直哭個不停，他急得眼淚都快掉下來了。

霍中溪先來到妻子面前，見唐詩正對著那三塊瓷片發愁。

那塊大瓷片還好說，雖然插得深，但還露了一塊在外面，用手就能拔出來，但那兩塊小瓷片卻是深深地嵌入了沈曦的肉中，除非是用刀剜，否則很難取出來。

一見霍中溪進來了，唐詩連忙道：「你來取出瓷片，我去拿金創藥。」

霍中溪一見那瓷片嵌得如此之深，對風纏月的恨意更深，他緊緊握了握拳頭，心中暗暗發誓要將風纏月碎屍萬段，一定要為妻子報這個仇！

唐詩出得門來，正好看到本我初心拿著藥過來了。她接過藥，告訴他道：「你先別進去，霍中溪正給沈姊姊取瓷片呢！」

本我初心應了一聲，立在外面站崗。

唐詩拿來了金創藥入內，就見霍中溪坐到沈曦面前。

「娘子，忍著點。」霍中溪嘴上邊說著話，邊將手掌按在沈曦的胸前，猛然一發力，兩枚小瓷片如暗器般「嗖」地一下就從沈曦背上飛了出去，同時飛出去的，還有兩道鮮紅的血線，而與此同時，沈曦「啊」的一聲慘叫，已然疼暈過去了。

見妻子無辜受到如此傷害，霍中溪眼中憤怒的火苗越燒越旺，他狠狠咬了咬牙，強自壓下心中的怒火，伸出手指點住了沈曦幾個穴道，一言不發地接過唐詩遞過來的金創藥，厚厚地撒在了傷口上，然後拿了一條乾淨的長布巾，給沈曦牢牢地綁住了傷口。

將已經昏過去的沈曦側躺著放到炕上後，霍中溪趕緊從一頭大汗的霍俠手中抱過哭得小臉都已經發紫了的小兒子。

唐詩在旁邊說道：「他應該是餓了，剛才只吃了幾口。」

霍中溪只得撩開了沈曦的衣服，將兒子的小嘴湊到沈曦的胸前，扶著小傢伙側躺著吃奶。

小霍痛果然是餓得很了，小嘴一含住乳頭，立刻大口大口地喝了起來，那咕咚咕咚的嚥奶聲，讓霍中溪聽著都擔心，生怕小傢伙喝嗆了。

大概是母子連心吧，小霍痛剛吃了十來口奶，沈曦竟然悠悠醒轉了過來，雖然後背很疼，但她醒來後的第一個反應就是要坐起來抱著兒子吃奶。

霍中溪連忙制止沈曦。「不要亂動，妳背上的傷口剛處理好。」

沈曦低下頭看看正咕咚咕咚吃奶的小兒子，也就沒敢再動彈。

「娘子，是不是很疼？妳後背上的瓷片都拿出來了，沒有大礙，就是這幾天不能仰躺著睡覺。」看著稍微一動就疼得齜牙咧嘴的妻子，霍中溪心疼得心口都酸了。

沈曦強忍著疼痛，勉強笑道：「還好，不是很疼。」一轉眼卻看見霍俠竟然站在霍中溪後面抹眼淚，她不禁愣住了，然後頓時緊張了起來。「小俠，你怎麼哭了？是不是也有碎瓷片迸你身上了？」

小霍俠一聽到娘親這關切的聲音，原本的無聲抽噎頓時變成了嚎啕大哭。「娘——我以後一定不貪玩了，我要好好練武，長大了我替妳打壞人，肯定不會讓妳再讓人欺負了！」

霍俠哇哇哇的哭聲極大，看來沈曦的負傷，讓小霍俠產生了失去娘親的巨大恐懼。見兒子哭了，沈曦也撐不住了，她招呼著霍俠過去，眼中也流出了淚水。她忍著背部的疼痛，艱難地抬起胳膊，輕輕拉著霍俠的手，故作堅強地道：「小俠乖，不要怕，娘沒事。」

小霍俠見娘親也流淚了，更是止不住地大哭了起來。

子啼妻泣，此情此景，縱是鐵漢也受不了，霍中溪的眼睛一下子就濕潤了。他一隻手托著小兒子，騰出另一隻手，將霍俠也攬在懷裡，欣慰地說道：「咱們小俠，真是長大了！」

看著沈曦一家如此親密恩愛，唐詩沒有打擾這相親相愛的一家人，抱起了本我迎，默默地退了出來。

出得屋門，本我初心立即迎了上來，接過了她懷裡的本我迎。

唐詩看著體貼的本我初心，暗暗想道：其實自己家也不差，如果這個男人沒有和風纏月有過一段情的話……不過他既然沒有再和風纏月和好的意思，那就湊合著過吧！

風纏月盛怒離去，臨走前放下的狠話讓霍中溪很是擔心。她雖然打不過霍中溪，但要隨便殺中嶽國的人洩憤還是輕而易舉，甚至，如果她想直搗皇宮殺掉安修慎，也不是難事。作為中嶽國的保護神，霍中溪自然不可能放任這種事情發生。

可眼下妻子負傷，兩個兒子又小，讓他實在不放心就這樣離開家。最後，霍中溪和本我初心商量，說他必須回中嶽看看，這裡的一切就暫時拜託本我初心了。

本我初心自然是答應了。

在他臨走前，本我初心幾次想要和霍中溪說，讓他給風纏月留條生路，可幾次都欲言又止，最終還是沒有開口。風纏月畢竟傷了霍中溪的妻子，再加上當著唐詩的面，他實在說不出來。

安頓好家中的事務後，霍中溪戀戀不捨地看了一眼妻兒，就心急如焚地躍上了樹梢，幾個縱躍就消失在了森林深處……

霍中溪走後，本我初心變得有些煩躁。

在猶豫了兩天之後，他終於還是向唐詩說道：「我得去看看，不管他倆誰輸誰贏，總會引起兩個國家的動盪，我怕會波及南嶽，我必須回去坐鎮。」

他的理由確實很充分，唐詩沒有拒絕的餘地。

臨行前，本我初心一再叮囑唐詩。「妳和弟妹要緊閉門戶，不要輕易出去。妳是有孕在身的人，不要進出森林了。小心身體，哪兒也不要去，好好等著我回來。妳放心，我和她不會有什麼事的，過去的事兒我不會再提了。兒子都這麼大了，我已經收心了。」

在得到了他的保證後，唐詩點頭答應了。

於是，本我初心也追隨著霍中溪的腳步，離開了森林。

本我初心走了以後，森林中就只剩了沈曦母子三人及唐詩母子二人。

由於沈曦受傷，生活的擔子就全落到了懷孕的唐詩身上。

洗衣、做飯、照顧小霍痛、看管兩個頑皮的男孩……唐詩天天忙得團團轉。

本不想事事都勞煩唐詩的，可沈曦的傷口太深，實在不敢輕舉妄動，只得一再地囑咐兩個男孩不要跑遠了，不要給唐詩添麻煩。

晚上的時候，兩個男孩仍是在一起住。唐詩則搬過來和沈曦母子一起住，晚上要起來好幾次，幫助沈曦給小霍痛餵奶。

忙裡忙外又睡不好覺，短短幾天，唐詩就瘦了下來。

沈曦對唐詩非常的感激，若不是有傷在身動彈不了，怕是就要拉著唐詩斬雞頭、燒黃紙，結為異姓姊妹了！

在唐詩的精心照料下，沈曦的傷好得很快。

沈曦在傷口好得差不多了之後，就趕緊讓唐詩休息，自己反過來照顧她。

兩個女人在這森林深處互相扶持、互相照顧，日子過得倒也平靜。

這天，兩人在閒聊，沈曦問唐詩道：「以後你們有什麼打算呢？」

唐詩想了想，說道：「看情況吧。若他和那個女人仍是有什麼事兒，我就帶著小迎回覓君山；若他未變，就看他想去哪兒吧。」

想想本我初心和風纏月的糾纏，沈曦就知道唐詩對本我初心還是有點不放心，不由得寬慰起唐詩。「我看本我初心表現挺好的，一直都很護著妳，沒和風纏月有什麼事兒。你們兒子都有了，他這麼大歲數了才有孩子，肯定愛得和什麼似的。妳別多想，過不了幾天他們就會回來了。」

唐詩笑了笑，沒有說什麼，而是問沈曦道：「沈姊姊，你們還打算繼續住在這森林裡嗎？」

「可能不會了。小俠大了，總得出去見見世面，也得正經地找個先生教他識字了。再說了，妳要是走了，這裡沒大夫了，我怕萬一日後孩子生個病啥的，會出意外。等我相公回來後，我們再商量商量，沒準兒會回劍神山去。」這一次的懷孕生子和意外受傷，讓沈曦意識到了沒有大夫在身邊，是一件很不安全的事情。

「那好，以後我要是想找妳，就不用跑這麼遠的路來了。」

「好，以後咱們一定要常來往！等有時間了，我們也會去南嶽找你們玩的。」

就這樣，兩個武神夫人訂下了友好往來的協議。

大概半個月之後，霍中溪和本我初心一起返回了森林。

沈曦看看他們身後，驚訝地問道：「風纏月呢？不會真殺了吧？」

霍中溪指了指本我初心，道：「給他留了點面子，沒殺，打殘了，讓人送回東嶽去了。」

本我初心向霍中溪拱拱手。「多謝多謝！救她一命，我就對得起她了，以後也就不再欠她什麼了。」然後拉過唐詩的手，笑嘻嘻地說道：「娘子，咱們回南嶽吧，我得給妳一個武神夫人應有的氣派婚禮！」

唐詩一甩手，將本我初心的手甩了出去，不過微紅的臉頰，顯示出了她的好心情。

過沒幾天，本我初心就帶著唐詩和本我迎前來告辭。

這一次，倒沒有多傷感，因為沈曦一家也即將離開森林了。

不過因為多了一個孩子，霍中溪不能用輕功帶著三個人趕路，只得等安修慎派人來接了。

「唐詩，有空去劍神山找我們！到了南嶽安定下來後，記得捎封信給我！」

「知道了，沈姊姊再見！」唐詩的聲音，遠遠地從樹梢傳來。

本我初心一家走了以後，沈曦就開始收拾家中的東西。

把衣服、被褥都放到了衣櫃裡；把糧食都放到大布袋裡紮好；各個空房的門窗也都關好釘嚴了；還有……還有……

望著這個自己親手建立起來的家，沈曦心中充滿了不捨。

霍中溪將妻子摟入懷中，安慰她道：「不用捨不得，以後空閒了，咱們就再回來住。」

沈曦回抱住霍中溪，感慨道：「以後再說吧，只要咱們一家人在一起，哪兒都是家。」

霍中溪的吻，落在了妻子的額頭上。

在炎夏消退，涼風乍起的時候，霍中溪和沈曦帶著孩子們離開了他們居住了快六年的森林。

京城城西的劍神山，第一次迎來了它的女主人。

——全書完

番外一　霍中溪

霍中溪是在森林裡長大的，他的師父是一位清瘦嚴峻的老者。

師父話極少，除了教霍中溪武功、吩咐霍中溪做事以外，從不開口說一點廢話。

他整天窩在木屋裡，練內功、寫字作畫，幾乎足不出戶，只有每天夜半時，才會如鷹一般飛進森林，在森林中激起沖天劍氣。

師父似乎無慾無求，也似乎心事繁多，唯一的嗜好就是喜歡喝酒，但卻又怎麼也喝不醉。

霍中溪很小的時候就生活在師父身邊，他不知道自己的來歷如何，也不知道自己的父母是誰，他雖然也很想知道自己的身世，但他卻從未開口問過。

師父那如刀的目光，每每看過來時，都讓霍中溪覺得，還是不問的好。

霍中溪的童年時代、少年時代都在森林中度過，除了師父，他沒有見過一個外人。好在森林中最不缺的是各種鳥獸，霍中溪覺得寂寞時，就會捉來幾隻小動物，和牠們做朋友，說著無法向師父訴說的悄悄話。冬天的時候，他經常抱著一些小獸睡覺，身邊有一個溫暖的伴，是霍中溪在寒冷的冬季夜晚中，唯一的慰藉。

師父是隱世的高人，不知是不會做飯，還是不屑於做飯，霍中溪不知道自己小時候師父是怎麼把他餵活的，只知道從他懂事後，就自己捉魚、捉鳥，尋瓜、覓果來果腹。春、夏、秋季還好一些，總能找到吃的，但大雪封山的冬季，卻著實讓他吃足了苦頭。若不是師父時不時地扔些野雞、野兔給他，恐怕他早就被餓死了。每當餓肚子，霍中溪就會想，等自己長大了，一定要去捉一個會做飯的人，專門讓他給自己做好吃的，自己就再也不會挨餓了。

那時候的霍中溪，還不知道這世上有一種人叫廚子。

十四歲，霍中溪武功初成，師父讓他去鎮子上找一個叫莫祺的人拿酒。

懷揣著對外面世界的憧憬，霍中溪激動地狂奔三天三夜，終於找到了那個小鎮子。

剛進城的霍中溪，不住地打量著這個對他來說十分新奇的世界。

他們的房子竟然不是木頭的，是用什麼做的牆呢？為什麼有的牆是青色的，有的卻是黃泥糊的呢？他們的房頂也不是草泥的，蓋的那一片一片青色的東西是什麼呢？

還有街上，那些穿紅掛綠的人，怎麼長得和他不一樣呢？她們腰肢細細、膚白軟嫩、胸前鼓鼓，難道這就是書上說的「女人」？

還有……

還有……

僅僅是一個邊陲小鎮，就已經讓剛出森林的霍中溪目不暇給了。

霍中溪在街上轉了好久，每一件東西、每一個人、每一座房子、每一棟建築，甚至花花草草、小貓小狗……都讓他新奇好久。

當他去摸一個小攤上的面具時，那攤主凶惡地喝道：「三十文一個，有錢拿走，沒錢滾開！」

霍中溪下意識地問道：「什麼是錢？」

那攤主一臉輕蔑地笑看他。「連錢都不知道，你是從哪兒來的野小子？快滾快滾，別在這兒耽誤大爺的生意！」

他的惡語相加，雖然讓霍中溪感覺到了氣憤，但他只是攥著拳頭走開了，沒有衝上去掀人家的攤子。那人只是個小人物，腳步沈重、身體虛浮，自己一拳就能打死他，沒必要和這種如草芥般的人計較什麼。

經過這人一鬧，霍中溪也沒什麼心情觀察這個小鎮了。他打聽到了莫祺所在的「如歸酒家」，就逕自去見對方了。

莫祺是個五十多歲的老人家，看年紀應該比師父還要小一些，說話聲音響亮得很，走起路來虎虎生風，霍中溪一看就知道這位莫祺應該武功不低。

當聽清霍中溪的來意後，莫祺用那蒲扇般的大手用力地拍了拍霍中溪的肩膀，哈哈大笑。「原來你就是風來的徒弟呀！小娃娃，叫我莫老伯就行了！你先在這兒玩幾天，等我把東西備好，你就可以拿走了！」

晚飯的時候，莫祺特意做了一桌好菜款待霍中溪。

霍中溪第一次知道了，原來外面的飯菜這麼好吃，不是烤熟就好了。那一頓飯，霍中溪整整吃了八個白胖胖、軟乎乎的饅頭，還掃蕩了一桌子的飯菜。

晚上睡覺的時候，霍中溪也第一次知道了，外面的被褥很柔軟、很暖和，比抱著小狐狸睡覺還柔軟、還暖和。

霍中溪在小鎮上逛蕩了好幾天，待莫老伯將東西準備好後，他不敢違了師命，只得戀戀不捨地回去了。

回去之後，外面的世界不停地在誘惑他，給師父買酒，成了他最喜歡的事情。

慢慢地，他學會了獵取野獸換錢，也學會如何買賣，當他第一次數著自己親手賺得的三百文錢時，心中的那份喜悅，在多年後他還清晰地記得。

霍中溪十七歲時，在一個風雨交加的夜裡，他的師父忽然闖進他的屋裡，一邊往嘴裡灌著酒，一邊說了一句話——

「成為武神之前，不得離開森林。」

在霍中溪點頭後，他就歪歪斜斜地走了。

待第二天霍中溪去給他送飯時，只看見他穿得整整齊齊地躺在床上，手中緊緊地攥著一張紙，身體已經僵硬了。

那紙是淡粉色的，畫滿了淺淺的梅花，有的地方似乎被水沾染過，已經泛黃，但紙上卻空無一字。霍中溪去拿他手中的那張紙，師父卻攥得死緊死緊的，霍中溪沒有硬要把那紙拿下來，既然師父喜歡，就讓他帶著去吧。

霍中溪挖了個坑，用棉被把師父裹上，就這樣埋葬了師父。

師父去了以後，森林中更加的寂寞。

霍中溪卻不知為何，不再嚮往外面的世界了，而是一心一意在森林中練起武來。除了三個月一次去莫老伯那裡取日常用的東西、和莫老伯聊聊天以外，他不再做任何多餘的事情。

莫老伯不知和師父是什麼關係，在師父死後，他並沒有離開那間小酒店，而是繼續給霍中溪提供物資。不管霍中溪要什麼，他都會很快就準備好，而且從不收錢。

霍中溪也曾問過他為什麼，莫老伯卻說，等他成為武神的那一天，他會告訴他有關他師父的事。

為了早日知道那個神秘師父的過往，霍中溪開始不要命似的練武。

森林深處人跡罕至，心無旁騖、耳無紛擾的霍中溪在武學上進程極快，幾乎是一日千里。

在他二十四歲時，他終於突破了那層境界，成功晉升為武神。

成為了武神後，霍中溪所做的第一件事，就是在師父的埋骨之地，一絲不苟地演練了一遍劍法，以此告慰師父的在天之靈。

當看到霍中溪終於晉升為武神後，莫老伯高興地流淚了。

他做了一大桌好菜，還拿出一罈陳年老酒，與霍中溪一醉方休。

大概是醉後吐真言吧，霍中溪終於從莫老伯嘴裡，聽到了師父的過往。

師父是中嶽國唯一的武神，一直默默地保護著中嶽國，只不過，因為一段傷心情事，師父再也不願踏入這紛亂紅塵半步，所以，他一直隱居在森林深處。

霍中溪想，那張信箋，大概就是與師父有過一段往事的女子留下來的吧。師父的愛情故事，霍中溪並未過多的去瞭解。

有些事情，既然已經逝去，就沒有必要再翻出來晾曬在世人面前了。

何況師父和莫老伯也並未讓他去找誰報仇，可見當初那段感情，並沒有和深仇大恨扯上什麼關係。

既然往者已逝，那段情事，就讓它隨師父徹底埋入土裡吧！

莫老伯曾是師父的劍僕，在師父歸隱森林以後，就在這森林邊緣最靠近師父的地方，守候著師父，慢慢地也就成了皇室和師父的聯繫人。

在師父去世後，莫老伯仍是守在這森林邊際，繼續守候著已化為白骨的主人，以後，若霍中溪還住在森林中，他還會繼續做著新武神與皇室間聯繫的橋樑。

那一夜，莫老伯和霍中溪喝了許多的酒，也聊了許多的往事。

沒有什麼太多的疑問，也沒有太多的傷感，霍中溪在瞭解了武神所要擔負的責任後，他什麼也沒說，只是默默接過了師父肩上的擔子，開始保護這個師父保護了一生的國家。

莫老伯帶霍中溪去了京城，在那裡，他見識到了什麼是榮華，什麼是富貴，什麼是天子腳下，什麼是一呼百應。可霍中溪不喜歡那裡，長期在森林中與野獸為伍，他有著野獸般的本能和敏感。在那人人稱羨的京城裡，霍中溪感覺到的是遍地虛偽，就連皇宮裡的貓，都帶著股小心翼翼。

後來，霍中溪離開了京城，帶著師父留給他的那把劍，遊歷四方。比起那些虛假的繁華，他更喜歡真實的山水。

只不過，有一點讓他很厭煩，那就是北嶽的兩個武神，會時不時地來偷襲他。

霍中溪雖然從不枉殺無辜，但不代表他可以忍氣吞聲。

在一次伏擊之中，蘇烈和洪峰成功地激起了霍中溪在森林中養出來的野性，那種拚命的打法，讓蘇烈膽怯了，膽怯的後果，就是手慢了，手一慢，頭就沒了。

殺死蘇烈的代價，則是被洪峰的烈焰刀從左胸到右腹橫貫出了一道深深的傷口。那一刀，深深地劃開了他的身體，幾乎能看見內臟。

霍中溪則趁著洪峰的烈焰刀沒收回去的空檔，一劍削斷了洪峰的一條腿。

斷了腿的洪峰自然追不上霍中溪，霍中溪成功地帶傷逃脫。

霍中溪以前在森林中，和無數的猛獸搏鬥過，身上受傷無數，但從沒有一次傷得這樣重。

幸好森林生活磨練了他，讓他認識許多生長在野外的藥草，他找到了許多止血消腫的藥材，這才救回他一條命。

霍中溪本想回劍神山養傷，卻不料洪峰回到北嶽後，發出了武神令。北嶽國無數高手紛紛湧入中嶽，開始搜尋他。

霍中溪自小與野獸為伍，對危險的嗅覺無比敏銳，何況在原野山林裡這些地方，他比任何人都要熟悉。但，這些優勢，並不代表著他可以躲得過所有人的追捕。

來自北嶽疾風樓的那個冷冰冰的女人，就如同附骨之蛆般，無論如何他都擺脫不掉。
更加糟糕的是，那個女人還精通毒術。
在無聲無息中，霍中溪就著了她的道，他只覺得眼睛越來越畏光，身體越來越僵硬。
但霍中溪從未有過一絲想倒下的念頭。
他的身後，還有整個中嶽國需要他保護，他還不能死。
於是，霍中溪邊逃邊開始收集劇毒之物。
當他的眼睛已經快要看不見任何東西，身體也麻木了一大半時，他在黑暗裡躍進了一個小鎮，隨意找了間空宅就藏了起來。
又渴又餓的霍中溪，掙扎著僵硬的身體，從廚房那不知落了多少灰塵的水缸中舀了一碗骯髒的綠水強喝了下去，又摸索著翻出了小半袋生米，沒有時間煮成熟的了，他生嚼了幾口，就拎著米回到了房間。
僵硬地坐在那冰冷的炕上，他的手裡，扣著一枚抹了好幾種劇毒的針。
後半夜的時候，那個叫毒靈仙子的女人，果然又一次追來了。
沒有一句言語，她出手就是殺著。
而霍中溪，只是輕輕向她彈出了那枚毒針。
用毒之人，常常會以身試毒，體內不知積聚了多少種毒，他們還能像正常人一樣活著，不過是因為他們體內的毒一直處在平衡之中罷了。
霍中溪的那枚劇毒之針，一下子就打破了毒靈仙子體內的平衡，引起了毒藥反噬，毒靈仙子當場倒地身亡。

在確定了毒靈仙子真的氣息全無後，霍中溪長長地出了一口氣。

他僵硬著身子，在毒靈仙子身上搜了一遍，但除了毒藥，這個女人竟然連一份解藥都沒帶！

霍中溪失望極了，只得又坐回到炕上，開始運功逼毒。

毒靈仙子的屍體他沒有力氣去掩埋了，反正現在天氣正冷，也放不壞，暫時就先讓她躺在那兒吧！

毒靈仙子的毒，比一般的毒難纏多了，霍中溪運內力逼了一天一夜，竟然連一點鬆動的意思都沒有，這讓他有些惱火。

身體的疲憊和睏倦，讓他無法再繼續，他現在需要的是休息。

拽過旁邊那條又髒又薄的被子蓋在身上，霍中溪很快就進入了睡眠。

夜半時分，霍中溪忽然被一種危險的感覺驚醒了，當他用耳朵傾聽著這四周的一切時，卻驚奇地發現，毒靈仙子的身體裡，竟然又傳來了微弱的呼吸！

這怎麼可能？

霍中溪如臨大敵，握緊了手中的劍。

借屍還魂嗎？

霍中溪沒覺出害怕，當他手中有劍的時候，他不懼怕任何力量。

借屍還魂，這可是千年不遇的事情，自己應該看個仔細！

還要再仔細看看，那毒靈仙子會不會再回來爭奪這個身體。

這個借屍還魂的女人很勤快、很愛乾淨，而且對人很熱情，沒有一點戒心。

好笑的是，她竟然以為他們是夫妻，竟然真的像妻子對待丈夫一樣，對待他這個「又聾又啞又瞎」的丈夫。

她為他洗澡，為他買新衣服，為他做好吃的。

不知何時起，霍中溪的心口，竟然覺得暖暖的了。

在他三十四歲的生命裡，還沒有一個人，如此體貼細緻地照顧過他。

從來沒有人管他冷不冷、管他餓不餓、管他睡得好不好？

別人都有親人關心，獨獨他自己，什麼也沒有，這麼些年來，就這樣形單影隻地在這個世界上遊蕩。

現在，竟然有人為他買新衣服、為他買新被褥、為他做飯、為他洗澡……

這種感覺，很不錯。

她天天忙得團團轉，又賣粥、又做飯，還和人家學織布、學裁衣。

她並不笨，學得還挺快的。

不過，她調戲人的本事，卻學得更快。

洗澡時在他身上摸來摸去。

晚上經常縮在他懷裡睡覺。

還時不時地摸他的肚子，偷吻他的唇！

這個女人如此隨便，實在有傷風化，有傷風化！

……算了算了，看在她平時待他不錯的分上，摸便摸吧，反正他又不會少塊肉……

大年三十這天，她從一大早就開始忙碌。

霍中溪聽著她忙忙碌碌地進進出出，胸口微微地熱了起來。

有這個女人後，這個破舊的房子，似乎就不再冷清了，似乎就有點像家了。家……

從出生到現在，他就沒有過家。

沒有人管過他，沒有人關心過他，餓了只能自己隨便找點吃的，冷了隨便弄件衣服裹在身上就行了。

從來沒有人，像這個女人一樣，為他做飯吃、為他做衣服、為他洗臉、為他洗澡……把他照顧得如此周到。

這是一個好女人，沒有因為他有「殘疾」而嫌棄他。

「來，嚐嚐姊做的孜然羊肉，好吃不？就是這裡孜然不好買，我費了好大的勁兒才買到的呢！」她塞了一些肉在他嘴裡。

霍中溪細細品嚐著，滿口濃郁的香味，肉也嫩得很，竟然又是一道他沒吃過的菜。

這個女人，手藝真好，沒得說。

把她捉回去，一定要把她捉回森林去，讓她給他做一輩子飯！

她的人緣可真好，竟然有好多人來給她拜年，不過聽那嘰嘰喳喳的聲音，都是女人，一個男人也沒有。

不知為何，霍中溪心中一陣竊喜。

心情愉快的他，雖然知道有好多女人在肆無忌憚地打量他，但他很大度的沒和她們一般見識。

下午的時候，她出去拜年了。

回來後，竟然抓著他的手往她臉上按。

「相公，快給娘子揉揉臉，娘子我笑得臉都痠了。」

她笑得真壞，這個、這個……不正經的女人！

不過她的臉可真滑呀，摸著很舒服……

當他的手滑過她嘴邊的時候，她卻忽然在他的手心親了一下。

啊？怎麼回事？

霍中溪嚇了一大跳，當聽到那個女人的壞笑時，他就明白她是故意在調戲他！

這個女人……這個女人！

溫熱的呼吸忽然靠近了，軟軟的唇吻到了他的唇上。

霍中溪頓時就慌了。

霍中溪徹底地亂了，就在這個女人吻住他的時候，他驚慌地發現，跟了他三十幾年的身體，竟然變得如此陌生。

血管裡的血，似乎沸騰了一樣，像滾燙的熱流般在全身遊走，走到哪兒，就將那燥熱帶到哪兒。

已經抱住了他的這個女人，怎麼會這麼軟、這麼香？

他忍不住想要去抱她，想要把她揉碎了，揉進心裡去……

日子照樣的過，可那個女人卻似乎調戲他上癮了，總會時不時地偷吻他一下，拉拉他的手、貼貼他的臉，霍中溪表面上不動聲色，內心裡卻是在反覆交戰。

我是武神，我要一心向武，定力、定力！

這個女人的身子真軟啊，好想抱一抱……

幾個月的同床共枕，霍中溪在不知不覺中，已經習慣了那個女人的存在。

晚上睡覺的時候，總習慣讓她枕著他的胳膊，也習慣了她像小貓一樣往他懷裡鑽，更習慣了身邊這個女人的溫度。

和她相擁而眠，讓霍中溪度過有生以來最溫暖的一個冬天。

正月十五，吃罷元宵，她又餵他吃了好多橘子，嘀嘀咕咕地說要用橘子皮去做小橘燈。

橘子皮怎麼做燈？

聽著外面孩子們沸反盈天的叫聲和她溫柔愉快的話語，霍中溪坐在炕頭上，不由得笑了。

孩子們逐漸散去後，她也收拾東西關了院門。

一陣洗漱後，她帶著冷氣鑽進了被窩。

她身上可真冷，看來這小半宿，她在外面凍得可不輕。

這個壞女人，竟然把那麼冰的手伸到他的身上，真涼！

霍中溪伸出手，想把這個壞女人的手推開，她卻反握住了他的手。

然後，他聽到她說──

「瞎子，我們要個孩子吧！」

要孩子？他和她？

霍中溪被她這句話徹底嚇傻了，好一會兒都沒有回過神來。

他要孩子幹什麼？他一心向武，他不能……

孩子。

孩子……

一個可以姓霍的孩子，一個可以延續他血脈的孩子。

叫他爹爹，叫她娘親。

那麼，她就會是他的家人了。

她就再也不會離開他了。
不用捉她，她也會乖乖地和他回森林，給他做一輩子的飯，照顧他一輩子……
再往下，他無法再思考了。
因為那個女人，已經趴到他身上來了。
她的唇在他的身上到處點火，他的呼吸很快就亂成了一團。
她的手牽引著他，摸到了一片柔軟。
轟的一聲，霍中溪的身體內，湧起了滔天火焰……
原來男歡女愛是這樣的動人心魄，那種恨不得將自己的身體和對方的身體融化在一起的感覺是這樣美妙。
身下這個女人的嬌吟，讓他要了一次還想要，還想要，還想要！
霍中溪徹底瘋狂了。
武神的定力，早就不知道扔哪個角落去了。
事後，當感覺到她筋疲力盡地躺在自己懷裡時，霍中溪心中沒有一絲懊悔，有的，只是作為能讓女人滿足的男人那種特有的驕傲！
怕過了毒給她，霍中溪沒有太頻繁的和她歡好。
不是不願意，而是怕害了她。
霍中溪從來不知道，自己原來是一個如此沈迷女色的人。

每當聽到她那低吟輕喘，每當感覺到她的身體為自己顫慄，他就恨不得把她吞下肚去，徹底地擁有她。

這種無法自控的感覺，讓他有些害怕，卻又讓他欣喜。

自從兩人成了真正的夫妻後，她對他更好了，而他對她，也隱隱生出了一分牽掛。她去擺攤賣粥，稍微回來晚了，他就會擔心她是不是出事了？只有等到她回來，一直亂想的心才會平靜下來，然後耳朵卻又開始忙碌了起來，忙著傾聽她的一舉一動。

每每這個時候，霍中溪都想強迫自己集中精神運功，可像以前那樣無罣無礙的境界，卻越來越少出現了。

這說明了一個連霍中溪都不願承認的事實：他越來越在乎這個女人了！

不知為何，她去看了大夫，然後抓來了好幾包藥。

霍中溪雖不懂醫，但他認識不少藥草，他仔細聞著空氣中的氣味，大概分辨得出，這是解毒的草藥。

看來，她終於感覺到身體不對勁了，去看了大夫。

毒靈仙子長期以身試毒，體內不知積了多少毒素，要清除這些毒，並不容易。

她喝了好多天的藥，然後開始肚子疼。

生病的人大概比較脆弱吧，她竟然嗚嗚地哭了起來。

那傷心欲絕的哭聲，讓霍中溪的心情也變糟了。

他很想過去抱住她，將她擁入懷裡，安慰她、親吻她，可他不敢。

她本就如此傷心了，他又忽然會說話了，這會讓她喜出望外，還是讓她怒火中燒？

喜出望外的結果，就是會追問他的來歷、她的來歷，在得知他們不是夫妻而是敵人後，能不能再與他相守還是個問題。

怒火中燒的結果，就是恨他欺騙了她這麼長的時間，一怒之下一走了之。他的眼睛還看不見東西，萬一她真跑沒影了，他很難找得到她。

想來想去，還是暫時按兵不動吧！等眼睛好了，再找一個合適的時機告訴她吧，那時候哪怕她不願意，想逃跑，他也能追得上她。

想雖是這樣想，可聽到她傷心的哭泣時，霍中溪心裡還是很難受。

他怕自己控制不住自己的胳膊去抱她，因此他默默地給自己點了穴。

晚上睡覺的時候，她讓他幫她揉肚子，這正是他求之不得的事。藉著揉肚子的機會，霍中溪將內力輸進她的體內，幫她往外排毒。

這是他僅能給她的關心和體貼了，儘管她不知道……

春天來了以後，她經常牽了他去院子中曬太陽。

她讓人做了把能躺在上面的椅子給他，這東西，躺上去曬著暖暖的陽光時，真的很舒服，這讓久悶在屋裡的霍中溪愛不釋手。

他在躺椅上躺著，她就在旁邊整地栽菜。

她絮絮叨叨地和他話著家常，說一些集市上的趣聞，說一些栽菜種菜的難題，說一些張家長李家短……

她有時偶爾會調戲他，霍中溪可以想像她偷腥成功時那得意的笑。為了讓她不再欺負他，他偶爾也會反擊一、兩次，不過反擊的結果相當不成功，他總是低估了那個女人臉皮的厚度。

白天有她相陪，晚上有她相伴，如此的平凡而幸福，這種日子，霍中溪過得十分滿足。甚至有時候他想，若洪峰不再找麻煩，他以後就不再露面了，只專心地陪她到老，這樣，也很好。

但他知道，洪峰不是那樣容易放棄的人，所以，他加快了逼毒的步伐。

果然，他的預料沒有錯。

端午節過後，她緊張地回來了，帶來了一個不好的消息：洪峰要對中嶽開戰了。

她似乎沒有經歷過戰爭，嚇得在他懷裡直哆嗦。

他緊緊地摟著她，想要告訴她不要害怕，他有足夠的能力保護她。

可一想到自己那仍舊沒有復明的眼睛，他還是壓下了告訴她真相的念頭。

自己眼傷未癒，若帶傷上戰場，沒準兒會不敵洪峰，死在洪峰的刀下。

與其讓她知道真相後對自己的死傷痛欲絕，不如就讓她認為是一個瞎子失蹤了吧。

一個不能說、不能聽、不能言的瞎子，總比一個正常人容易讓人遺忘，帶給她的傷痛應該也會小一些吧……

這個女人，很有韌性，雖然很害怕，但她還是想盡了辦法去面對即將到來的亂世，她買了好多糧食，一一埋入了院子裡。

每當深夜聽到她在院中輕輕挖土埋糧食的聲音，霍中溪心中就十分難過。

他是一個男人，在這個關鍵的時候，竟然沒有辦法保護自己的女人。

他想過要帶她回京城，將她放到安修慎的身邊，她應該會安全許多。

可後來又一想，萬一自己戰死，中嶽必將淪喪，安修慎的身旁反而最危險，畢竟皇宮總是滅國時最首當其衝之地。

不如就讓她藏在這茫茫人海中，雖說不見得安全，但最起碼不會受人注意，平民百姓總比已死劍神的妻子更容易保命。

霍中溪開始沒日沒夜地逼毒。

只是不知道毒靈仙子用的是什麼毒，好像黏黏糊糊的漿糊一樣，始終無法從體內清除掉，這讓霍中溪的進展十分困難。

實在沒有辦法了，霍中溪某天晚上點了那個女人的睡穴，拖著仍有些僵硬的身體去藥鋪裡找一些藥物來解毒。

這個偏僻的地方，藥鋪只有一家，店裡的人都逃走了，藥材也所剩無幾。霍中溪只得又翻了幾家大戶人家，想找到一些能用得上的藥。好在這是亂世，幾乎每家都會儲存一些藥材來保命，霍中溪倒真找到幾味好藥，但只是解除了身體的僵硬麻木，眼睛仍是畏光，看不清東西。

世道越來越亂，那個女人把門牢牢堵死，閉門不出了，每當聽到一個壞消息時，都會嚇得夜不能寐，緊緊地往他懷裡鑽，似乎他的懷抱，可以為她遮風避雨一樣。

霍中溪會緊緊地摟住她，給她片刻的溫存和安全。

同時，他在心中暗暗發誓，他一定要擊殺洪峰，哪怕是拚了一死，也要讓懷中的女人不再害怕恐懼，讓她平平安安地活下去！

霍中溪日夜不休的運功逼毒終於有了成效，他眼中的毒液，終於讓他逼出了一半多。可毒汁剛淌出來，她竟然醒了，然後看著他眼睛流血的樣子，焦急大哭。

怕她碰到這毒汁，霍中溪趕緊自己擦掉了。

自己一個練武之人可以用內功逼毒，她這個普通人碰到，便只有喪命的分了。

聽到她為自己擔心，霍中溪心中有幾分欣喜，但更多的，還是酸楚。

自己枉為武神，竟然連自己的女人都保護不了，真是沒用至極！

有人陸續餓死了，當鄰居也餓死了後，那慘烈的情景讓她倍受刺激，當夜就發起了高燒。霍中溪摸索著翻出一些生藥泡成水，一口口餵她喝了下去，好在還有作用，燒了兩天的她竟然真的退燒了。

看著燒得不斷胡說的女人，霍中溪緊緊地攥緊了拳頭。

如果，如果他還能活著回來，下半輩子，他一定會好好地保護這個女人，不再讓她受一點驚嚇，他要一輩子保護她，讓她每天都快快樂樂地活著！

她偷偷給隔壁送米的事情終於暴露了，夜裡有人翻過了院牆。

當那麼多人來到院牆外時，霍中溪就已經聽到了，他的手，慢慢摸到了炕蓆下的劍。

萬沒想到，她竟然也驚醒了，坐起來就要往外面跑。

她不要命了嗎？就憑她這樣一個弱女子，哪是那些人的對手！

霍中溪一把將她拽回來，控制著力道，把她磕暈了。

然後霍中溪抄劍而起，那幾個歹人立斃劍下。

怕她醒來後被屍體嚇到，霍中溪拎起兩具屍體躍出了城，把屍體扔去了城外的亂葬崗。

一連走了幾次，他才將屍體運完。

眼睛雖然沒有完全痊癒，但已經模模糊糊能看見東西了。

中嶽情勢已經很壞了，自己必須要趕去戰場。

霍中溪返回家中，抱起那個女人，打算帶她一起去戰場。只有在他身邊，她才是安全的。

剛走到院子裡，他忽然聽到附近有許多高手迅速往這邊集結，同時，他聽到空中傳來了一聲尖利的爆炸聲。

這種爆炸聲，一般都用來當作傳遞消息的信號，這意味著，他已經被一個組織盯上了。能出動這麼多高手的組織，不用想也知道，應該是北嶽臭名昭彰的疾風樓，也就是毒靈仙子所在的那個組織。

自己眼傷未癒，未必敵得過手段陰險的疾風樓。

一剎那間，霍中溪立刻有了決定，他將那個女人放在了不引人注意的牆角，而他自己則躍過牆頭，向城外掠去，一路上，他發出了長長的嘯聲，將敵人全都引了過去。

疾風樓能在北嶽一直屹立不倒，自有它的手段和底蘊。

霍中溪且戰且走，不知殺了疾風樓多少人。

可疾風樓的人卻如潮水一般，殺完一撥還有一撥，總是和他纏鬥個沒完沒了，刺殺手段之多，讓霍中溪是防不勝防。

當他歷盡艱辛，終於殺光了所有來犯的敵人後，找人一問，才知道他已經離兩軍對壘的戰場不遠了。

霍中溪有心回去找她，可戰場上中嶽節節敗退，每一天不知要死掉多少人，他已經沒有時間回去了。何況她存了那麼多糧食，短時間內應該不會餓死。

權衡利弊後，霍中溪趕去了戰場。

在戰場上，他見到安慶波的第一件事，就是吩咐安慶波去接她。

但到了此時，他才焦急地發現，他不知道那個小鎮叫什麼名字！

當時他就是隨便找的地方，哪有心思去打聽鎮子叫什麼名？只記得她後來說過，是叫西什麼的鎮子。

安慶波派出手下去找人了，凡是帶「西」字的鎮子，去找一個叫沈西的女人。

知道霍中溪來了，在得知他眼傷未癒的情況下，洪峰趕來叫陣。

霍中溪帶傷上場，他心中只有一個念頭：他一定要把洪峰這個罪魁禍首殺了，再也不讓她擔驚受怕了！

霍中溪是拚了命的，但洪峰沒有拚命。

人越老越怕死，何況還是站在那麼高的位置上，洪峰自然捨不得去死。

所以，在兩人實力差不多的情況下，拚命的霍中溪活了，怕死的洪峰死了。

當一劍將洪峰斬成兩截時，霍中溪心中大大地鬆了一口氣。

以後，她再也不用害怕了……

中嶽大勝，全軍沸騰了，他們激動地高喊著劍神的名字，聲震雲霄。

可他們不知道，他們渴望著見到的劍神大人，此時正疾馳在回家的路上。

他擔心著那個柔弱的女子，在這亂世能否保得住性命？

一路飛奔，日夜兼程，當他憑著記憶找到那個叫西谷的鎮子時，觸目是一片焦黑。

鎮子沒有了；他們的家沒有了；他們的院子沒有了；那個女人，也沒有了……

霍中溪目眥盡裂，眼中流出了兩行血淚。

那個溫柔的女人、那個調皮的女人、那個善良的女人、那個柔弱的女人、那個愛他的女人……

什麼都不復存在了，除了那沈痛的悲傷和沖天的憤怒。

她死了？好，那就讓那個造成一切痛苦根源的國家，給她陪葬吧！

一怒之下，他疾馳萬里，闖入北嶽皇宮，將整個北嶽皇宮夷為平地。那一天，北嶽皇宮，流血漂櫓。

將北嶽皇帝的人頭掛於兩軍陣前後，霍中溪仍止不住心中的悲痛。

現在做這一切還有什麼用？

她死了，再也不會笑嘻嘻地往他懷裡鑽了，再也不會壞笑著調戲他了，再也不會嘴硬心軟地和他撒嬌了……

她的死，似乎把他的一切都帶走了。

他的心，好像漏了一個大洞一樣，好空好空。

他現在才知道，原來那個女人，在不知不覺中對他已經如此重要了，成了他生命的一部分。

回到劍神山後，知道屠城殺了他的妻子，安修慎親自來請罪。

霍中溪只用一個字就打發了他。

「滾！」

他的女人死了，他沒有心情理會任何人。

到底是安修慎心眼多，為他分析了種種情況，在瞭解了那個女人後，安修慎說，依那女人膽小如鼠又機智多變的性格來看，她很有可能在一出現瘟疫時就離開那個鎮子了。

他的分析，讓霍中溪的眼睛又亮了起來。

是啊，她的糧食足夠活命，她那麼膽小，一聽到有瘟疫發生，沒準兒就先跑了呢！

霍中溪感覺自己又活過來了，又有了活下去的動力。

拍著安修慎的肩膀，霍中溪激動地說道：「只要你幫我找到她，我就幫你滅了那三國！」

安修慎卻嘆了口氣道：「我的心還沒那麼大，只是想著，不辜負了我哥哥的心就好。」

於是，安修慎下了命令——被屠八城的倖存者，可以隨便在任何地方重落戶籍，只需報上原來的名字和戶口即可。還給各地官府發了特別行文，如果看到有一個叫「賈沈氏西」的人來落戶籍，立刻報到劍神山來，劍神大人將親自允諾他一件事情，皇帝陛下也將親自封賞那人。

這行文一發出，全國的官員都震驚了！劍神大人的允諾，這可是何等的機遇；皇帝陛下的親自封賞，那是何等的榮耀啊！大家拚了命地找這個叫「賈沈氏西」的人，可這個人，卻遲遲沒有出現。

日子一天天過去，霍中溪也一天比一天失望。

難不成，那個女人沒有逃過那一劫嗎？

她沒有提前離開西谷鎮嗎？

一想到那歡快的笑聲，霍中溪就不願接受這個事實。

他開始奔波於各地，只要有西谷鎮的人落戶，他都會親自去尋找那一家，問人家記不記得賣粥的沈娘子？

倒還真有人記得她，但卻沒有人說得清她的下落。在那個混亂的時候，誰也沒有閒心去管別人的閒事。

霍中溪的心在一次次的失望中，慢慢轉成了絕望。

那個關心自己、照顧自己的女人，真的沒有逃出生天嗎？

不、不！

霍中溪沒有放棄，仍是不停地尋找下去。

直到，他找到了李楨一家。

以前，他不止一次地聽那個女人提到過李老先生，卻沒想到，竟然是這位李老先生，在危難的時候救助了沈曦。

聽說沈曦往海邊走了，霍中溪便沿著沈曦當年可能走過的路，一路向東。

在路上，他不止一次地想，當年的她，是懷著怎樣的心情走過這條漫長又危險的路呢？

她可能會挨餓，她可能會受凍，她可能會被壞人追趕，她可能會被村人轟攆……

每當走過一條溝坎，他都會想，她那副笨手笨腳的樣子，沒準兒會在這溝裡跌倒。

每當走過一座小橋，他都會想，沒準兒在這橋底下，她曾經在驚恐中度過漫漫長夜。

每當走過一條小溪，他都會想，也許就在這條河裡，她曾經洗過手、洗過臉。

每當走過一口水井，他都會想，或許當時在這口井裡，她曾經打過水喝。

霍中溪沒有用輕功，而是就這樣一步步地走著，沿著他認為是沈曦走過的路，體會著她當下的心情。

體會的結果，卻是讓他更加覺得這個女人不容易，也讓他越來越心疼這個女人。

如果能找到她，這一生，他定不負她，他會一直一直對她好，直到生命終結的那一刻！

當他來到邊城後，城裡的守城官員信誓旦旦地表示，邊城早就關閉了城門，連一隻蟲子都沒能飛過去，絕對沒有一個人能過得去的。

這句話，如同迎頭一棒，將霍中溪心頭僅存的那點希望打了個粉碎。

如果她沒有通過邊城的話，在這個瘟疫頻發的地方，她能去哪兒呢？又有哪裡是安全的呢？

在這不斷尋找的兩年裡，霍中溪第一次感到茫然無措了。

不相信她已不在這個世上，也不接受這樣的事實，霍中溪開始了漫無目的的尋找。

他的足跡，踏遍了邊城附近的大小村鎮。

他一個村莊、一個村莊地打聽，一個城鎮、一個城鎮地尋找。

沒有，沒有，沒有……

不斷傳來的壞消息沒能打擊得了霍中溪，他拿出了和習武同樣的執著，用來尋找下落不明的妻子。

就在他不斷尋找的第三個年頭，終於有人來報信了。

賈沈氏西，出現在了七里浦上漁村！

聽到消息的那一刻，霍中溪的眼中，突然就湧出了兩行熱淚。

她還活著……真好，真好！

番外二　唐詩與本我初心

唐詩是覓君山一帶有名的大夫。

她的師父蘇屠，人稱「起死回生」，在江湖上頗有名氣。為了躲避一波又一波用武力逼他看病的江湖人士，他晚年的時候隱居覓君山，不再出世。為了不讓自己的醫術失傳，他收下了唯一的一個弟子，附近的一個孤女。

唐詩的父母早逝，就把蘇屠當作了世上唯一的親人，奉茶侍病、洗衣做飯，十分的勤快，十分的孝順。

老懷安慰的蘇屠愈加喜歡這個乖巧聽話的弟子，把一身的醫術傾囊相授。

蘇屠死後，唐詩自然而然的就接過了師父的衣缽，繼續在覓君山山腳的小村莊當一名鄉間郎中。

由於名氣大，她的病人很多，但這些病人都是窮苦的鄉民，有的人家連買藥的錢都沒有。因此，在不忙的時候，唐詩就會親自上山去採藥，拿回去給付不起錢的鄉民們服用。

唐詩的生活很規律，清早上山採藥，白天給人看病，傍晚時分再次上山採藥。

她過得很辛苦，但也過得很充實。

在一個露結成霜的初秋清晨，她再一次上山採藥了。

清晨的深山，寧謐安靜，偶爾響在山澗的鳥鳴聲，越發顯出了山裡的靜美。

唐詩喜歡這樣的安靜。

她心情愉悅地行走在山間小路上，偶爾發現一株藥草，嘴角就會翹起微微的笑。

當她在一棵古樹下發現一棵稀有的鳳點頭時，她那愉悅又明亮的笑容，驚豔了山谷。

她正要伸手去採那株藥材，忽聽得樹上有人問道——

「這是什麼藥材？長得很好看。」

唐詩抬頭向上看去，只見隨風晃動的樹枝間，掩映著一片白色的衣襟。

「鳳點頭。」唐詩的心情並沒有被陌生人的到來而打亂，在她眼中，無論是什麼人，都比不上手中的藥草來得珍貴。

怕傷了鳳點頭的根，唐詩小心翼翼地用藥鋤一點點地鋤去鳳點頭根部的土，當那株鳳點頭被她毫髮無損地挖出來後，唐詩輕輕地呼了一口氣，然後露出了一個滿意的笑容。

把藥草放進藥簍裡，唐詩轉身就要走。

「喂，這裡還有個大活人，妳連聲再見都不說嗎？」樹上的人說話有些倨傲，似乎不滿意唐詩的不告而別。

「好吧，再見。」唐詩從善如流，很痛快地說出了「再見」，然後繼續前行。

樹上的人氣結，差點被這句話噎死。

這是什麼態度？

隨便換個人也得問問他姓啥名誰吧？也得想看看他長得什麼樣吧？

她連他是不是個人都不知道，就這樣走了？她也不怕他是什麼山精鬼怪嗎？

樹上的人飛身下樹，穩穩地落在了唐詩面前，擋住了唐詩的去路。
唐詩這才將眼光投在了他身上，打量著這個明顯臉色不豫的男子。
看來三、四十來歲的年紀，長相中上，身材高瘦，穿著一件已經灰突突了的白衣。
「有事？」
「沒有。」
「有病？」
「沒有。」
「知道了。」
「妳知道什麼了？」
咚的一聲，男子直挺挺地倒了下去，砸飛了一大堆枯枝爛葉。
「下次別再來找麻煩了，大夫不是只會救人的。」唐詩留下這麼一句話後，便從那男子身上邁了過去，很快地消失在了山間的小路上。
倒在地上硬如木偶的男子咬牙切齒地喊道：「胯下之辱?!妳竟敢這樣對我？妳給我等著！」
他的威脅，唐詩絲毫沒放在眼裡。
以前就有不少人來挑過事，總有一些江湖人以為武力可以解決一切，卻總也不用他們的腦袋想一想，一個長年和藥材打交道的大夫，會不懂毒藥嗎？
沒有將這段小插曲放在心上，唐詩揹著那一簍藥草，按時回了家。

今天病人不多，唐詩就坐在院子裡，整理今早採回來的藥草。

驀地，一個白色的身影飄進了她的院子，唐詩抬頭，對上一雙惱怒的眼睛。是清晨那個白衣人。

本來就不太乾淨的衣服，又在地上躺了一個時辰，現在已經髒得看不得了。

那人大剌剌地往她跟前一站，居高臨下地怒聲道：「妳這個女人好不講理！不就想問妳兩句話嗎，至於給我下毒嗎？」

唐詩沒理他，這種無理取鬧的人，她見多了。

那人見唐詩逕自擺弄著草藥，根本就沒有將他放在眼裡的意思，一怒之下，就想伸手去抓唐詩的胳膊，把她拎起來。

結果，還沒碰到她呢，就覺得那熟悉的僵硬感又上來了，然後他站立不穩，咚的一聲，再一次倒在地上！

「妳、妳……妳這個惡毒的女人！」一個上午被放倒了兩次，這讓自視武功高強的男子惱羞成怒了。

「放開我！快給我解藥！」

「看我好了後怎麼收拾妳！」

「趕緊放開我！」

唐詩對他的威脅置若罔聞，逕自忙著自己的事情。

看。

那男子在地上躺著，不斷地運內力試圖將毒逼到一處，等身體恢復了就給那個女人好看。

可沒想到，等他躺了半個多時辰，覺得身體能動一點時，那個女人竟然又走了過來，拿了條帕子在他鼻端揮了揮，然後他發現，他半個時辰的功白運了，他的身體又僵硬了！

他繼續努力，結果身體快好時，她又拿來帕子讓他聞，他屏住呼吸不想聞，她就用那帕子在他嘴角擦了擦，然後他僵硬得更厲害了！

有鄉民來看病，看見院子裡躺著的他，總會幸災樂禍地說道：「傻了吧？不知道我們唐大夫的醫術好呀，竟然敢惹唐大夫！」

婦女們在經過他身邊時，則會像看耍猴的一樣，捂著嘴哈哈地笑，讓他顏面盡失。

還有那些可惡的小孩子，竟然拿著狗尾草捅他的鼻孔！

他貴為武神的尊嚴啊！

本我初心覺得，這一天，是他有生以來最為黑暗、最為丟臉的一天！

晚上看病的人散去了，唐詩也去廚房做飯了，只剩下本我初心一個人渾身僵硬地躺在院子裡。

這個女人，他一定要殺了她！

那些嘲笑他的人，他也一定要讓他們知道，武神是不可侵犯的，哪怕是言語上的侵犯也不行！

還有那些孩子，竟然敢捅他的鼻孔，他一定要……算了，孩子就放了吧，但也要找他們家的大人算帳才行！

本我初心正兀自生著氣時，柔軟的裙角掃過了他的臉。

他睜開眼睛，就看見那個唐大夫端著一碗飯，蹲在了他面前。

她一句話也沒和他說，只是用小勺往他嘴裡餵了一勺粥。

本我初心本想有骨氣的不吃，但他在深山裡待了好多天了，著實連頓像樣的飯都沒吃過，何況今天又餓了一天。

骨氣什麼的在飢餓面前，什麼都不是。

她餵他吃，一碗粥很快就見底了。

然後，她收碗走了，又留下他孤獨地躺在地上。

本我初心又傻眼了！不會吧？她一句話都沒說，又這樣走了？

好歹也應該問他是不是服軟了的話吧？

這算什麼意思？

本我初心躺在地上，繼續生著悶氣。

那個女人房間的燈一直亮著，映在窗戶上的影子忽長忽短，似乎一直在忙碌著。

本我初心就看著那長長短短的影子，看了一個多時辰。

直到他覺得累了，換了側身躺的姿勢，才發現自己能動了！

應該是她特意沒再來給他聞那藥吧？

這意思是放過他了？

讓他自己滾蛋？

她讓他走，他偏不走！

自己堂堂一個武神，怎麼可能被欺負了不找回場子來？

本我初心站起身來，走到那個女人的房間門口，重重地敲了兩下門。

屋內傳來一個清冷的聲音——

「你走吧，以後不要再來了。」

本我初心才不聽她的呢！他一手推開了門，瞇著細長的眼睛冷笑道：「我沒吃飽！」

那個女人正在秤量藥材，回頭看了看他後，指了指廚房的方向。「廚房裡還有剩飯，自己吃去吧。」

「妳給我端來，我在這裡吃。」

「沒空。」

「妳！」

本我初心氣呼呼地去了廚房。

吃吃吃，吃吃吃，吃窮了妳這個破大夫！

抱著這種報復的心理，本我初心惡狠狠地將唐詩廚房裡的冷飯冷菜都吃掉了。

吃完後，他又回到唐詩的房間裡，大剌剌地坐在椅子上，開始胡攪蠻纏。

「看見沒？我這衣服，妳給我弄髒了，明天妳給我洗洗。」
「我沒換洗衣服，給我找一身來。」
「有熱水沒？我要洗澡。」
對著這麼一個恬不知恥的男人，唐詩終於停下了手裡的活兒。
她上下打量了本我初心一番，大概覺得他的衣服實在是太髒了，還就真的出去幫他找來了一身衣服。
「我師父的，你穿著可能短些，先湊合著點吧。出了院門，往左走一里地，有一條小河，那裡能洗澡。」
本我初心故意胡鬧。「河水太冷，我要用熱水洗！」
「廚房裡有柴，自己燒去。」
「我不會！」
唐詩又低下頭去，不理他了。
任他再怎麼死乞白賴，她也不和他答話了。
本我初心受不了髒，只得跑到小河裡，用冰涼的河水洗了個冷水澡。
當他濕漉漉地站到她面前時，唐詩忍不住捂著嘴笑了出來。
他長得太高了，師父的衣服在他身上短得很，他光禿禿地露著一截細長的腿，和細腿伶仃的鷺鷥一樣。
本我初心一直是高高在上的，衣服、器具用的都是最好的，從沒有像今天這般丟人過。

他把髒衣服扔給唐詩，鬱悶地道：「趕緊給我洗了去，明天我可不想穿這身破衣服見人！」

唐詩倒沒說什麼廢話，接過衣服來，還真就泡進了盆裡，拿來皂豆幫他洗了起來。

昏黃的油燈下，本我初心坐在椅子上，看著這個幫他洗衣服的女人。

她的動作很輕柔，神態很安詳，在這昏黃的燈光下，顯得那樣的寧靜美好。

他忽然就想起了風纏月。

那個他愛了二十多年、追了二十多年的女人。

似乎這麼多年來，她從來沒有給自己洗過一件衣服，甚至，她連一碗粥都沒給自己煮過。

自己在她心中，是那麼的無足輕重。

每當她想起她的衛郎時，就會忍不住去中嶽大鬧一場，可她是否曾想起過他，想起他一直在她身邊陪伴她？

這二十多年間，他向她求婚了無數次，她總是沈默以對。

七天前，他又一次向她求婚了，她仍是沈默。

這一次，本我初心沒有像以前一樣，仍對她耐性十足。

他忽然想起了霍中溪嘲笑他的話，說他眼盲心瞎。他苦笑著離開了東嶽，心中也在嘲笑著自己。

原來自己的一片癡情，在他人眼中，不過是一場笑話。

人生沒有幾個二十年，本我初心覺得，他應該好好考慮一下他對風纏月的感情，他已經不小了，再也浪費不起一個二十年了。所以，他來到一片深山裡，想在和野獸的廝殺中、在那秋風秋露中，磨去他的癡心，忘掉那個一直沒有給過他任何回應的女人……

看著眼前這個安靜又溫馨的女人，本我初心忽然覺得，他確實應該找個女人安定下來，過一過正常人的平淡日子了。

本我初心並未在覓君山逗留太久，也並未真的去找那些鄉民們的麻煩。第二天，他就趕去百里外的碧水鎮參加惜花節了。

八月十五，不僅僅是中秋節，還是南嶽一年一度的惜花節。

在這一天，南嶽未婚的男男女女們，都要佩帶著漂亮的鮮花上街，尋找可以陪伴自己一生的伴侶。

以前本我初心的心思一直在風纏月身上，從未參加過惜花節，現在既然打算找個女人成親過日子，就買了一串用鮮花做成的墜子掛在了腰間，以表明自己未婚的身分。擠在熙熙攘攘的人群中，本我初心也和平常男子一樣，眼睛不住地向過往的女子身上掃去，試圖尋找能讓自己一見鍾情的姑娘。

未婚的姑娘自然都是正值妙齡的，再加上今天都花了心思打扮，個個嬌豔得如身上佩帶的鮮花一樣，本我初心也發現了幾個頗對他心思的姑娘。

可惜他雖有情，人家姑娘卻都對他無意。

摘去了武神那層光環，看起來已經三十多歲的本我初心，根本吸引不了十幾歲年輕姑娘的注意。

當本我初心意識到問題所在時，心情鬱悶極了，他憤憤地扯掉腰間的花墜，找個地方喝悶酒去了。

情場不得意，惜花節又受了挫折，本我初心消沈了好幾天，整日流連在茶樓、酒肆，每日都喝得爛醉，打算來個一醉解千愁，千醉解萬愁。

這一日，正在江邊酒樓裡買醉的本我初心，一邊瀟灑地往嘴裡灌酒，一邊臨窗欣賞著江邊美景。

恰在此時，一艘小船順流而下，轉眼間從本我初心腳下飄了過去。

本我初心雖喝了個半醉，但武神的本領還是在的，在那船一掠而過的時候，他清楚地看見那船上除了站著幾個男人以外，還綁了一個女人。

本我初心胳膊一揚，手裡的酒壺就擲了出去，那快如閃電的酒壺似有千斤重一般，咚地一下就將那小船的半邊砸到江裡去了！船上的男人除了站在那女人腳邊的以外，其餘的全都掉落江中。

僅剩的那個男人驚詫地抬頭看天，似乎在看天上到底掉了什麼東西下來？別的奇怪的東西他沒看到，他只看到一個白影掠了過來，在他屁股上狠狠踢了一腳，把他也踢到江裡去了。

等那男人手忙腳亂地從江水裡露出頭後，才吃驚地發現，船上的女人不見了！

本我初心拎著唐詩回到了酒樓上，大手一揮，捆綁著唐詩的繩索就落地了。

雖說被綁了，但唐詩卻並未顯出什麼害怕恐懼的樣子，她很平靜地向本我初心行了一禮。「多謝了。」

自己堂堂一個武神在她手上吃足了苦頭，沒想到不過幾個下三濫的角色就將她給逮住了，本我初心的心裡頓時不是滋味起來，他連譏帶嘲地道：「怎麼，這次唐大夫沒隨身帶著毒藥嗎？」

唐詩聽出了他話裡的諷刺，卻絲毫沒放在心上，只是淡淡回道：「帶太少了，在你身上浪費掉太多。」

什麼？

浪費太多？

用在他身上是浪費嗎?!

他堂堂一個武神，就是大羅金丹用在他身上也不算浪費好不好！

被挑起了怒氣的本我初心輕哼了一聲，冷笑道：「唐大夫，以後妳可得好好保重，並不是每個人都和在下一樣喜歡管閒事的！」

「沒事，他們綁我是想讓我看病，不會殺我的。」唐詩就事論事，那些人是想請她給他們幫主看病的，並不是想綁架她殺了她。

「哼，那算我多管閒事好了！」本我初心瞪了這個不識好人心的女人一眼，憤憤地下樓而去。

本我初心對唐詩的生氣，不過持續了一會兒罷了，在他眼中，唐詩實在是太普通了，根本就入不得他的眼。

又在碧水鎮流連了幾天後，玩厭了的本我初心又進了山，繼續去與野獸廝殺、磨練刀法，也磨練自己的心。

在一日路經一處懸崖時，忽然看到崖底有一個小白點，他跳下去一看，頓時就高興了，這些天的鬱悶之氣也隨之一散而空。

這不是那個唐大夫嗎？

就她那三腳貓的功夫，竟然想從這近乎陡直的懸崖上採到藥，可真是自不量力啊！現在好了，掉下來了吧？摔得不輕，暈過去了吧？

本我初心雖然有點幸災樂禍，但還沒冷血到見死不救的分上。他先輸了一縷真氣吊著她的命，把唐詩的斷腿接好了，又用樹枝固定好後，這才抱著唐詩回了她的家。

唐詩是個大夫，家中藥草、藥材有得是，本我初心也是經常出山入林的人物，自然也識得幾味傷草藥。

他很利索地給唐詩處理好了身上的傷，並給她撒上了藥粉。

直到晚上，唐詩才幽幽醒轉了過來。

本以為她是到了閻王殿，可沒想到她第一眼看到的，竟然是那個傲慢無禮的男子。

「謝謝你，又救了我一次。」唐詩的聲音雖然很虛弱，但意識很清醒，知道肯定是他又救了自己。

本我初心嘲諷她道：「沒那金剛鑽就別攬那瓷器活，就妳那點不入流的功夫，還敢往懸崖上採藥去，沒摔死都算妳命大！」

他說話這麼毒，本以為唐詩會生氣，可沒想到唐詩只是淡淡地道：「嗯，我高估自己了。」

不會吧？連辯解都沒有，就這樣承認自己不行？

本我初心忽然覺得自己是一拳打在了空處，那種空蕩蕩的感覺，竟然又讓他感覺到了鬱悶。

這個女人，總能挑起他的怒氣，真是不應該管她！

本我初心本想拔腿就走，不管這女人了，可又一想，他要走了，這個重傷在身、不能動彈的女人非得餓死不可。本著救人一命，勝造七級浮屠的念頭，本我初心按下了要走的念頭，去隔壁討了點熱水熱飯給唐詩吃了。

第二天，天光還未放亮，就有人急火火地來敲門了，在院外焦急地喊著唐詩的名字。

唐詩起不來，睡在唐詩她師父房中的本我初心只得去開門。

門一開，就湧進來了一群人。

見開門的是一個男的，大家都愣住了。

「你是唐大夫的相公吧？唐大夫起來了嗎？我娘子得了急病，快請唐大夫幫忙看看！」

唐大夫的相公？

本我初心還真沒想到，自己有一天會掛上某某人相公的名號，不過現在不是討論這個的時候。他拒絕道：「她昨天上山採藥時從懸崖上摔下來，腿都摔斷了，沒法給人看病，你們趕緊去找別的大夫吧，別把病耽誤了。」

那個揹著病人的男子急得眼淚都下來了，一個勁兒地求本我初心道：「唐相公，你行行好，讓唐大夫給我娘子看看吧！這附近就唐大夫一個大夫，我去哪兒找別的大夫啊？」

唐相公？本我初心不禁挑了一下眼眉。

他什麼時候改姓唐了？還是說，他嫁妻從妻了？他和那個冷冰冰的女人沒什麼關係好不好！

正當本我初心要趕他們走時，卻聽見屋內的唐詩說道——

「帶他們進來吧。」

那男人如同得了聖旨一般，撇開了本我初心，揹著妻子就進去了。

本我初心也隨著這幫人進了屋，卻見唐詩躺在床上並未起身，而是讓那男子把他娘子抱平了，蹲在她床邊，看高度差不多了，她才伸出手去，搭在了那女人的脈腕上。

唐詩診了良久的脈，那凝眉蹙額的樣子，一看就知道那女人的病症很兇險。

放開那女人的手後，唐詩又沈吟了很長的時間，然後向本我初心道：「上次採來的那株鳳點頭，放在藥櫥的最頂端，你幫我拿過來。」

人命關天，本我初心倒沒說什麼廢話，很快就將那株已經曬乾了的鳳點頭拿了來。

唐詩把藥遞給那個男人道：「你找個通風的地方，把這藥嚼碎了餵她。吃下藥後一刻鐘，她要是吐了，你就再抱進來給我看；要是沒吐，你就直接抱回家準備喪事去吧。」

那男人二話沒說，接過那藥草，抱著那女人就出去了。

「喂，那株鳳點頭很珍貴的，妳就這樣讓她吃了？」本我初心那次回去以後，特意找人問了問鳳點頭是什麼藥，才知道了那藥貴得很，幾百兩一株。這個來求醫的男子明顯是個農夫，根本不可能拿得出幾百兩銀子的。

「誰吃不是吃？吃了能救命就行了。」唐詩的傷勢也很重，大概是傷口一直在疼的原因，她的臉色特別蒼白，看起來柔弱無比。

本我初心看她這可憐兮兮的樣子，語氣不禁就放柔軟了。「妳有傷在身呢，還給別人看什麼病啊？一會兒要是再有人來了，我替妳擋了，妳得好好休息！」

唐詩輕輕搖了搖頭道：「不用擋，來的都是有病的，沒病誰往這兒來呀？」

「濫好心！」本我初心輕輕嘀咕了一句，倒沒再說什麼。

過了一會兒，那個男人抱著生病的女子，風一般就颳進來了，激動地大聲喊道：「唐大夫，我娘子她吐了！她吐了！」

唐詩蒼白著臉，勉強笑了笑道：「嗯，我給她開副藥，喝幾天就好了。」

然後她轉向本我初心道：「還得麻煩你給拿一下藥。」

本我初心無奈，只得拿起了戥子（注），開始論分論釐地秤量藥材，分包包好。

整整一天，來看病的人絡繹不絕，唐詩身體不便，就躺在床上診脈，而抓藥的差事，自然就落到了本我初心的頭上。

而就在這一天中，唐大夫的丈夫「唐相公」的名聲，就隨著病號們的離去聲名遠播了。

唐詩傷重不能走動，好多事情只能拜託本我初心，因為她實在是無人可用。

本我初心本來想走，可看病的人實在太多，總得有個抓藥、收錢的，何況這個女人傷得很重，他要真這樣扔下她，心裡也不忍。還有一個原因——高高在上的日子過慣了，他也想體驗一下平常人的生活。所以，他留了下來。

兩個關係不太好的人住在一起，不自在了好幾天。

但隨著相處日子的增加，兩人就漸漸地熟稔了起來，以前那點小恩怨也都消散得一乾二淨，慢慢地看到對方的長處了。

本我初心發現，這個女人雖然臉上冷清，但實際上是心底柔軟、心腸又好，善良得不得了。不僅帶傷給人看病，還經常不收診費，有時甚至還免費贈送藥材，善良得都讓他有點看不過去了。

唐詩也發現，這個男人其實並不是她想的那樣傲慢無禮，他其實是個很風趣、很溫柔的

注：戥子，音ㄉㄥˇ·ㄗ，是一種很小的秤，用來秤金銀、珠寶、藥品等分釐小數的東西。

男人，來了才短短幾天，就和周圍的人打成了一片，還有人不看病，特意來找他聊天的。

兩個人在彼此心中的印象，都和最初之時來了個大逆轉。

白天的時候，唐詩看病，本我初心抓藥、收錢。

晚上的時候，唐詩指點著本我初心切藥、整理藥材。

本我初心喜歡看唐詩談論醫藥時那神采飛揚的樣子，也喜歡看她凝眉診脈的樣子。

唐詩感動於本我初心危難時的救助，更感動於他對她的細心照料。

本我初心的醫藥知識一天天在增長，兩個人可聊的話題也越來越多。

日夜相伴一段時間之後，兩個人也越來越有默契了。

周圍的鄰居對這個突然冒出來的男人很好奇，屢屢向本我初心打探兩人的關係，本我初心皆但笑不語，讓外人誰也摸不著頭緒。

日子長了，村中就有人起鬨道：「唐相公，你和唐大夫什麼時候成親啊？我們可都等著喝喜酒呢！」

本我初心看著正在給人診脈的唐詩，笑咪咪地道：「快了、快了！」

晚上，本我初心一邊往藥櫥裡放藥，一邊對著在秤量藥物的唐詩道：「要不，找個日子，咱們把婚事辦了？」

唐詩聞言，雙頰飛紅。

古代混飯難

全套二冊

執手偕老，共嚐酸甜苦辣／花溪

以為她死了，他滅了害死她的鄰國給她陪葬；
聽說她還活著，幾年來他奔波各地打聽她的下落。
如果能找到她，這一生，他絕不負她，換他待她好……

一覺醒來，沈曦發現自己莫名其妙地回到了古代，
她合理懷疑，自個兒八成是睡夢中心臟病發，一命嗚呼了，
好吧，情況再糟也不過就是如此，既來之則安之吧！
……嗯？且慢，眼前這破敗不堪的房子，莫非是她現今的家？
那麼，炕上那又瞎又聾又啞的男人，該不會是她的丈夫吧?!
要死了，她從小生活優渥，是隻不事生產的上流米蟲耶，
想在古代混口飯吃都有難度了，還得養男人，這還讓不讓人活啊？
幸好她能力強，好不容易搞定大小事，沒想到瞎子竟被人殺了?!
一直以為他只是生活上的陪伴，此刻她才發覺自己錯得離譜，
她心痛到只想就這麼隨他而去，不料竟被診出懷有身孕！
產下一子後，她努力地攢錢，想給孩子不一樣的人生，
怎知一顆心歸於平靜後，瞎子竟又出現了，而且還不瞎不聾不啞！
原來他叫霍中溪，在這中嶽國裡，是地位淩駕於帝王之上的劍神，
之前是因為遭人伏擊，身受重傷，又被她的前身下毒才會失明的。
見他隨隨便便就拿出三千萬兩的「零花錢」，她整個人心花花啊～～

逗趣而深情，歡笑又動人／油燈

貴妻

全套五冊

凡璞藏玉，其價無幾

他是慧眼識妻，一眼定終生；
她是曖曖內含光，只給有緣人欣賞；
她的好既然只有他知道，那娶了當然不放嘍……

文創風 181 1

莫拾娘賣身葬父入林府，雖然只是個二等丫鬟，
卻能讀書識字，畫得一手好畫，機靈又心思剔透，
偏偏她有萬般好，就是臉上有個嚇人的胎記，
但美人兒可是林家少爺的心頭好，怎能忍受這樣的醜丫鬟？
這齣「丫鬟鬥少爺」的戲碼一旦展開，是誰輸誰贏……

文創風 182 2

林家小姐已與董家公子訂親，卻和表哥暗通款曲，
林太太一氣之下，竟說出要從丫鬟之中挑選一個認作義女，代小姐出嫁！
拾娘本以為這把火不會燒到身上，誰知那董家公子死心塌地求娶，
更說自己是「有幸」娶她為妻！少爺不想她離家，公子忙著說服她成親，
這下在演哪一齣？她這丫鬟竟然成了香餑餑？

文創風 183 3

婚後的日子不如她想像的拘束，受人照顧的滋味也挺好的，
但不代表董家一片祥和，因為自視清高的婆婆瞧不上丫鬟出身的她，
小姑又是個沒規沒矩的丫頭，族裡一向冷落他們六房，
雖然嫁了個好丈夫，當起少奶奶，可管好這一家又是一門大學問！
更頭大的是枕邊的丈夫比管家做生意還擾人，擾得她心亂如麻啊……

文創風 184 4

董禎毅苦讀有成，在京城一舉成名，連王公貴族也慕名結識，
如此揚眉吐氣的時刻，拾娘本是開心不已，
可京城竟有「榜下求親」之風氣，而她的完美相公也中招！
婆婆和小姑乘機推波助瀾，要串聯狐狸精逼她這正妻下堂，
她的「家庭保衛戰」就此開始，狐狸精等著接招吧……

文創風 185 5 完

醴陵王妃意外得知拾娘身上有故人之物，便急著要見她；
拾娘依約進了王府，塵封的記憶卻忽然湧上心頭——
難道她和醴陵王府有什麼關係？養育她的義父又是何人？
多年來圍繞著拾娘的迷霧漸漸清晰，但這時，董夫人執意要兒子休妻，
婆媳之戰也因此在她找回身分的時刻越演越烈……

嫡女難嫁

全套四冊

前世如同作了一場噩夢，
夢中就算再痛苦、再淒慘，她如今都醒了……
既然重生，
她要改寫所有的悲慘遭遇，終結嫁錯人的所有可能！

文創風 177 **1**

金陵商家大戶楚家嫡長女楚亦瑤，
家道中落，家業被奪，連夫婿都有人眼紅著要分一杯羹。
她人生慘敗到連老天都看不過眼，於是讓她重生回到過去，
既然讓她重活一次，她勢必要保住楚家，
就算三次説親都嫁不成又如何、就算未婚夫婿被搶又如何？
就算做個人人眼中的拋頭露面、不像名門閨秀的女子又如何？
那些閒言閒語她都不在乎，只要能活得不再憋屈，一切都值得了……

文創風 178 **2**

那個從小跟她有口頭婚約的男人，
既然三心二意被二叔的大女兒勾引走了，
她也瀟灑地看得很開；那種意志不堅定的男人，不留也罷！
倒是那個找上她説要合夥開鋪子做生意的沈世軒，
幾次交手，她也得了不少好處，教她願意多費些心思跟他周旋，
畢竟嫁人哪有做生意賺銀兩來得重要……

文創風 179 **3**

為什麼非要她嫁人？就算要嫁，她也絕不嫁那個曹家的惡霸！
偏偏面對曹家的威逼恐嚇及處處打擊楚家商行，
重生以來她小小肩膀承擔的所有壓力擊垮了她，
病得迷迷糊糊中，她聽見有個男人對她說——
她不會嫁給姓曹的，也不會像上輩子那樣再嫁入嚴家，
她不會像上輩子那樣傷心難過，並保證她以後一定會過得很好……
這輩子她嫁的人，一定不會負了她……
她希望聽見的承諾不會只是作夢……

文創風 180 **4** 完

從第一次跟他相遇開始，直到嫁他為妻，彼此坦誠心中隱藏的秘密，
這一切都應了姻緣籤詩上寫的那句話，他與她是彼此的「同是有緣人」。
如今楚家的家業她已放心地交託出去，她安心當她的二夫人，相夫教子，
暗暗地賺她私人置辦的鋪子、添她的私房嫁妝，日子倒還算是愜意。
只是她不惹人，偏偏大房那兒時不時就來招惹，
為了過得安心，做夫君最強力的後盾，
她夫人當自強，任誰都別想欺負算計到她這一家子頭上！

筆潤情摯，巧織錦繡良緣／花樣年華

重為君婦

全套三冊

上一世錯嫁薄倖丈夫，
重生為公府小姐自然得好好挑一門好姻緣！
誰知這緣分是如何牽繫，
竟讓那負心人也以另一個身分重返人世，
老天非要演這齣前世今生的戲碼來……

文創風 171 1

家道中落，陳諾曦一生伺候了薄倖丈夫，
垂臥病榻還被姨娘給氣得一命嗚呼！
沒想到，當她重生為定國公府三小姐梁希宜後，
卻發現自己前世的身軀竟被另一縷靈魂給鳩佔鵲巢，
就連當初傷她至深的丈夫也早在四年前亡逝了……
即使這輩子人事已全非，卻還是不改勞碌命，
對內既要應付家門裡的宅鬥，對外還得給自個兒挑門好姻緣。

前世，他辜負了妻子陳諾曦，最終抱憾而逝，
誰想上天卻給了他彌補的機會，
讓他以靖遠侯府大少爺歐陽穆的身分重返人世……
為了償還所欠的恩情，今生他打定主意要再續前緣！

文創風 172 2

前世的她受盡姨娘妾室的氣，此生絕不想重蹈覆轍，
要她交付真心，對象必須同意只娶一妻；
若守不住本心，她情願嫁個沒有感情的丈夫！
原以為那溫文儒雅的秦家二少是她所求的好歸宿，
無奈傳出他與表妹的私情，讓這門親事臨時生變。
這世上能守身如玉的男子本就鳳毛麟角，
看來她只能斷了念想，擇一門安穩姻緣才是上策……

若非機緣巧合，讓他識出前世妻子重生為定國公府的梁希宜，
差一點自個兒家的媳婦就要嫁為他人婦了。
老實說，這一世有誰能同他這般待她如命，永不負心？
可她卻避之唯恐不及，為了與她廝守今生，拐妻入門是勢在必行！

文創風 173 3 完

她是萬不想同歐陽穆有瓜葛，猶記初見時，他表現得殺伐決斷，
現下忽然要求娶她，誰知道改日翻起臉來又是什麼情況？
不過橫豎已被退了兩次親，她本就打算尋一個無感情基礎的丈夫，
為了顧全定國公府的裡子與面子，則嫁他有何不可？

他既許諾她一生一世一雙人，自是誠心相待，未有欺瞞，
唯獨今生曾錯戀陳諾曦的事，讓他無從解釋說明，
就怕妻子知曉他是前世的負心人，因而厭恨他、離棄他。
未料，這不容說的秘密終有揭曉的一日……

古代混飯難 下

國家圖書館出版品預行編目資料

古代混飯難 / 花溪著. --
初版. -- 臺北市 : 狗屋, 民103.05
冊 ; 公分. --（文創風）
ISBN 978-986-328-296-9（下冊 : 平裝）. --

857.7　　103006732

著作者　花溪
編輯　黃淑珍
校對　黃亭蓁　林若馨
發行所　狗屋出版社有限公司
地址　台北市104中山區龍江路71巷15號1樓
電話　02-2776-5889～0
發行字號　局版台業字845號
法律顧問　蕭雄淋律師
總經銷　知遠文化事業有限公司
電話　02-2664-8800
初版　103年5月
國際書碼　ISBN-13　978-986-328-296-9
原著書名　《古代混饭难》，由北京晉江原創網絡科技有限公司授權出版

定價250元
狗屋劃撥帳號：19001626
網址：love.doghouse.com.tw　E-mail：love@doghouse.com.tw